伊賽貝德 32

黃寶蓮 著

黑貓過街

所有的人都用一種溫柔但又迫切的聲音呼喚CHANTELLE，彷彿CHANTELLE是個寵物、天使或什麼易受驚嚇的小東西。CHAN—TEL—LE，CHAN—TEL—LE……。

夜裡近十二點，街上還有些動靜，一種屬於夏天的活力，什麼都難以安適的躁動。漸漸的，那個溫柔迫切的呼喚變成焦慮絕望，一聲聲穿過夜空，穿透人們的睡夢，在街頭巷尾回響著。

CHAN—TEL—LE，那麼清晰的音節，拖著長長的尾音，延蕩到虛無廣渺的夜幕裡。CHANTELLE，一個被人呼喚、想念、渴求的美麗名字！此時在哪裡？讓呼喊她的人如此焦慮不安？誰是那個懷春的少男？如此魂不守舍？誰又是那個情竇初開的少女？兩顆躁動的心彼此渴求，有如春臨大地的一場求歡盛典，彼此熱切的尋找著相互的秘密訊息。

夜更深了！街道盡頭閃進來兩道刺眼的光，一輛白色汽車停在路邊，有節奏富韻律的按了三下喇叭，彷如暗語呼喚CHAN—TEL—LE。

一個纖瘦高䠷的黑美人出現在巷口，貓似的妖嬈身影，身上的薄紗還帶著夜夢的纏綿，一閃身就進了車裡，一眨眼，汽車揚長而去。

這條街叫瓦特斯維爾街，幽深靜秘，有個T字型的路口，教堂在路的盡頭，伊賽貝德的窗口面對教堂的鐘塔，塔頂經常聚集著鴿子，終日聒噪不休不時泄下粉白糞便，有的飛到療養院前的水池邊，洗澡、戲水，有一對恩愛的鴿子夫妻，總是形影不離，讓人相信：動物的世界也有忠誠和愛戀。

沿著瓦特斯維爾街兩旁是巨大的馬栗樹，下午三點的放學時分，樹下定時來了賣冰淇淋的小販以及爭先恐後搶著買冰淇淋的孩子們；包著頭巾的穆斯林女子和她坐在輪椅上的白髮丈夫；一個手抱泰迪熊的女孩，粉紅色的髮結，緊蹙的眉頭，謹慎靜默的眼睛，守著難以參透的秘密。

伊賽貝德總是擔心女孩會遇見壞人，遭人在幽暗的花叢裡、廢棄的空屋內或什麼陰暗的角落強暴姦污，或者意外發生車禍，從此半身不遂或昏迷不醒，所有年輕漂亮的女子都讓她心驚，好似紅顏是命定的罪愆。

西北半球短暫的夏日一閃即過，秋風帶來早到的寒意。轉眼，葉落霜降，馬栗樹上的松鼠忙上忙下，撿拾熟落的栗子。那深夜裡呼喚CHAN—TEL—LE的聲響依舊持續，而且益發迫切，加倍深遠。

整個季節，伊賽貝德是這樣莫名憂心著Chantelle，不時探頭往窗外察看。除了一隻經常暗夜出沒的黑貓，空氣中偶有浪蕩的耳語從漆黑的角落傳來，秘密幽會的歡愉神色！

伊賽貝德無法安適，Chantelle必定是個浪蕩妖嬈的女子，夜裡那一聲聲神秘的叫喚，同時喚醒她內心莫名的慌亂和恐懼，彷彿在她靈魂深處意識無法觸及之處，存在著另一個時空，她在那裡曾有過另一種人生？

她摸黑下床來到窗前，掀開窗簾又看見那隻黑貓匆匆橫過馬路。夜裡下過一場雨，地上的水痕映著街燈，一個濕濕的貓影子，提著腳尖，芭蕾舞孃似的輕盈漫步，有如夜訪秘密戀人，抑制著興奮與急躁，準備去偷情。

黑貓過街，這件事必然具有某種寓意，黑色的迷信或是死亡的暗示？必然有件她所不知道的事在秘密中發生……進行！

露西亞：

我又做噩夢了！幾乎又瀕臨窒息，這一次差一點就要被水淹死。夢裡，我要去花東，山路上到處發大水，濁浪翻滾，橫木竄流，人畜都在倉皇中死命逃生……。

露西亞，妳一點都不相信這些夢境。妳那麼篤定，那麼堅信科學與客觀的真理，不肯正視靈魂深處可能的晦暗幽深曲折神秘狂野浪蕩或邪惡。妳看到的生命只是從生到死一條直線，陰陽正負因果善惡得失用邏輯就可以推演盤算。

妳說我這個夢遊者，用一種不肯苟同的輕蔑。

露西亞，我渴望人生是一場電影，這樣，我可以根據想像描繪自己的身世，編撰自己的愛情，讓生活的空虛與生命的殘缺一一都獲得補償！

時間的魔法

一日，一日，又一日。

報紙和牛奶按時送抵大門，郵差總是大聲說日安！光影落在桌燈前的燈罩上，就快是下午茶時刻；那是秋冬日光短照的時節；一到夏天，長長的日影在書桌前久久的駐留，時間變得緩慢而悠長，日子變得孤單而寡味。

伊賽貝德倚著窗聆聽走廊盡頭由遠而近的腳步聲，露西亞的內八字，腳板著地略帶遲疑，側肩的背包讓她的身體在走路時微微前傾，步伐因此有了輕重節奏，老遠就能辨識她的到臨，甚至能從步伐的快慢聽出她的心情；快樂的時候，她的腳尖提起腳步跳躍，疲累的時候腳跟沉湎湎在地面拖磨。

伊賽貝德每天總是皺著眉頭醒過來，天還黑著呢！隔鄰老先生清晨按馬桶嘩啦啦的沖水聲，固定是她一天開始的序曲。

初冬的天色亮不起來又暗不下去，曖昧難分，晨昏莫辨。她習慣在房間裡收拾衣物，穿好鞋襪，隨時準備著要出發，彷如遠方海岸港口有渡輪即將啟航，她站在窗前眺望、癡想，用一種深邃悠遠又期待的神色。

書桌前有本黑皮記事簿，腦子裡有念頭冒出來的時候，她就在上面塗塗寫寫，都是些瘦長歪斜，集體左傾的怪異字體，不是象形甲骨也非拉丁外文，最可能是腦海裡閃現的浮光掠影，她所極力要緝捕歸案的潛逃的意識片斷。

大部分時候，她坐在窗前喝茶看窗外的天色，生活就是不斷醒來再過同樣的一天，她已經無法分辨昨天、今天；重複而單調的作息，使時間失去日月星期，只剩下季節與冷熱，時間以如此鬼祟的步伐侵蝕著她的內裡器官，頑固而執著的伴隨著她每天的二十四小時……。

一定是時間施了魔法，以及鏡子的奸險和惡意，原本纖細窈窕的青春女子，不知不覺就成了慵懶嗜睡的婦人；伊賽貝德不喜歡鏡子，總是迴避和鏡子打照面，那是她逃避一切不想面對事情的方法。

露西亞：

時間都去了哪裡？我睡這麼多，那睡夢便成了我的生活。夢比醒更真實。

夢裡，有一條河流，河面上粼粼波動的水光是晃蕩流動的書法，河底是閃爍的金沙，四周黑黝黝，只在遠處泛著幽藍晦澀的光影，夢裡不用眼睛，夢是黑白的；但是，醒來我就看見蝴蝶黃色的翅膀，停在灰藍的背景裡……

我為什麼在這裡？而不是在那裡？

無名女子

一九九一年九月二十二日凌晨三時許，倫敦近郊的史坦斯特（Stansted）機場主航站入境處的女廁所裡，被人發現一個昏迷倒地的年輕女子，身穿芥末色呢外套、牛仔褲、運動鞋，身上沒有明顯傷痕或遭受暴力襲擊的跡象，現場也沒有打鬥、掙扎的混亂情形，身上沒有任何證件。

女子被救護車送往機場附近的霍爾斯特德醫院（Halstead Hospital）。急診室裡，女子臉色蒼白、脈搏快而微弱，四肢冷涼；醫護人員初步判斷是：血糖過低造成的昏迷或嚴重脫水造成低血容量休克。

經過靜脈注射葡萄糖溶液後，女子脈搏逐漸恢復正常，四肢回暖，意識略微清醒；醫護人員問女子姓名年紀，女子表情困惑遲鈍，眼神空洞迷茫，彷彿剛從另一個時空異境降臨，對周遭一切全然陌生，對醫護人員的提問一無反應。

女子身上沒有任何證件、行李、現金，無法確知是昏迷後失去隨身物品？還是遭打劫失去所有？身上的衣著、牛仔褲、鞋子，都是世界通行的無國界品牌，沒有任何地域特徵，即使衣服上標示著Made in China，也無法說明她來自中國，中國產品已經遍布世界市場，警方無法根據她身上衣物查詢與她身分來處相關的線索。

血液檢驗結果除了低血糖之外，還顯示藥物過量，舞會轟趴裡常見的一種讓人暫時失憶的迷魂藥（Rohypnol），過量使用可能引起腦部缺氧造成永久性的傷害。

是日晚，女子並未從醫生所推測的藥物過量裡醒轉過來，顯然還有某種精神或腦神經方面的問題，需要更進一步的診斷，有可能是一種病源未確定的腦炎，一種罕見的自體免疫異常疾病，病人會有發燒、頭痛、神智不清、幻覺、癲癇以及認知缺損，需要觀察臨床表現、實驗數據、加上腦波磁振造影來補助判斷；如果腦部磁振造影顯示異常，就需進一步做腦脊髓檢查；所有這些情況都需時間，不是幾日內可以查驗清楚。

關鍵是：病人真實身分無法確知，沒有姓名國籍出生年月，醫院不能提供更進一步的診斷治療。醫護人員推測：女子也許有語言障礙，無法表達自己，特地從新移民較多的婦產科請來雙語社工露西亞嘗試和病人溝通；露西亞來自中國哈爾濱，母語之外能說英語和簡單的韓語、日語，在醫院裡專門協助需要語譯的新移民婦女，特別是產科的孕婦和新手母親。

露西亞有一張紅潤又喜感的臉，聲音軟軟的像大提琴悠緩的傾訴，聽了就叫人安心。

「我叫露西亞，是這裡的社工，妳好嗎？」露西亞關切的伸出手握住女子的手。

女子警戒的將被握住的手縮回，眼神淡然，完全沒有與人交流的意願。

「別擔心！一切都會沒事的，我是來幫助妳的，能不能告訴我，妳叫什麼名字？」露西亞輕聲細語，生怕驚嚇了她。女子無動於衷的沉默頑固堅決，沒有一絲通融的縫隙。

「妳能說漢語嗎？明白我的話嗎？」露西亞嘗試說中文。女子眉角輕蹙，好像不同意不情願不理解不高興也不回應。

「o gen ki de su ka!」露西亞於是改用日語問好。

女子面無表情。露西亞繼續又問了她姓名、國籍，女子依舊封鎖在自己的世界裡，不與露西亞做眼神接觸，拒絕和眼前的世界發生關聯，孤零零躺在病床上，像個被遺棄人間的域外人。

露西亞繼續又試了韓語，女子斗大的眼神空茫茫望向窗口，彷彿在祈求上天的憐憫和指示。

露西亞一點也不氣餒，女子年紀看起來和她不相上下，讓她很自然多一份親切和關懷，私下裡也好奇她的身世和際遇；在露西亞的想像裡：這麼年輕不外就是桀驁不馴的青春叛逆或情傷心碎暴走天涯的浪女，緣於任性或者過度的天真以致遭逢原本不該發生的不幸，偏離了人生正途社會常軌；女子姣好的面容遍布滄桑的印記：嘴唇乾裂，嘴角潰爛，粗糙的皮膚消瘦的身形在在顯示著飲食的失常、生活的失序。

露西亞一心想讓她開口說話，偶爾，女子現出陶然迷醉的神遊狀，有如夢境中盡是美酒佳餚，天使正在為她跳舞歡唱，讓露西亞心裡生出一線希望，以為她會忽然開口說出什麼話來。

然而，幾次嘗試皆無所獲，女子似乎閉鎖在自我的世界裡做神秘的遨遊；為了讓她開口說話，露西亞特地帶了份中文報紙，一字一句念給女子聽：「一九九一年蘇聯解體，社會主義陣營崩潰，冷戰時代正式結束。美國成了世界上唯一的超級大國，認為共產政權必定滅亡……。」

女子依舊無動於衷，不知是聾？是啞？是語言障礙？或是遭受巨大變故，情緒受刺激，致使本能的防衛系統驟然關閉？

露西亞在紙上寫下自己的名字，然後把紙和筆放在她手上，讓她寫下自己的姓名，女子空茫的眼神落在筆記本上又漫無目的的飄離。

那一點點投落紙筆的視線，給了露西亞極大的希望，代表著她仍能感知外界的事物，只是無法開啟心扉和外面溝通。露西亞一點也不放棄即使只有一點點的希望，她迫切的想知道女子的身分，從何處來？要往何處去？路上發生了什麼事？為什麼一個人夜裡昏倒在史坦斯特機場？

兩星期以來，露西亞每天下了課、輪完班就匆匆趕到療養院探望女子，嘗試各種方法和女子溝通，給她聽羅大佑、崔健、蔡琴一直聽到蕭邦、舒伯特甚至巴布•狄倫、披頭四。可惜種種努力都徒勞無功，女子的狀況毫無進展也無變化，除了眼神偶爾投向窗外或門口來去的人，她的沉默比鐵堅固，比石頭頑強，幾乎無法攻破那道防衛性的銅牆鐵壁。

兩個星期裡，女子像白日夢遊者一般，躺在急診室東邊走廊的床位，那裡沒日沒夜亮著慘淡的日光燈；除了吃飯、睡覺、上廁所，女子幾乎完全活在自我內化的封閉世界裡，除了偶爾望向窗外綠色的田野和遼闊的天空。唯一發出聲響的時刻就是夜裡噩夢，不時會聽見她驚惶的叫喊和急迫的呼吸。

露西亞不忍心看著那麼年輕的生命遭逢如此變故，她費盡心思想讓女子開口說話，渴望了解她的遭遇，分擔她的心事；也許因為年紀相仿，露西亞對女子有份特殊的親近感，甚至以為女子會是她的族類；但女子帶琥珀光澤的眼眸、凹深的眼窩又非典型的亞洲品種，看來看去居然有點像台灣的原住民；露西亞在醫院的同事有個來自花蓮的阿美族，眼窩也是深深的，眼睛大大的，說話帶著旖旎的柔美聲調，唱歌特別好聽。

露西亞對女子不時出現的夢囈突發奇想，靈機一動帶了袖珍錄音機，連續幾夜守在女子床邊，斷續錄下支離破碎的夢中囈語，興致勃勃送到大學語言研究中心，讓語言教授從口音和環境地域尋找蛛絲馬跡，夢中譫語當然未必有根據也不一定能採信，然而作為參考資料肯定有所助益。

語言研究中心的史密斯教授在做過分析之後判斷，女子的囈語略帶中國南方口音，有點接近福建山區一帶臨近客家語系的腔調，史密斯教授推測：有小小的可能是台灣島上的原住民。為此，露西亞興奮的找來阿美族同事利瑪一起去醫院。

利瑪一見女子就跟她說：「Kapah kisu haw? Maolahay kako tisowanan!」妳好嗎？我愛妳！利瑪說話像唱歌，天生還有一副好嗓子。

女子瞠著眼眸望著利瑪，沒有歡喜亦無退避，利瑪溫柔的握住女子的手，專注又深情的為她唱了一首〈娜奴娃情歌〉。

女子目不轉睛的看著利瑪；受了鼓舞的利瑪接著高歌一首貝多芬的〈歡樂頌〉，女子的眉毛隨著高亢的音符揚起又落下，臉上浮現一絲難得的短暫的笑意，彷彿終於回到人間；可惜，僅止剎那的靈光一現，聽完又恢復無知無感的漠然狀態，和眼前的世界無所關聯。

一晃兩個月，露西亞期待的事情沒有發生，沒有任何人前來指認或探問女子的下落；在這個地球上似乎沒有人在意一個消失在旅途中的年輕女子，在那個手機還未普及，網路還未鋪天蓋地的相對單純年代，一個人的消失可以是徹底的斷線失聯，沒有衛星定位也沒有網路肉搜；警方一籌莫展，只能將她列入失蹤人口處理，記下她的外貌特徵、概約年齡、膚色、髮型、穿著等基本資料以及錄製了指紋，送到各國領事館、紅十字會等相關機構，試著尋找與女子有關的資訊和線索。

在她開口說話之前，沒人知道真正發生在她身上的事，她的存在成為一個無解的檔案。由於沒有任何關係人，女子成為醫院長期的負擔。警方最後將案子送到法院；法官無法裁決，因為無法處置一個沒有身分的人，醫院束手無策；紅十字會和大使館曾透過電視報紙尋找她的家人，也是一無所獲。最終，在警察局的記錄裡成了無人問津的過期檔案，一個無法定案的懸疑人口。

由於女子沒有名字沒有身分，護理人員一直以她所在的位置稱呼她睡的東邊床位32號，EASTSIDE BED NO.32，用了一陣之後被省略成東邊床（Eastside Bed）——伊賽貝德，就成了女子的代號與稱呼。

醫院急診室緣於缺乏人手和經費，無法繼續收容情況非緊急的病患，伊賽貝德稍後被轉往伊士林頓區一家專門照護失憶症、阿茲海默症的療養院。

伊賽貝德意識雖然清醒，但無法言語，拒絕與人溝通。療養院神經部行為神經科醫生推測：伊賽貝德的狀況可能是與情境相關的精神障礙，造成病人短暫性失語或心因性失憶；此類的失語或失憶，有可能是心理因素造成，病人也可能出現一段時期生活經歷的完全遺忘，時間短從數日到數月，長者可達數年。

其次的可能是腦部受創，主要是意識、記憶、身分或對環境的正常整合功能遭到損壞，對時間順序排列錯亂，分不清夢境與現實；這種情況下，病人無法對事件細節存有記憶，但語意記憶依舊完好，在生活上可能造成困擾，但並不妨礙學習事實、知識以及語言的能力。還有一種很小的可能就是自體免疫性腦炎，不過那是非常罕見的疾病，不過也不是完全不可能。

醫生認為：伊賽貝德比較傾向是心理、生理雙重受創；有可能是意外事件加上長期旅行，身心疲憊飲食失調所引起的心性錯置；迷信的說法就是著魔中邪！患者常常不知道自己是誰，也會經驗到很多個「我」，清醒的時候情緒可能不穩定，也容易暴躁失控。

由於伊賽貝德沒有其他健康上的重大問題，情緒也沒有對旁人構成威脅，療養院只能一邊觀察她的狀況，一邊期待她能逐日恢復正常；必要的時候，再進行腦部掃描，看看海馬體與杏仁核是否受到損害或發生病變，導致記憶和情緒異常。最重要是盡早和家人或親友聯繫上，否則，發生問題沒有人能承擔和負責，醫院也很難處置。

不論伊賽貝德經歷過什麼？露西亞最關心的是：如何能把伊賽貝德喚回現實？看著她那雙空茫而迷惑的眼神，露西亞迫切的想揭開那層蠱惑她的迷霧，恢復她清明的神智，她自願充當伊賽貝德的看護志工，下了班忙完自己的事就帶著書、帶著錄音機、帶著土耳其雜貨店買的核仁糕點去看伊賽貝德；她無法看著一個花樣年華的少女，成為一宗沒人能接管的無名懸案，一個無人問津的失蹤人口；她決心要一點一滴尋回伊賽貝德的身世藍圖，找回她失落的生命軌道。

星期天下午的陌生人

那人出現在邦埤堤岸，那裡經常有鄰近大學和工業區來幽會的男女，他們在坡堤下的矮木叢裡擁抱、接吻、彼此撫摸對方的身體，發出沉重的喘息，有時候是分不清痛苦或歡喜的呻吟，鄉下孩子們所好奇又驚懼的秘密勾當；事後留下幾張縐巴巴的衛生紙，刺眼的散亂在青綠的草地上。

那男子騎著帥氣的巨無霸六百ＣＣ鈴木機車，胸前掛著Nikon單眼相機，一看就不是一般鄉下的孩子。

男子把摩托車停在香弟身邊問：北上的縱貫路往哪個方向走？口氣輕鬆，不像迷路的人，眼睛還放肆的盯著香弟，帶著邪氣又不失調皮。

鄉下閉塞少有外人出入，除了理髮的、閹雞仔的、牽豬哥的師傅、江湖賣膏藥的小販等等，他們在節日或農暇來到村裡擺賣做活，帶著道具，幾分江湖豪氣。眼前男子斯文白皙，略帶輕狂，整體後梳的髮型，露出清晰的髮線以及光滑圓潤的額頭，像某種年代知識人或貴族紳士的文雅兼不羈。

香弟直視男子，用眼神示意了朝北的方向。她不輕易跟陌生男子說話，也防備著男子輕佻的神色。

「妳叫什麼名字？」那人吊兒郎當的問。

香弟不回答，不喜歡男子這樣問話，冒昧，放肆，讓她覺得受了冒犯，心裡有了警戒。

男子跨上機車，發動引擎，踩足油門，轟隆隆呼嘯而去。

望著車後飛起的塵煙，一個飆狂帥氣的身影，香弟在錯愕之後莫名感到些許失落，那失落讓自己微微一驚，難道她心裡有什麼期許？顯然，她對這外來的男子從頭到尾都好奇：髮型、相機、野獸一樣狂飆的機車，完全來自另一個她所想望卻陌生的世界，那世界令她好奇而且嚮往。

啊！如果可以這樣逍遙自在、浪跡天涯……。

她正胡思亂想，不意，那人傾身以優美的半弧形調頭回轉，彷如心電感應。那人再度回到香弟身邊，像魔術師那樣從上衣胸口摸出一朵路邊隨手摘的梔子花，以戲劇性的表情把花展現在香弟面前。

「給妳！」他說，好像那是特別的賞賜。

香弟拒絕！那種到處亂開的野花誰稀罕？男子一把抓起她的手，霸道的把花放在她手上。

啊！初次被陌生男子握住的手，以一種權威的架勢給她私密的恩寵，她愣在那兒，忘了抗拒迴避；狂烈的心跳讓她不知所措。

「妳的表情很奇特，妳的嘴角是歪的！」他狡猾的看著香弟吃驚的臉：「不過，我喜歡缺陷的美感！」

從來沒有人告訴香弟：她的嘴是歪的，從出生到當前的十七個年頭，從來不知道自己歪嘴，從小就被村裡的孩子們叫番毛女，因為皮膚比較白，頭髮比較黃，她因此不喜歡鏡子裡的自己，有時害怕看見自己的臉，也擔心鏡子會照見人內心隱藏的秘密。

此時，她迫切想看看自己的臉，想知道在這個男子面前自己有怎樣的五官？在他眼裡是什麼樣貌？這男子簡直胡說八道。但是，一時找不到鏡子，她有點懊惱。

「別這麼敏感了！我習慣說真話而已！妳大可不必理睬！」

生活裡從沒有人用這樣的字眼，這樣的態度對她說這樣的話，那男子若非狂妄自大就是缺乏教養。

「你是誰？你在這裡做什麼？」香弟終於忍不住開口問。

「叫我沙木爾，Samuel，是我寫詩用的筆名，妳在這裡做什麼？」

「這是我的村子，我從小在這裡長大！」香弟心想：沙木爾，一個詩人的名字，好新奇的身分。

沙木爾放眼四周綠油油的稻田，田間一排排隨風起伏搖曳的防風林，小村埋在濃密的竹林後，紅色的屋瓦在風中若隱若現。

「我想拍些鄉下的四合院老房子，妳可以帶我看看？」

「整個甘那坎村不是三合院就是四合院，你可以隨便看！」香弟朝太陽下山的地平線指去。

「妳帶我去可以嗎？」沙木爾盯著香弟，把香弟盯得心慌意亂。

「可以嗎？」那個叫沙木爾的男子，故意用請求的口氣再問一次。

「可以！」香弟違反自己的意願，因為有點不甘示弱。

「妳不怕我是壞人？」沙木爾露出精靈狡猾的目光。

「我怕壞人！但我不怕你！」香弟率性的回答。她有警惕，但沒有畏懼。

沙木爾從上到下打量香弟，一個未經調教的野姑娘，完全是不經世事的天真良善。

「不要隨便相信陌生人，遇到壞人很危險的，小姑娘！」

香弟不喜歡陌生人叫她「小姑娘」，也不盡信他的話。鄉下生活單純平靜，人和人之間少有猜忌，不習慣防範戒備；小學到中學香弟都在離家數公里內的小鎮上，鎮裡就一條大街，圍繞著十字路口的中央市場，米店布行、五金雜貨、百貨、藥局、美容院、照相館……，就是小鎮生活的全部內容。香弟沒去過鎮外更遠的地方，除了小學畢業旅行，搭遊覽車一路去到島南的鵝鑾鼻。

「我看妳若不是沒見過世面就是ＩＱ不足？」

沙木爾的話讓香弟惱怒，也許他說中她的心虛。香弟記得：有一年，村子外的大學來了溜冰團表演，整村的孩子們都爭先恐後去看，一群天使一樣美麗的女孩們，穿著翻飛的薄紗短裙露著修長的腿，在溜冰場上飛馳旋轉跳躍舞動，看得香弟心馳神迷，激動的決定這輩子一定要去學溜冰，好長一段時間，夢想盡是那些曼妙的身姿和翩飛的舞影。那是她生活裡所見最驚心動魄的一次「世面」，讓她對外面的世界有了渴望和強烈的憧憬。

後來燒退了，一個華麗絢爛的夢就在日常的單調貧乏裡消逝殆盡。倒是鄰家女伴明月，從此迷上絢麗的舞台，一心要做個眾人仰望崇拜的閃亮明星。

「跟我走吧！」香弟故作自信的說，「把摩托車停在樹下鎖好，騎進去會驚動一村子的狗，會被咬得體無完膚。這裡沒有人會偷東西，整村子都是姓葉的族人，大家都認識。」

太陽就要下山，田野裡沒有路燈，路上還有野狗。小路曲折蜿蜒，天色一寸寸暗下，沙木爾的腳步慢下，他對「純潔」有著近乎崇拜的癡迷癖好，少女的肉身是上帝最神秘最完美的傑作，他難以抵擋的誘惑，他幾乎可以聞到風裡飄散的少女身上帶著異香的體味，一陣昏眩迷蕩。

香弟回頭，昏暗中一雙眼睛雪亮如豹。她停下腳步，直覺那眼神有一種奇異的光芒，有一件事正在醞釀發生。此時四野無人，只聽見風在林梢沙沙作響。

「聽！風的歌！」沙木爾停下來，要香弟仔細聽。

香弟聽見自己的胸口咚咚咚咚如鼓擊撞，雙頰如火燃燒，什麼都看不見也聽不清，她害怕那無名的狂亂躁動。

「妳的心不在這裡！」沙木爾如先知看透她心思。

香弟一聽，拔腿就跑，那人簡直擄獲了她的魂魄，讓她心慌意亂，只能逃跑，否則就會墜落陷阱。

沙木爾站在原地任由她去，怕驚嚇了一隻就要到手的獵物，他是一個嫻熟的獵手，擅於察言觀色、伺機行動。

香弟沿著田間小路奔往村裡，路上一塊碎裂的玻璃扎傷她的腳底。香弟頹然跌坐地上，叉開腿，盤起腳，低頭察看傷口，一小片尖銳的碎玻璃，垂直插入腳掌半吋深，鮮血直滴，她忍著痛揀出玻璃片，用手擠出傷口污血，隨手摘了路邊野牡丹的葉子，揉碎了敷在傷口止血，那是鄉下孩子常用的偏方。

沙木爾走近她，蹲在身邊握住她受傷的腳掌，低頭吻了她的腳背；香弟的神經清楚感受到男人嘴唇碰觸的溫潤柔軟，全身一股顫動，讓她一時失魂落魄。

沙木爾疼惜的摸了摸她的腦袋，香弟整個人沉浸在無所不容的巨大溫柔中。原來，她一直渴望著如此被人所征服，渴望受寵、被愛與關懷。

「別擔心！」他在她耳邊說。然後從口袋摸出一條手帕，小心翼翼的纏著她的腳掌，那輕柔的碰觸，平息了她的倉皇與不安，她感到一陣昏眩與燥熱，莫非那是愛的啟示？一個男子和一個女子心靈交會的秘密儀式？

一股濕熱的氣息伴著柔軟的唇貼到她的額頭，她聽見他怦怦的心跳，感受到他灼熱的頰。

所有事情的發生就在那神奇的一刻，當他們的眼神相遇，她被一種完全陌生的激情所擄獲，渴望著男子的溫暖和親近，靈魂感到巨大的虛空而身體極度饑渴。她甘心臣服他的指令，彷彿那是可以庇護她的權威，那種父親從未給過她的呵護與寵溺，她感到泫然欲泣的孤單，因而渴望著陌生人的愛。

他傾過身來用舌尖舔了她的唇，一點一點細細柔柔的舔著，香弟緩緩張開了唇，鬆開了牙關，瞬間一股瓊漿玉液的甜蜜溫柔排山倒海而來，她感到自己就要滅頂沉淪，心裡掙扎著、恐懼著：然而，身體背離了她的意識，即使世界末日到臨，她竟心甘情願任由自己墜落！

事情就在這一念之間一發不可收拾，等她意識到要拒絕的時候，沙木爾的吻已經如盤石吸附；暴風雨即將到臨，她倉皇無措，奮力抵擋，男人的身體如虎如狼，她無法招架，無力擺脫。男子的氣息混合著體溫，火熱的手掌在她腰肢像蛇那樣觸撫纏繞，危險而且帶著邪惡的刺激，一路向下鑽去。

突然，她猛地推開男子，心裡浮現了邦埤草地上那些野合的男女，動物交媾的姿態……。

沙木爾使勁一推就把她反制壓倒在地，她本能的靠緊雙腿死命抵擋，膝蓋像鐵鎖牢牢扣緊，沙木爾費了好大勁，怎麼也掰不開她的腿；鄉下的野女孩，好蠻的力道，他暗暗吃驚。

纏鬥一陣，沙木爾頓時興味索然。「對不起！我會錯意了！」他尷尬無奈的道了歉。

「你就是這樣看待我的？」香弟怒目對視。

「應該是怎樣？」他說得那麼理直氣壯，冒犯了香弟。

「你有沒有教養？懂不懂得尊重？」香弟很生氣，但找不到罵人的話，她沒跟男人吵過架，小時候的玩伴黑尼馬克從來不惹她生氣，從來不會冒犯她。

「天生我是個享樂主義者，追求的是生存本質純粹的快樂！跟教養無關，跟尊重無關，只跟彼此的感覺有關。」

什麼「享樂主義」、「生存本質純粹的快樂」，香弟聽了就惱怒！她根本不理解那種虛玄的字眼，那人分明就是侵犯她。

沙木爾喜歡她的率真和傻勁，乘勢一個翻身欺壓而上，虎掌扣住她的下巴，逼視著她說：「妳要！妳的眼睛說要，妳的身體說要！」他抓住她的手貼在她自己噗通噗通跳動的心房，「妳摸摸自己的心跳！」

香弟渾身顫抖、臉頰火熱，恐懼、好奇、興奮、焦渴集體躁動，一場風暴就要來臨，她在心裡狂喊著救命，身體卻被沙木爾巨大的力量所制壓，心理意識到了的危險，身體卻有止不住的欲望在奔竄，意欲著要和一個男子親密，那是她體內活躍的生機，她靈魂深處巨大的渴念，莫非……，那就是生存本質純粹的快樂？

沙木爾的手指觸及她稚嫩靦腆的乳頭，一股酥麻的電流頓時瓦解了她的意志，她無力自制，恐懼混合著欲望拉扯著她，撕裂著她的靈魂和肉體，背後貼著地上粗糲的野草，細小的飛蚊在她裸露的腿上密密的咬，心像火一樣燃燒，恐懼和興奮一起到臨，痛楚和甜蜜糾纏不清，罪惡和貪婪混沌不分，天崩地裂，青春肉體風火山林的陷落坍塌，身體如海岸之迎合潮水，渴求著眷戀著男子身上發出的奇異氣味，那神秘的器物溫熱的貼裹在窄緊的內裡肌膚間磋磨的親密，春潮像海嘯一樣徹底將她吞噬淹沒；在驚懼與興奮中，生命滑進了另一個全然陌生的軌道，她失去設防，也來不及思考，整個人像在洪水中翻覆滅頂。

無法回頭了！像一個密封被開啟的盒子，意識到自己身體被一個異性侵入，有一種東西在生命裡消失了，另一種猛鮮的力量在身體茁長，那是必然的割捨，成年的洗禮，她意識到了性別和欲望，男人和女人，那叫人惶然不安又興奮莫名的生命初航，肉身擁有了自己的意志，靈魂開始失去了自由，那就是夏娃亞當墮落的源頭，成長的禁忌與青春的迷惘。

斑駁的血跡沾染了她身上的花裙，腿股內側一抹殘紅如抽象潑墨，丟失的童貞像跟魔鬼的交易，一個進入成人世界的秘密儀式，就像翻越一座神秘的山頭，生命自此進入一個嶄新境地，身體開啟了欲望之門，從此開始需索，開始寂寞。

香弟在蟲鳴月色中倉皇回到家，是晚餐過後的連續劇黃金時段，村裡的人都守在電視機前關心著發生在男女主角身上的悲喜劇，一個表哥表姐的苦戀禁忌，主題曲風靡整個村子。

天天重複聽著的曲子，此時在她心裡忽然起了一絲共鳴。

母親聽見香弟開門的聲音，抬頭看了一下客廳牆上的鐘，已過晚餐時間，沒問她為什麼晚歸，只不重不輕的說了一句：妳要自覺！

那四個字像神諭，讓香弟戰慄不安。母親向來宿命隨緣，認為命是前世註定，一個人的好壞成敗是個人的造化，不關調教管束；那宿命論給了香弟放任自主的遼闊天空，沒有負擔的自由，如同一只缺乏引線的風箏，漫無目的的飄蕩翱翔，終因無所規範而致失去方向和目標。

在那種無人看管約束的放任裡，她時常感到空虛落寞，不時渴望著大人的關注；愛，原該是那根繫住風箏的線，牽引風箏的手，香弟總是渴望有人用一根線繫住她的心，讓她在飛遠的時候依舊可以放心大膽、並且在需要的時候有力量召喚她回頭……。

母親那句「自覺」，卻像盆冷水潑在初始燃亮的生命激情，在她初嘗的甜蜜裡滲進了苦澀，恍如快樂是有罪的；香弟為初次經歷的男女愛欲昏眩著，身體第一次打開欲望的禁錮，成長的幽深黑暗的甜蜜蠱惑了她未曾啟發的心靈，性的歡愉交雜著一絲罪惡在事過境遷的軀體中爬升，那罪惡的源頭，迢迢來自對母親的記憶，痛苦是有印記的，它像世代承傳的基因。那就是母親所謂的自覺嗎？愛欲是恥辱的？罪惡的？

香弟看到母親、祖母走過的歧路，看到身為女人如何受欲望的差遣宰制。她是那個意外事件的共謀者，有一個她暗自縱容著自己，在撕裂的痛楚裡，秘密品嘗一絲欲望釋放的舒甜，一種帶著羞恥、罪惡和刺激挑釁的甜蜜墮落。

在鄉人眼裡，母親是沒有羞恥的敗德婦人，跟男人偷情；偷情的母親走路依舊抬頭挺胸，從不迴避鄉人的閒言閒語，好像她有天生的豁免力，三姑六婆侵犯不到她；還是，那就是村人所謂的無恥，厚顏鮮恥的人是不會受到傷害的？

香弟不明白為什麼母親無畏村人的指點，是「自覺」給她的豁免？豁免於世間的責難和批評？豁免於道德禮教的束縛？自覺是什麼？靈魂的清醒和自尊的力量？

香弟沒吃晚飯，直接去了浴室，將自己關在浴室裡清洗帶血的污漬，身體自此在最隱秘脆弱的地方撕裂了一個黝黑的洞口，裡邊無盡空虛，亦是充盈飽滿，欲望潛藏在肚臍底下造次，身體因此而饑渴、興奮、徬徨又恐懼那黑不見底的深淵。

整個夜晚，她不斷回味著初嘗禁果的驚心動魄，男子進入肉體的迷惘震撼，震撼之後的痛，以及從痛中絲絲湧現的奇異溫柔，溫柔之後的惆悵失落，她理不清那短短時段裡一個女孩經歷成為女人的複雜過程，像一眨眼的瞬間，來不及思考，又像一世的困惑，她一遍又一遍的回味，男子的樣貌一次又一次鑲嵌在她腦海裡，直到她情不自禁的在夜夢裡喊著他的名字：沙木爾……。

沙木爾的形影氣味在記憶裡纏綿迴盪，像一場無法清醒的夢。她悟到了身為女性的軀體，以及那個渴望被滋潤的少女心田。自此，有一種秘密的歡喜和憂傷在寂寞中日夜滋長，日子因等待而變得悠長緩慢。

甘那坎自此盡失色彩，香弟的心思全繫在沙木爾那個魯莽陌生的男子，她無時無刻不想念沙木爾、想像他居住的城市、他的身體、他的一切，從此有了愛欲與煩惱。

謠言

整個夏天，甘那坎沸沸揚揚流傳著香弟和騎摩托車的陌生人在邦埤交媾。

七月某日的黃昏時分，有村人看見香弟和陌生男子一前一後，沿著邦埤堤岸走進樹叢裡。之後發生的事情，並沒有人完全洞悉，沙木爾離去之後，有關香弟和那個男子的謠言便像棉絮一樣漫天紛飛。有人說看到他們在邦埤堤坡下擁抱著打滾；有人說看見他們的鼻子碰著鼻子，嘴巴貼著嘴巴吻在一起，還有人說他們的身體纏成一團在地上翻滾扭打……，謠言越傳越兇越離譜，在小小的寂寥的甘那坎小村成為一件躁烈香豔的茶餘飯後話題，為平淡的生活添加了浪蕩與色香。

別人家的女孩也有幽會男人的，私下也不是沒有人說，但說說就過去；香弟的故事不一樣，她的家族三代女子都單傳，曾祖母、祖母、母親都招贅，迷信的說法是命硬剋夫，背地裡謠言不斷，有說香弟的先祖有荷蘭人血統，香弟小時候被人譏笑是紅毛番的種，吵架的時候，總是被孩子們拉扯髮辮叫她番毛女。她回家問母親自己為什麼被叫番毛女？母親說她從小愛吃醬油加豬油拌飯，吃太多醬油把頭髮吃黃了，她一直信以為真。

一定是基因裡傳下的孤僻，母親曾抱怨：香弟生下來三天，張開眼睛就惶惶然四處搜索，母親一離開身邊她就放聲大哭，餓了就死勁咬母親奶頭，即使只有幼嫩的齒齦，還是咬得母親乳頭紅腫，好像那是她的抗議和恐懼。長大後，每次母親生氣就提起此事，好像生她是受罪，而且打從出世就開始。

香弟承繼母親的身形樣貌，大眼玲瓏，眼窩深陷，瞳孔像貓那樣閃著琥珀的色澤，褐色髮絲埋藏著身世的秘密。那是一直到中學上了歷史課，讀到荷蘭人在十七世紀占領台灣，她才意識到自己的先祖也許曾和外來族類孕育了後代，基因延續下來的棕眼、挺鼻、褐髮。

醜聞

邦埤的謠言傳到學校演變成一樁醜聞，香弟成了遭人唾棄的女子，一時間所有的人都和她劃清界限，在她背後竊竊私語，沒人願意坐她坐過的位子，休息時間沒人跟她玩，下了課沒人願意跟她走在一起，好像她渾身布滿骯髒邪惡的細菌；鄰座賴玉霞用粉筆在桌面中間畫一條線，楚河漢界，不准她越界，不跟她往來，不跟她說話；賴玉霞的母親帶著女兒到學校要求老師換位子，沒有人願意坐香弟旁邊，所有那些對曖昧的成人世界無知的想像，對欲望、生殖本能的恐懼，都轉嫁到香弟身上，謠言滋生的摧毀性傷害力，曲扭了事實，歪曲了她的人格，人們像中邪似的被這一切蠱惑煽動，集體失去了純良，傳染病菌似的迴避她、隔離她、敵視她。

私下裡嫉妒她美貌的風紀股長李麗香，一個父親在鎮上小學當教務主任的外省孩子，頭髮鬈曲，長相兇惡，平常愛管閒事，香弟在埤塘的事傳到她耳裡之後，她迅速組織了一團缺乏主見又八卦好事的女同學，背後說香弟壞話，做人身攻擊，孤立她的人際關係。

在流言四散四面楚歌的校園裡，香弟獨自承受著屈辱和孤單，一個人來，一個人去；下雨天，從鄉下走田埂路到學校，鞋底黏著地裡的泥巴，那些人當著她面說：「好臭！好髒！」香弟英文考一百分被說成作弊，作業得高分是老師偏心，跟老師撒嬌……

香弟假裝什麼都聽不見，什麼都不在乎，遠離那些誣衊她的不實謠言，她必須用驕傲與自信來保護自己！她嘗到了異己和孤獨。她厭惡那些奇異的眼光，放學一個人走路回家，遇到平常熟識的同學，他們都自動閃躲，世界以一種惡意和疏離的冷酷面貌進入香弟天真良善的心靈。

喜歡一個人有什麼過錯？身體意願和一個人交合有什麼罪惡？所謂道德、貞節，難道不是女人一生的牢籠？她無法告訴任何人：她心裡願意！即使害怕，身體還是歡喜；即使有痛，最終還是有絲絲甜意，人世間如果有什麼叫「脫胎換骨」，初夜就是一把開啟天堂與地獄、歡樂與罪惡的鑰匙，自此才體驗了愛欲的滋味，明白了做女人的原始意義。

邦埤之後，她不時感到身體的豐盈飽漲，同時又那麼虛空荒蕪，一團無名之火燥熱的焚燒著、焦慮著、躁動著，同時也羞恥著、煩惱著。

周圍的人和她逐漸有了難以溝通的距離，好像他們不再屬於相同的世界；她想起小學六年級班上最早穿起胸罩的明月，男女同學在她身後指指點點，好像胸前那一對隆起的乳房是個人的恥辱罪證。

明月在國中畢業那個暑假離家出走，一個人去了台北，她如果沒有離家，此時此刻香弟就會有一個人可以傾訴，有人能夠理解，事情便不致如此孤單無助。她的心開始嚮往明月所在的城市，一個可以逃離現狀的遠方。

咒語

母親從村人口中得知發生在邦埤的事，震驚於女性在家族世代承傳的悲劇，竟然也在女兒身上重演，祖母當年新婚的丈夫遠遊日本，後來跟當地的日本女子再婚，已經懷了身孕卻被遺棄的祖母，獨自生下女兒——香弟的母親；母親二十三歲那年招贅，與出身微寒從小送人做養子的父親成婚，生下香弟；九歲時父親隨貨輪出洋行船，後來貨輪失蹤，三十二名船員生死未明，母親又是孤寡一人。三代女人的命運都脫離不了離家的男人，母親認定了香弟的未來已因那個陌生男人而種下悲劇的因子。她是以要香弟自覺，不要重蹈覆轍。

那年，父親跟隨一個在遠洋貨輪工作的親戚出海，兩三個月才能回來一次。

父親一走，家裡頓時冷清許多，客廳八仙桌積累了灰塵，菸灰缸從此是空的。香弟從未見過真正的海，不知道彼岸世界是什麼樣子？那裡的人說什麼話語？週末的電視長片裡看到開汽車、住洋房的西方人，男人和女人嘴對嘴當眾親吻，女人的衣服露出半截豐腴的乳房，談話裡動不動就說：對不起！謝謝你！香弟以為那就是所謂的文明世界。那些日子，凡是看到外國的電視便想像那就是父親所到往的國度，隔著遙遠不可測的距離，她以如此的方式維繫著對父親的遐想和記憶。

有一年暑假帶香弟去了輪船停靠的基隆碼頭，大小船隻高高低低的桅杆，遼闊的海平面，那就是父親所將航行的遠方，有吉普賽女郎穿著火紅的長裙，用蠱惑人的黑眼睛揭示你的愛情與財運，有一個跟火雞同名字的國家叫土耳其，男人都在街上咕嚕咕嚕的抽著大菸筒；在富裕的美國，汽車在寬闊的馬路上行駛，超級市場裡陳列著一排又一排無人看管的各式食品，年輕人穿牛仔褲，邊走邊嚼口香糖……，女明星長長的名字叫芭芭拉·史翠珊……。

從那時起，她就相信外面有一個繁華繽紛的瑰麗世界，住著高貴優雅的人種，過著文明豐盛的生活，小孩都像天使，過著樂園一樣的天堂日子。

父親每次回來給香弟帶回來雙箭牌口香糖、M&M's巧克力、芭比娃娃……。父親沒有告訴她，遠洋貨輪的日子，白天過了黑夜，黑夜迎來日出，重複的日子在無邊無際的汪洋大海裡，窩在船底幽黯而窄擠的船艙，空氣裡瀰漫著油臭，風浪大的時候，顛簸的船身搖晃著五臟六腑，令人昏眩作嘔；孤單想家，想女人，想雙腳踏在土地上的確實與安穩，海上航行其實是無日無夜的囚禁，短短的靠岸時間，忙著卸貨、裝貨、補充食物、燃料，抓著機會進酒館買醉，擁抱陌生女人的肉體，滿足激烈而短暫的欲求，填補靈魂和肉體極度的空虛饑渴，船永遠都在你來不及記住一個女人的名字之前啟航，開始另一段漫長的航程。

每次見到回航的父親，背著行囊，滿臉鬍鬚一頭亂髮，像個歷盡風霜的流浪漢。香弟好久才明白隨船遠航的日子並非想像中周遊世界的精彩浪漫：隨著年歲的增長，聚少離多，父女之間越來越少共同話題，感情日益生疏，以致後來貨輪失蹤，整件事對香弟而言就像發生在遠方一則他人的悲劇。

那些年，母親在臉上塗抹著父親帶回來的化妝品，裝在包裝精美的瓶罐裡，偶爾也塗抹胭脂，濃豔油膩的唇像戲台上的女子，香弟不習慣母親化妝的臉，也不習慣家裡不時出現一個來了就不肯走的客人，那個每月定期來換家庭藥包的高頭大馬的男子，戴著低低的寬邊草帽，以為可以遮去他的頭臉，腳踏車的龍頭上掛著黃色牛皮紙藥包。那男人來了，檢查掛在牆上的藥包，補齊那些母親家常日用的翹鬍子仁丹、征露丸、濟眾丸……之後，該走而拖著不走，時間過得緩慢而悠長，香弟在門邊不時窺看，顯露不耐的神色。

那男人跟母親抱怨：這小孩很麻煩，一邊用嫌厭的眼神瞄了門邊上惡狠狠瞪著他看的香弟。香弟一點也不肯退縮，她不能看見這個不是父親的男人親近母親和她所擁有的家。她不喜歡所有親近母親的任何男人！

母親當面訓斥：小孩子不懂事！去！去！去外面玩，一點也沒理會香弟的憤怒和委屈。香弟從此憎恨那個笑臉如狼的黃牙男子。

香弟一轉身就瞥見他們的背影消失在客廳。大白天房間的窗簾被拉上，裡邊沒有任何聲響動靜。

事後，母親看見香弟在後院龍眼樹下窺視、控訴、質疑的眼神，用食指貼在唇上比了一個噤聲的手勢，香弟的喉嚨突然卡住，不能出聲，無法說話；秘密是危險的，必須牢牢密封在心裡，誰也不能透露。香弟從此背負著母親不可告人的秘密，成為一個不願開口說話的孩子。

多年以後，她才知道那不可言說的事件叫「偷情」，母親在她未明世事的年歲裡背著離家遠航的父親所從事的勾當。

香弟的心裡因擁有了大人的秘密而變成一個孤單的孩子，有秘密的小孩永遠無法讓人親近，必須小心防守這個裝著咒語的瓶口，否則災難就會降臨，她跟同齡的孩子有了隔閡，無法隨便跟人說心裡話，不小心就會洩漏秘密，她必須像拴瓶子那樣緊緊的守護著那個危險的出口，否則會觸怒老天爺，災難將會發生，母親會遭到天譴。

那些日子，香弟經常做噩夢，夢見母親蓮花一樣潔白的赤裸身體，被一個腿間長著凸猛怪物的男人侵占，她的眼睛經歷了人世間第一場風暴，邪惡像砒霜一樣毒染她稚嫩的心靈，魔鬼在她潔白的靈魂滲透了黑暗，母親從此在她心裡失去尊嚴，香弟成為一個無所庇護的孩子，憤怒使她一刀截斷成人的世界，幾乎成了一個自閉的孩子，拒絕成長。從此，她的眼神不再安寧；野獸一樣的男人在侵占母親的身體後，變成挺著巨大陽具的猩猩，用兩隻笨拙的後腿人模人樣的在她的夢裡遊走。

香弟長成一個潔淨而孤僻的少女，懂事以後就決然禁欲。第一次發現身體出現女人徵兆時，羞恥像毒蛇一樣噬咬她的心，夜裡無由騰升的欲望，使她對自己的身體深惡痛絕，本能排斥一個日趨女性化的身體，欲望的貿然湧現，使她相信：魔鬼已經進駐在她的靈肉深處，人生而罪惡。

那是一段靈肉交戰的痛苦經歷，她在無知惶恐的尷尬中，跌跌撞撞碰碰磕磕的摸索著成長，時時動念要出家。

然而，不該發生的事還是發生了……，生命裡似乎存在某種不由意志所操縱的天意，每個人生命中必然有這樣一個獨特的神秘時刻，遇到一個人去成全自我的啟蒙或傷害。

後來發生的事，似乎早也都有了預示，母親一貫逆來順受。村裡謠傳：父親因欠下巨額賭債，出海遠航亡命他鄉，又說是母親紅杏出牆，父親因羞恥憤怒而離家遠走。香弟終究不明白是父親沉迷賭場，促使換藥包的男人乘虛而入？抑或母親出軌，導致父親淪落賭場，欠下賭債而後離家遠行？大人的事隱約曖昧，像那些飄忽的樹影始終閃爍不清。

狎

學校裡的級任導師廖至中向來對香弟偏心，同學間早有閒言閒語，她心裡有苦難言，邦埤事件之後，不時被級任導師叫去談話，盤問她事發經過、心裡感受，給她極大的壓力與騷擾。

香弟無法在導師面前開口談論發生的事，她寧可一個人承擔一切，更關鍵的是：她無法面對一個不能讓她舒坦與信任的人談論個人隱秘的私事；香弟不喜歡級任導師，沒由來的嫌厭，他越關心，她越反感。

私下裡香弟叫級任導師廖歪。師生戀的謠言本來就因為他對香弟的偏袒在校園裡流傳多時；邦埤事件之後，香弟無可避免的成為校園裡的話題人物。廖歪是師大剛畢業的年輕老師，皮膚粗黑，臉上布滿天花留下的坑疤，理著方方正正的三分頭，像一把剛勁有力的豬鬃刷子，一年三百六十五天，天天穿西裝打領帶，全身線條僵硬筆直，白皮鞋白得不近人情。香弟每次看到他就渾身不自在，廖歪偏偏對她格外關注，經常要她下課去他辦公室，給她課外讀物，問她家庭生活，堅持要教她書法、繪畫，說她有天分；練習書法的時候，他從身後傾身握住她拿毛筆的右手掌，胸膛貼著她的後腦勺，兩隻手臂像蟹螯從身後緊緊將她圈夾在他胸膛，她一直往內縮，往下躲，幾乎就要滑到座位下面的桌底去……。

不知道從什麼時候開始，香弟發現自己憎惡級任導師那樣的男人，憎惡他的三分平頭，憎惡他豬肝色的臉，下巴青綠的鬍髭，三角形的短鼻子，尤其憎惡他看她時的眼神；她憎惡他的西裝，憎惡他的速克達，以及騎在上面的那雙斯文的腿，腳上總是纖塵不染的皮鞋……，所有關於那個人的一切都令她感到厭惡，他越關心就越騷擾她的安寧，他似乎沒有意識到自己的作為在她身上造成的困擾與壓力，繼續對她偏袒，沒答對問題，遲到早退……，別人打手心受罰，香弟總是可以豁免……，作業沒按時交，別人罰站，香弟總是可以不受罰，這樣公開的差別待遇，讓香弟成為全班共同的敵人。

作為級任導師，每週都要眉批學生的週記，香弟的學習心得報告，幾行流水帳交差，廖歪特意用紅筆這裡圈那裡點，給她巨細靡遺的冗長眉批；無關緊要的事也要提出他的看法，香弟一句簡單的話語也要探尋背後的意義，推敲動機、分析理由……，用以表示他無微不至的關注。

寒假將至，香弟收到一份其他同學都沒有的禮物，廖歪送的一本嶄新的日記本。首頁是廖歪清秀到令人厭惡的字跡：祝福妳一年比一年成長得更有智慧，更美麗動人！

「日記是一個人最忠實可靠的也是最親密的朋友，妳可以在上面說出心裡的話，那是跟自己的靈魂對話，了解自己思考人生最好的方法。」廖歪對她說，還特別要求：日記寫完了每週要交給他檢查。

香弟沒有覺得受到關懷，事實上，她感覺被廖歪以師長的身分侵犯了，香弟尤其痛恨那句「美麗動人」，彷彿自己的身體被那雙眼睛注視著，而且，他憑什麼要看她的日記？全班同學只有她一個人得到日記本，也只有她一個人必須寫日記？寫了還要給他看，那是他用來窺看她內心世界名正言順的伎倆，美其名曰：為了加強訓練她的作文能力，訓練她自我認知的方法。

廖歪在日記上的眉批用「妳」稱呼香弟，特別加了女字旁的妳，讓香弟感到不適；廖歪聲稱自己是標準紳士，特別尊重女性，是以不用一般的「你」，那個特意強調性別的「妳」字，讓香弟無可避免的聯想到女人的隱私和一切與性別有關的女人特徵，因而感到極度的尷尬不安，她無法面對一個本來已經不喜歡的男子，又是無可迴避的導師，以帶著性別意識的特殊眼神注視她，那種注視令她尷尬不安，好像自己成了牢籠困獸，逃無可逃。

廖歪不時傳字條要她下課後到辦公室談話，用一種過度的關懷要她交代事情的經過。「妳不說，就沒有人能幫助妳！」他特意降低說話聲調，顯示他的絕對真誠。

香弟就是憎惡他的近狎，不願他介入她的生活一丁點，即使只是那麼一丁點都感覺是冒犯……。他變成了她無法承受的壓力，精神的騷擾和折磨，無時無刻都想逃躲的夢魘。

香弟不願意上學，天天都想離開那個令人窒息的世界。她怕他，那種從極端憎惡裡滋生的本能抗拒，一種沒有理由無法解釋的排斥畏懼。她無法忍受那個人，一聽到那個名字，看到那張面容，那一對眼睛，就想跳閃逃離。

廖歪執意要香弟解釋迴避他的原因；她如何告訴他：你，就是你這個人是一切問題的根源，舉著師道的旗子，以為擁有上天的加持，任意以偏私之心剝削一個無法反抗的純真學子。

有天下了課，香弟遇見廖歪騎著速克達等在校門口要送她回家，那種刻意的關注，逼得她無法喘息，無法正常生活，讓她在課堂坐立難安，下了課還是提心吊膽；香弟只好繞道從校園後門回家，開始學習視而不見，聽而不聞。

隔日到了學校，其他老師學生都在課堂上，廖歪要她到辦公室裡，她只能看著窗外沙沙作響的尤加利樹；廖歪要她轉過頭來正視著他，香弟僵著身體扭著脖子固執不肯聽從。

「看著我！」身後是廖歪放低的聲音，一雙手掌落在香弟肩胛上，逼著她看他。

香弟渾身不自在，身體因極度的嫌惡而顫抖著，眼淚忍無可忍的滴落下來。她逃不掉，越逃越難堪齷齪，越掙扎越擴大傷害，她沒有話要對他說，上牙狠狠咬著下牙，忍耐著不讓自己的情緒崩潰，就當自己是一塊木頭，對一切無知無感。

「為什麼？為什麼要逃避老師？」他按住她放棄掙扎的肩膀，逼視著她，淚水觸發他更深的誤解和愛憐，認定了她一定是受了什麼無告的委屈，一定有什麼不可言說的秘密，於是更竭盡所能的要探問她的心事，替她解除一切可能的疑難困厄，那就是他一向自命的紳士派頭、騎士風度、自命尊重女性的護花使者。

廖歪伸手從西裝褲裡掏出一條疊得方方正正的手帕，他用那手帕擦拭她臉頰上的淚。香弟憎惡那手帕的香氣，憎惡被他抹拭過的痕跡，更難忍受那一雙眼睛，它們細小而且渾濁，渾濁而且曖昧，曖昧而且污穢，她掉頭就跑，一心只想逃離他所在的時空場景！

「告訴我！為什麼要逃避？老師只是關心妳！」

第二天，香弟在抽屜裡收到廖歪給她的字條，請她放學後到辦公室找他。

這一次，下了課香弟直接去廖歪辦公室，周圍沒有其他老師在場，她鐵著面問：為什麼光對她一個人好？為什麼要對她偏心？全校的人都在竊竊私語，說老師偏心，說她跟老師撒嬌。

「我不要你的關心，請你像對待所有其他學生一樣對待我！同學們都在說閒話！孤立我，我沒有朋友！」

廖歪一直維持著他自恃的優雅：「讓我給妳做個簡單的比喻：如果妳的面前有兩隻貓，一隻乾淨、漂亮、靈巧、聰慧；另一隻醜陋、骯髒、愚笨，妳會喜歡哪一隻？當然是乾淨、漂亮、靈巧、聰慧的那一隻，所有的人都會喜歡，這是人的天性，很自然，沒有什麼不對的地方！她們說妳閒話，是因為嫉妒妳，嫉妒就是最大的恭維，妳不要理會，不要中了他們的圈套，妳應該有這樣的自信和驕傲！」

香弟不相信她耳朵聽見的是級任導師親自說出口的話，她絕望、憤怒，廖歪不只沒理解她的心情，沒設想她的處境，還為自己的偏袒找到人性的註解，作為一個老師，不但沒有一視同仁，沒有負起傳道、授業、解惑的責任，還以自己的偏私給學生造成不必要的困惱，這是什麼謬論？

自此，香弟對那種理平頭、麻臉、豆眼的男人，具有一種無法克制的畏懼，像一個人畏懼蟑螂，畏懼老鼠，畏懼密閉幽室那樣，廖歪成了她的PHOBIA，以致在路上遇到樣貌相似的陌生人，她會本能的迴避。

香弟學會了用意志殺人，她把所有的憤怒、厭惡聚集在內心深處，用絕對的冷漠、高傲完全漠視對方的存在，連名字都不願想；上課時她的眼神是空的，她的心是空的，她的靈魂逃到一個沒有人騷擾的太虛幻境去神遊。她學會了完全無動於衷的冷酷靜默。

期末考，香弟的數學繳白卷，那是她抗議的方式。廖歪要她重考，給她十個預設的題目，讓她帶回家當練習題解答。那不是考試，那是家庭作業，他說：不答就無法畢業，沒畢業就無法參加聯考上大學；而他「極不願意看到這麼聰慧美麗的孩子，為了一門數學科而留級，畢不了業耽誤了大好前途！」

就是因為他的話，香弟偏偏不作答、不解釋、不說話，堅決而頑強的抗拒。

對於香弟可能面臨的留級，母親不痛不癢一句「造化」，沒有責備，也沒有安慰。香弟開始怪罪母親的宿命，認為那是母親不負責任的藉口，香弟在心裡恨恨的想：偏要離家出走去做太妹！讓妳看看什麼是「造化」！她要造次逆反！

離家的念頭像黑暗中閃現的曙光：逃離她所厭煩憎惡的一切，眼不見心不煩；逃離成了唯一的安慰和寄望！

黑尼馬克

甘那坎唯一不捨是黑尼馬克，那個扮家家酒總是被迫當新郎的鄰家傻男孩。

村裡大多數被編進放牛班的孩子，國中畢業直接就去了附近工業區的電子工廠當生產線上的作業員，朝九晚五，坐在一條緩緩流動的生產線上，用雙手不停的往一個綠色的電路板面插上大大小小各種電子零件，七秒鐘過去，結束一個電板，新電板緊接著到來，不用思考，不用技術，只要十根手指頭能活動，基本上就可以勝任的單調重複的乏味工作。

黑尼馬克沒跟其他孩子去電子工廠，他安分又認命的留在鄉下放牛吃草耕地種田，名副其實放牛班的孩子，渾身都是地裡的土氣和汗味。

黑尼馬克，據他父母說是黑鬼的意思，因為生下來皮膚就黑溜溜的，一雙豆眼鬼靈精怪。黑尼馬克的父親在他小學五年級那年肝癌去世，有說是天天吃臭鹹魚吃出病來的，他們兄弟四人，都是猛烈抽長中的青少年，父親清早趕去市場擺攤賣自家地裡的菜，回來順便在市場帶一箱又臭又鹹的魚，一路上就臭味薰天；一日三餐，一年三百六十五天的吃，黑尼馬克說鹹魚鹹到發苦；記憶中的黑尼馬克經常口渴，見到茶壺捧起來對著壺嘴就咕嚕嚕的灌開水。

從小，黑尼馬克就和鄰近的明月、香弟玩在一起，結伴上下學，扮家家酒拿他當新郎、溪裡抓泥鰍、曬穀場玩騎馬打仗、野地烤番薯、打棒球；香弟總想黑尼馬克來日會有前途，他的手那麼巧，心那麼細，隨便地裡的泥巴捏捏就是一條牛、一隻長頸鹿；田野裡隨便狗尾草在他手上很快就可以變成一隻長耳朵的兔子，一隻搖尾巴的狗；他會的事還有很多，最厲害的是用布袋蓮跟竹排做成竹筏，載著香弟浮游在邦埤上，那是每年暑假最瘋狂的冒險和樂事。

然而，一場意外，結束了那些歡樂又狂野的日子。

那個升國二的夏天，黑尼馬克摘了邦埤茂密的布袋蓮，紮在並列的竹排上做了嶄新的竹筏，來了明月，三個人一起試乘新做好的竹筏；香弟駕輕就熟，一上去就安坐竹筏一端，盡量維持重心平衡；明月興奮而且大意，一腳跳上來，竹筏左搖右晃導致重心偏移，明月身體失衡噗通落水；黑尼馬克見狀火速跳下水裡救人，這一跳，竹筏劇烈顛盪，香弟不幸被震落水中。黑尼馬克一見香弟落難，扔下明月轉身去救香弟，回頭再去找已經灌了一肚子水的明月；明月一見人影，死命抱住不肯鬆手，黑尼馬克無法動彈，拚命踢腿避免兩人同時往下沉；香弟大喊救命，一路往村裡狂奔求助。

附近人家聞聲趕至，拿了長竹竿伸到水中，把兩個奄奄一息的孩子拉上岸來。

明月渾身濕答答淌著水，臉色泛青，嘴唇發紫，俯身躺在地上，村人抬起她的肚腹放腿上，就見她嘴裡咕嚕嚕吐出水來，沒一會就甦醒過來，睜眼看見黑尼馬克在香弟身邊，一隻手緊緊握住她的手；強烈的嫉妒讓她一時忘了溺水的恐怖，不甘心又一次失寵，黑尼馬克的心永遠偏袒著香弟，自己永遠無法超越香弟在黑尼馬克心裡的地位，她恨老天爺不公平，為什麼香弟總是得天獨厚？

那晚，黑尼馬克嘔吐、發高燒，意識昏迷，四肢抽搐不已。他迷信的父母認定是在埤落水受了驚嚇，魂魄離身，請了道士來作法收驚；整晚就見穿著長道袍的男子，口中念念有詞，手執敕筆在敕紙上揮灑符咒，燒了符咒，灰燼沖水灌進黑尼馬克嘴裡，灰黑的符咒水從嘴角流出，流到胸口濕了一攤。

一直到夜裡三更，高燒不退，黑尼馬克口吐白沫，兩眼翻白，里長田水伯過來勸說，家人眼見快要不行，才緊急叫車送到醫院急救，診斷出來竟是腦膜炎。

黑尼馬克的命是救回來了，但高燒燒壞了大腦，從此說話慢吞吞，經常傻愣愣張著嘴笑，再也不知煩惱憂愁，任人笑罵都呵呵一笑置之，問他什麼都說：差不多；國中勉強畢了業就順命的牽著父親留下的那頭老牛，在地裡放牛吃草。

香弟自此心懷愧疚，不斷自責。黑尼馬克對她依舊忠心耿耿，不時摘下野牡丹串成花環，送給香弟要她做他的新娘子。

那之後的寒暑假，香弟上小鎮高中，兩人偶爾在假日遇見，黑尼馬克逐日變粗的嗓音，香弟胸前日益萌發的乳房，讓她因羞赧而怯於見面；更尷尬的是：黑尼馬克發了癡顛，每次見到香弟就說：妳是我的新娘子！讓香弟有意避著他不見，免得面對面聽他這樣赤裸裸的說著癡話，羞得面紅耳赤。

離家前夕，香弟在邦埤找到久違的黑尼馬克；鬢邊青青澀澀長了稀稀疏疏的鬍鬚，人還是傻愣愣一派樂天，都不知道世界發生什麼事，他簡單的生活就是日出而作日入而息。

「你將來有什麼打算？」香弟期望他對生活有些嚮往，對未來有些志向。

「樂天知命！」黑尼馬克不知道什麼時候學會這句成語，還說得堅決篤定，好像這一生到此已了然，讓香弟惆悵不已。

「妳要離開嗎？」黑尼馬克的癡傻裡有一份細膩，讓他察覺到香弟異樣的神色。

「甘那坎這地方我是待不下去了！」香弟直言內心的煩惱困頓。她對誰都沒有話說，卻寧願對黑尼馬克交心。

他想留她，永遠留在身邊做他的新娘子，那是過去很容易說出口的話，如今，長大了才知道自己一無所有，再不敢隨便說天真狂妄的話語。他知道他們是不一樣的人，有些事是天生就註定的，比如他從小就沒由來的愛慕香弟，好像她是他的女神，他將她小心的放在自己的左心房、右心房，日和夜擁有全部的她，那就心滿意足了！

香弟說要離開，他心裡明白像她那樣的女子，蝴蝶一般，終究會遠走高飛，他只是不知該如何訴說他的憂傷和未離別就已氾濫的思念，愣愣的、傻傻的讓心傷在心裡細細的噬咬。

「你不想知道我打算去哪裡？做什麼？」眼前壯碩的男孩在幾年前那次落水之後，就不再是一樣的人，看著他的緩慢遲鈍，心中不免傷感。

黑尼馬克埋頭認真的給香弟捏一隻羊，他沒忘記她的生肖，捏了羊又捏了牛，兩隻動物一起放香弟手上：「我是一隻牛！」他想說而沒說的是：這輩子願意為香弟做牛做馬！

黑尼馬克！香弟在心裡疼惜的叫喚著，從小就經常是這樣大呼小叫任意把他喊來喊去，當是天經地義；如今，當年那個機敏聰慧愛玩愛鬧的黑尼馬克去了哪裡？

像過去那樣，黑尼馬克隨手摘兩片尤加利樹的葉子對貼著當樂器，在葉片的縫隙吹出貝多芬根據席勒詩句所譜的〈歡樂頌〉，那是他在放牛時經常隨性吹著的一首歌，有如他的註冊商標，帶著壓抑的高亢顫音如歡樂至極的喜悅顫抖，總是讓整個邦埤的空氣飛揚跳躍。

只是，歡樂的時日不再，童年舊事都成過往雲煙，長路迢迢，誰都不知來日重逢將是何種樣貌？只能看著夕陽一寸一寸落入地平線下，遙遠的夢想渺渺從夜幕中升起。

月黑風高

來吧！妳難道要一輩子待在那個只有牛糞和泥巴的甘那坎？這裡有吃，有住，還有一個 surprise 等著妳。

那是明月在香弟決定離家後給她的邀約。距離上一回見面已近兩年，在離家北上的時日裡，明月只回來過一次，那回返鄉造成全村的騷動，一輛豪華的黑色轎車載著明月從村外的路口開進鄉間的羊腸小徑，停在明月家屋後的曬穀場上；那是一條村人出入往市鎮的小路，在過去，寬窄僅夠三輪車單向通行；進到村子裡的第一部汽車，還是許多年後，因為選舉有了路燈，修寬了路面，黃泥路面鋪了碎石，四輪的汽車才得以載著候選人的宣傳車來到村子裡。

汽車裡走出來穿西裝戴墨鏡的標致司機，鄉下沒見過世面的村夫村婦，老老少少紛紛圍著漆黑雪亮的汽車打量著，鄉下沒有過這麼氣派豪華的私家轎車，車身亮得可以照見人影，手指碰一下就留了清晰的指紋，讓人不敢輕易碰觸，好像會冒犯了那汽車似的。

鄉人也沒見過濃妝豔抹的明月，她長髮一鬈一鬈如波浪垂放肩頭，腳踩細細的高跟鞋顫顫巍巍在水泥院子走出咯咯的聲響，看她鮮紅欲滴的指甲油，濃黑如墨的眼影，眨眼一閃一閃像蝴蝶展翅的睫毛，一切都如此瑰麗華美綺麗夢幻，一種金光燦爛的奢靡想像。

人們好奇的圍住明月家客廳窄小的窗口，爭先恐後趴擠在窗台窺看裡邊的動靜，一邊吱喳耳語，帶著詭秘的口氣去傳述那件不知道該羨慕或嫉妒的流言，一面不自覺的露出豔羨的神色，羨慕那華服美妝的尊榮嬌貴；大企業董事長的私人秘書、特別助理，原來就是如此這般氣派，都市人的架勢，好不威風。

明月從小愛唱歌，愛跳舞，愛漂亮，愛出鋒頭，就是不愛念書，經常拿手電筒當麥克風站在桌面當舞台放聲高歌，摘了路邊扶桑插在耳際，偷香弟母親的口紅塗嘴唇；十二歲來了月經，她在茅廁裡退下底褲，興奮又聒噪的向香弟展示衛生帶上面那一塊沾血的棉花，好像那是一幅驚心動魄的青春血祭圖。

「妳看，這樣一滴一滴湧現出來！暖呼呼的！」她指著經帶，把經血說成一種親暱又神秘的東西。蓓蕾初發，她用雙手捧握自己的奶，一邊撫弄一邊說：好脹，好痛。她身材飽滿立體，身姿婀娜，有個外號叫大豐滿，那是地理課本上提到的東北松花江上的兩個發電廠，一個小豐滿，一個大豐滿。班上有個男生愛戲謔，把大豐滿封給明月，體育課跑步的時候，就見她豐胸壯奶上下聳動左右搖晃，男生女生都看得心驚肉跳，大氣不喘；明月的白上衣底下看得到兩條細細的胸罩肩帶，胸前鼓鼓兩座突起的山峰，男生跟在後面喊左腳右腳雞腳鴨腳而且胡亂吹口哨。那是半生不熟的青澀年歲，明月早就跨越了同齡人不敢碰觸的禁忌。

有個中秋節過後的夜晚，明月跟香弟說了一個重大秘密：稻草堆裡，她第一次讓一個叫某某某不能透露姓名的男子摸了她的奶、吻了她的唇；沒有羞恥、沒有悔恨，所有關於成長過程的身體變化，接觸異性的經驗，在明月都是刺激和冒險，她對於即將成為一個女人迫不及待，興奮莫名。

所有的絢爛華麗都是明月所熱愛的，就是不甘心待在鄉下過無聊沉悶的日子！她憎惡鄉下的貧寂閉塞、單調乏味，國中畢業那個暑假，一走出校門，她就先去加工業區打工，賺了薪水一路直奔去了台北，父母完全管不住。

那年歲，香弟未明世事，生活是個巨大的問號在她有限的腦海裡演繹著複雜多變的人間萬象，而明月已經開始她在繁華都市裡的綺麗人生。

叫我艾麗婭

天剛拂曉的七月盛暑，香弟揣著簡單行囊，踏上離家的路途。口袋裡貼身放著平日積累的一點私房零用，背袋裡放了日記本，明月的信，上面有她在台北的地址。

母親倚在廚房後門，看著香弟背著行李出門，一臉狐疑。

香弟說要北上看朋友，到了之後再給家裡寫信。母親不置可否，香弟一步一步走離家門，不知道母親心裡想著什麼？等待造化指引女兒的路途？看女兒能否自覺？還是等著看香弟有多少膽識？

香弟頭也不回的朝著村口小路疾走而去；小路曲折多彎，林投樹枝椏猙獰，迎著黎明的風，來到縱貫路口，尤加利樹高高矗立在路的兩旁，南下北上的卡車轟隆飛馳，路上不見行人，小小的汽車站牌孤立在野草雜生的路邊，一個乘客稀落的寂寞小站。

來了一班北上的公路局車，減速靠邊停在站牌旁，車門一開，香弟攀上把手跨步上車，生命由此開往一段嶄新的旅程！她確定，這一次是不會回頭的了！

早在小學畢業那年，為了畢業旅行想買一雙布鞋跟母親大吵一架後負氣離家出走，口袋裡只有平日積蓄的六十七塊零用錢。那是黃昏時分，母親蹲在後院門檻做聖誕燈飾手工，香弟背著簡單行囊經過母親身邊，母親看在眼裡卻一句話沒說由著她去。

走出後院，來到曬穀場才聽到身後母親不輕不重叫一聲：回來！既不是命令，也不是要求，就是篤定一聲「回來」。

香弟的腳步沒有遲疑，繼續向前穿過竹林小徑。母親第二次叫她回來，語氣重了一些，但也沒有重到威脅命令的地步；香弟執意繼續前行，終於聽見母親提高聲量警告的叫著：回來！

香弟狠了心加快腳步，西南風在耳邊呼呼作響，前頭縱貫路上的車聲隱隱可聞。過了平交道就沒再聽見身後有任何聲響。香弟心裡頗有些失落，以為母親會氣急敗壞追趕而來；然而，身後毫無動靜聲響，母親果然還是她所熟知的母親，一切還是歸於那句「造化」。

面對縱貫路上南北呼嘯的卡車，路上無人天色漸暗的淒清，香弟頓時茫茫然不知下一步該往何處去？離家出走很容易，出走之後要如何才是問題，當初怎麼都沒想好？

天很快暗下，肚子開始咕嚕作響，想到晚餐沒著落，夜裡沒地方睡覺，路上還可能遇到壞人，她不得不認命的回頭了！

回到家已過晚餐時刻，香弟不聲不響從後門進屋，母親正在廚房收拾碗筷，看見她猥瑣狼狽，給了一雙筷子一個碗放桌上。飯冷菜涼香弟張口就吃！

離家出走的事就這樣草草了結。母親不打不罵，就問一句：為什麼回來？也不是責備，聽起來更像是挑釁。

「不知道要去哪裡！」香弟老老實實說了！當時一心只想離開，以為走出去一切就會不同；結果，離家不過半里路就面臨無處可去的惶恐，平時在家茶來伸手，飯來張口，一切天經地義。一旦離家，方知問題才真正開始。

這回，香弟義無反顧，經歷了邦埤事件和廖歪的滋擾，生活失了原本的單純寧靜，無數的委屈怨懟積累在心裡，丟不掉甩不開如同陷在泥沼淖裡，唯一的意念就是逃離，否則便會窒息或瘋狂。

公路局車經過晨霧瀰漫的山區，空蕩蕩的天，寂寥的異鄉景色，路上只有行車的呼嘯，行人都不知去了哪裡，風一陣陣追趕著那些沒有去處的垃圾，滾起了空零零的酒瓶。

路邊工業區三三兩兩的年輕男女，香弟從車窗望見一個落單的少年，一邊走一邊啃饅頭，被風吹亂的頭髮，淒清的臉孔，離家的孤零讓香弟心頭一酸，好像看到的是自己。

這是工業起步的年代，許多年輕人帶著打拚前途的夢想走出閉塞的鄉間，來到開發中未成形的社會，在陌生的環境裡尋找生機，謀求生存，隨著時代轟轟的巨輪一起投入一片混沌的變動中，在生命裡寫著苦澀滄桑，沒有前人指導，沒有前路可循，沒有過去的歷史可參照，沒有藍圖和遠景，所有的人幾乎都在懵懂中摸索前進，在陌生的城市裡獨飲離家的苦澀。

汽車一路迂迴，經過大學所在的城鎮，逐漸接近城市的喧囂，過了台北大橋就見北門圓環，平交道上火車叮噹叮噹切斷來往的車輛，中華路上連綿的商家，來往的人潮，終於抵達想像中繁華的城市，香弟緊張又興奮；眼前流轉的景象，每一分，每一秒，一步一步引導著她進入五花八門的大千世界。

一下車隨著人流走出車站，花刺刺的陽光下鬧轟轟的景象，叫賣蘋果零售日用的小販，大樓前巨幅的廣告看板、北門城牆、瑪爾蔻梁英語、人壽保險公司的幸福家庭廣告……，站在地下道出口，香弟眼花撩亂看著人群從一頭湧進，又從另一頭湧出，這些來來去去的人潮，到底都在忙些什麼？又要去哪裡？

抬頭看見台北車站四個大字，香弟聯想到沙木爾，心裡怦然悸動，這就是那個人所在的城市。

「到台北可以來找我！週末晚上我在火車站對面的木家咖啡彈鋼琴！」那是沙木爾臨走匆匆丟下的一句話，也是唯一和他有關聯的線索，香弟心知這人毫無誠意，她甚至不知道他真正的姓名，也沒有聯絡電話，而她竟讓少女的初次以如此魯莽草率的方式發生，莫非是愛神的蠱惑？

週末的鋼琴夜晚，燈紅酒綠的城市，一個叫沙木爾的男子，一輛剽悍的鈴木機車，一台單眼相機；火熱的眼神、冷漠的身影，就憑藉這一丁點瑣碎的資訊，香弟一次又一次拼貼沙木爾的型樣；夜以繼日，那拼圖滋長成一條通往遠方夢想世界的線索指引，彷彿有這麼一張圖像，陌生的城市便有一個確定的指標，未來的日子便有一個可以依託的希望。她朝思夕想，直到那名字成了夢裡的歸宿。

香弟為自己感到驚嚇：冥冥中驅使自己堅決離家的，難道是那股盲目躁動的春情？此時此刻就在沙木爾所在的城市，香弟突然感覺命運的神奇，莫非他們的邂逅是命裡的註定？還是，她潛意識裡在為自己的離家尋找藉口安慰？

手中握著明月的地址，隨著人潮穿梭在地道裡如失去航標的河流，一個人陷在人流裡如雨水滴落大海，香弟徹底失去了方位去向；有人用下身緊貼著她的臀背，她感到一股熱流與溫暖的蠕動，並沒明白過來對方在做什麼，直到出了地下道，有個男人經過她身邊擠了一個眼神。她頓時火紅著臉驚呆在那裡，不知該如何反應，直到羞恥和憤怒湧上了心頭，那人早已消失在人潮裡無以辨識，她站在原地惱怒又無助，不知該向誰出氣？往哪兒去申告？何況也沒有證據，前後左右都是倉皇行走的漠然面孔，想了想，知道是枉然，憤憤的隨著人潮被推擠到出口；這就是所謂的城市！香弟狠狠吐了一口怨氣，將滿腹委屈惱怒一口嚥下。

過了地道，在對面馬路攔了計程車，明月囑咐：初次進城，人生地不熟，容易搭錯車走錯路，計程車最方便。

香弟口袋裡只有一點平日小心積存的零用錢，很擔心萬一找不到地方，用掉身上盤纏。

幸好路途不遠，經過站前的繁華與喧囂，計程車轉彎進入濃密的林蔭大道，兩旁都是琉璃光耀的店家：咖啡廳、麵包房、高級服飾店、委託行、書局、酒吧、西餐廳……，讓香弟目不暇接。

計程車轉入巷子裡，四周頓時清靜下來，巷裡人家院落傳過來熟悉的〈給愛麗絲〉悠揚迴盪的琴音，幾家日式黑瓦平房，雞蛋花探出牆頭在院門招搖，一種城市的文明給香弟優雅而豐盈的幸福感。

明月的住處在巷底一棟七層電梯公寓，門邊有視頻對講機，密閉中上升的電梯讓香弟感到昏眩。

應門的明月讓香弟大感意外，和記憶中的明月判若兩人，一股薰香迎面撲鼻而來，火爆的米粉頭張揚跋扈，濃豔的唇膏紅得要著火，高跟鞋把她撐得高眺修長，一身低胸縮腰的緊身小洋裝，盡顯她蠱惑人心的起伏曲線，眼前的女子再也找不到一點過去那個白衣黑裙清湯掛麵的清純痕跡。

香弟愣愣的看了半晌，不敢確定眼前的女子就是她所要找的明月。

「進來呀！站在那裡發什麼呆？」明月伸手拉香弟進屋。「叫我艾麗婭！」見了面明月就宣告她的新稱呼。

艾麗婭？香弟還在適應明月的新面孔，接著又要接受她的新名字，這不是小時候玩遊戲，任意取名字、換角色，編改人生戲路？

進到客廳，腳底軟綿綿踩著長毛地毯，天花板垂下來閃爍的水晶吊燈……，落地窗前柔柔垂著紫色絲絨窗簾，就像西方電影裡看到的高級豪宅，華麗得沒有真實感，連眼前的明月，哦，不，艾麗婭也如夢似幻。

「阿碧！拿雙拖鞋給香弟小姐！順便把行李帶進客房裡！」艾麗婭吩咐身後的女子。

原來，那個靜立門後隨時待命的女孩叫阿碧，她迅速拿過來拖鞋，欠身將拖鞋整整齊齊端放在香弟腳跟前；香弟從未被人稱為小姐，也不習慣被人服侍，渾身不自在。

「謝謝妳！」她帶著羞赧的歉意看了阿碧一眼。

艾麗婭讓香弟在沙發坐下，點了菸疊腿翹腳兀自吸著，媚著眼梢噴雲吐霧的架式，看起來就像世故的城裡人。

阿碧端來一盤鮮豔欲滴的櫻桃，一小盤造型各異的巧克力，隨後又端上來飄著檸檬薰香的茶，盛在鑲著金邊的骨瓷茶杯裡。阿碧手腳俐落動作輕盈，倒好茶即低首垂眉後退一步才轉身離去，訓練有素的職業性動作，完全不是一般人的隨意輕鬆。

艾麗婭頗自得的說：阿碧是她調教出來的小管家，很聽話。香弟注意到了：主人如果沒開口，阿碧不會主動說話。艾麗婭說：那叫「專業」。

明月

在艾麗婭還叫明月時的鄉下童年，兩人從小一起玩耍，一起長大，分享彼此的心事和秘密，姐妹一般親；她的裙子總是穿得很短，裙頭在腰間摺了一層又一層；頭髮削得很薄，左下巴有顆妖嬈的痣，夢想有一天要當明星，在絢麗的舞台上顯露身姿舞藝，讓觀眾當偶像風靡膜拜，一個從小就不甘寂寞的女子，一心想離開去大城市見世面。學校裡，同學們竊竊私語，議論她的私生活，說她倒豎的眉毛是非處女的徵兆；明月不屑那些閒言閒語，一個人孤傲不群，有如活在一個真空隔絕的環境，細菌、謠言都無法入侵。

明月家有三姐妹，老大老二國中畢業就去賺錢，父母覺得生女孩養大了就嫁人是賠本生意，所以，巴不得讓她們盡快去工作賺錢，跟村裡大部分放牛班的孩子一樣，明月國中一畢業直接就去了附近新開發的工業區做女工，那些公司都有很好聽的名字：增你智、天美時、山葉、福特六和……。畢業典禮結束的同一天，就有嶄新舒適的遊覽車等在校門口，將這些吱吱喳喳麻雀一樣的女孩，一車車送到工業區不同的工廠裡，量體重、身高、驗視力，只要沒有重大健康問題，當場就登記身分、發放制服，然後送上生產線，開始每天打卡上下班的作業員生活。

每一家工廠都有新穎潔淨的大門，光亮的落地玻璃窗，廠房裡整齊有序的生產線，穿著粉紅、水藍或蘋果綠的工作制服，聽著隱藏在天花板的播音孔流瀉出輕柔如風的美式情歌：〈真善美〉、〈惡水上的大橋〉，〈老鷹之歌〉……，優美的旋律在寬敞明亮的廠房迴盪，十點半鈴聲一響，十五分鐘休息時間，上廁所、喝茶、吃零嘴，七嘴八舌談電視連續劇的劇情發展，八卦男女情事；半小時員工餐廳集體午餐，下午五點零分鈴聲準時一響，生產線全面停止，數百雙半舉的手同時放下，集體離座，男男女女排隊敲鐘打卡，結束一天八小時的工作，一夥人或三五結伴而行，或跨上單車上路，迎著彩霞漫天，說說笑笑走往回家的路，那就是工業區典型的景象。月底按時有一個牛皮小信封，制式的封面上詳細記錄著工作天數，病假時數，遲到早退，加班工資，福利金……，一個精準而讓人安心滿足的阿拉伯數字，安穩的放進口袋裡；生活是這樣單純而美好，因為是自己可以掌握的微小幸福。

明月在工廠做滿一個月，領了薪水立刻就辭職走人。

八月初始的一天，香弟陪她一路到鎮上火車站去搭車，明月帶著報紙上剪下的歌舞團招生廣告北上去應徵。臨別，兩人在火車站廳內大鐘下面的旅客留言板寫下秘密約定：來年功成名就此時此刻此地見。明月用粉筆寫的壯志豪語。

兩個人其實都沒想到來年是何年？能否原地再相逢？世事多變，當時以為：不論世界多大、多遠，未來多不可預測，只要立下盟約，就必然會實現。

去了城裡不到一年，明月鄉下父母家裡有了全村第一台電視機，擺在客廳最中央的位置，布袋戲一開演，全村小孩就坐滿她家客廳地板；客廳裡用了幾代人磨得烏黑發亮的長條板凳，也換成紅色印著金色福祿壽圖案的人造皮沙發，亮麗俗豔，喜氣洋洋。父母沒敢炫耀女兒的本事，路上見著人把頭低著彷彿有什麼不可告人的秘密，村裡人都羨慕他們有女兒在城裡大公司當董事長秘書，出入有轎車，英文說得呱呱叫，不時還有機會出差去外國，都覺得明月父母太謙虛太客氣。

「吃吧！這櫻桃是美國進口的，伯爵茶是雲南的正山小種加香檸檬油，味道很特別！」艾麗婭吐了個煙圈對香弟說。

「這茶杯好精緻！」香弟小心端起薄得像蛋殼的茶杯，聞了聞那個叫正山小種的茶。艾麗婭說：那叫骨瓷，在倫敦最有名的百貨公司 Harrod’s 買的 Royal Crown Albert 品牌，很輕很薄但非常堅硬，裡邊有牛骨粉，燒製過程難度很高。

香弟聽艾麗婭說了一串英文，端杯子的手更緊張，就怕不小心摔破杯子，聞著特殊的茶香，看著屋裡華麗的擺設，很驚訝艾麗婭能住這麼高級的豪宅，過這麼享受的生活！

艾麗婭從頭到尾從裡到外徹底變了一個人，連說話聲調也不同，慵懶低柔的聲音，既有故作的嬌態又有成熟女子的性感。她說：菸抽得兇，酒也喝得多加上熬夜失眠，把嗓子弄啞了，人家卻說聽起來特別性感。艾麗婭說著，用一隻眼睛給香弟眨了眨，做出俏皮又挑逗的模樣，香弟有點不習慣，她還是喜歡那個帶著泥土氣息的鄉下明月。

「我要讓妳學會怎麼過日子！」艾麗婭不無得意的神色。看著香弟拘謹靦腆的臉容，她說：「慢慢再告訴妳這幾年的際遇，來，先看看妳的房間！」

香弟起身隨手要收拾杯盤，艾麗婭比了個手勢：「放著就好！那是阿碧的事！」說完，拉起香弟的手，往裡邊的客房走去。

那是面對公園，窗外綠蒼蒼一棵玉蘭花的優雅房間，乳白窗簾伴著黑檀木家具，典雅貴重。艾麗婭說：「這是我剛來時住過的房間，妳來了，現在該妳住！」艾麗婭說話的口氣就像她是這屋子的主人。

「阿碧已經換過乾淨的床單，其他毛巾、牙刷、香皂都在這裡！」

香弟看了床角疊得方方正正的毛巾，雪白整齊的像豆腐，大中小三件式，角落都繡著藍色英文字母，S．Q。原來這裡的床單、床罩、餐桌上的餐巾，全都繡了一式的英文姓名縮寫，顯然是特製的、專屬的。

香弟注意到房間裡還有個小房間。艾麗婭說：「浴廁小了點，不過，是妳一個人專用的！」

香弟一輩子沒睡過這麼舒適的房間，沒擁有過自己專用的浴室廁所，幾乎不相信會有這樣的境遇。

看完客房，艾麗婭領著香弟來到廚房後面的工作室，那裡可以洗衣曬衣熨衣，有個叫工人房的小房間在廚房側邊，她想那應該就是阿碧的房間了，兩坪大小，居然也配備獨立的浴廁……。

「來！讓妳開開眼界！」艾麗婭帶香弟來到一個拱門對開的大房間，紫紅墨綠配金色的濃郁色系，華麗深沉又隱密，厚厚的絲絨窗簾，襯著薄紗內裡，遮去大部分的光線，縫隙裡透著昏暗迷離的天光。艾麗婭曖昧的說：她喜歡隱私，那是香弟生活裡鮮少用到的字眼。

令香弟大開眼界的大浴室，中間有個圓形大浴缸，容得下四個人一起泡澡，缸裡有好多鍍金的水孔；艾麗婭說那叫 JACUZZI，一按鈕每個孔就會噴湧出強而有力的水流按摩身體的不同部位；浴缸邊放著好些精緻的小瓶子，艾麗婭說那是不同香氣的沐浴精油，說著拿了瓶打開遞到香弟鼻跟前：這是我最喜歡的保加利亞玫瑰露。

香弟彷彿置身夢境，當她聽見地理課本裡學到的保加利亞出產玫瑰油，居然就在眼前當下，不免驚嘆著艾麗婭生活的奢華，因而感嘆自己的孤陋寡聞，這一點覺悟讓香弟內心湧動著一股莫名的激動，讓她熱切的想要探究這個初初抵達的城市和未來的新生活，以及關於艾麗婭的一切。

原來，這是一棟艾麗婭並不擁有卻可以無限期使用的房子，她既非房客也非屋主，艾麗婭解釋：「這叫 house-sitting，我是名副其實的管家。」艾麗婭說：屋子的主人就是她現在的雇主，喬董，大家都這麼叫他，一個年近六十長年穿西裝打領帶，頭髮一根都不會亂翹的體面男人，妻子兒女長年居住美國，早年寒暑假妻子會帶著孩子回來，現在孩子都成年，有自己的生活，回來的次數少了；妻子有坐骨神經痛經不起長途飛行，基本上也不回來，每年由他去加州看他們。

房子基本上是空著的，沒人住久了會折舊破損。艾麗婭說：喬董住近郊山上的花園別墅，有一對管家夫婦，太太負責做飯、打掃，丈夫任司機兼園丁，城裡的房子只是偶爾過來看看，基本上不住這兒。

香弟逐漸意會過來，喬董必定就是那個使明月脫胎換骨成艾麗婭的「貴人」了。他們的關係肯定非比尋常，她心裡這麼想，卻不好開口冒昧探問，還有隱隱的不踏實感，彷彿眼前所見皆海市蜃樓。

艾麗婭菸不離手，一個接一個淡青的煙圈從唇邊往上飄去，隔著那層煙霧，兩人之間似乎也有一種無法靠近的朦朧距離，很難說清楚是什麼？也許，那就是所謂的世故，所有複雜的人情以及人世間男女的曖昧糾葛，都在那個香弟還不熟悉的成人世界裡，如煙似霧。

關於如何從管家變成當家的關鍵情節艾麗婭略而不提，只說：喬董很信任她，讓她處理很多私人事務。香弟猜測：所謂的私人事務應該也包含男女私情吧？

艾麗婭說她剛來的時候，做的就是管家阿碧現在的工作，她之前的那位管家原先任職美國外交人員的家，懂規矩又能幹負責，還做得一手好菜，她當初這麼調教艾麗婭，等艾麗婭當家之後，依樣畫葫蘆的調教阿碧，將優良傳統延續下去。

難怪老聽艾麗婭開口閉口：「對不起！謝謝妳，可不可以替我拿杯水？對不起！謝謝妳，可不可以幫我把報紙拿過來！」艾麗婭說得客氣禮貌，其實是裝飾過的指令，聽的人只能順從受命。

香弟漸漸看出：艾麗婭一直在表現的是「身分」，有身分的人除了擁有私人專用的物品，也不需勞動自己的雙手去提行李、開車門這一類的事；有身分的人隨時發號施令，高高在上等著他人的奉承與服務；有身分的人和屬下維持一分不可逾越的等級距離，是以香弟不必也不允許做阿碧分內的事，比如收拾飯後的碗盤或清洗自己用過的茶杯。從艾麗婭的暗示裡，她領悟到那麼做有失身分，雖然不認同艾麗婭，香弟表面上還是順從她心意，到底是住人家地方的客人。

晚餐，艾麗婭帶香弟在附近一家「楓林小館」吃飯，商業大樓底層雅致的江浙菜館，一進門就聽見服務生禮貌又親切的問候：「喬董今天沒來？」艾麗婭清淺一笑，服務生領著他們走到裡面安靜的角落，放下菜單就問：水仙嗎？

艾麗婭點頭，好像他們都熟知她喜歡坐哪裡、愛喝什麼茶，服務生說話輕細溫雅，倒茶的時候，上身微欠，一隻手小心執壺，另一隻手恭敬的貼在身後，香弟從這些細節，揣摩著城市裡的世故人情，主客之絕對分明，尊卑貴賤之截然劃分。

艾麗婭沒問香弟想吃什麼，也沒看菜單，只和服務生輕聲交談幾句，菜就點好了。艾麗婭說：晚上有宋嫂魚羹，廚師的推薦，黃魚是香港空運抵達的，廚師都會給她當天最新鮮的海產，保證鮮美，待會試了就知。

等著上菜，喝著茶，艾麗婭悠然說起剛到台北不久，還在歌舞團訓練時期，電視台的大型綜藝節目臨時需要歌舞團配舞；她和另外兩個同事都被派去當差。那天節目排練完已過晚餐時間，大夥跟節目製作人去吃孫東寶牛排；艾麗婭來了月事不舒服沒跟去，出了電視台大樓發現外面下了雨，身邊沒傘，瑟縮在門口等雨停，喬董的座車正好開到公司正門口，一個從鞋子到西裝到頭髮以至口袋上摺疊的方巾都一絲不苟的男人迎面而來，看見門廊下瑟縮躲雨的艾麗婭，就問她要去哪裡？可不可以送她一程？

那是異乎尋常的禮貌客氣，艾麗婭暗暗吃驚，一個風度翩翩氣派非凡的男人，如此彬彬有禮，讓她受寵若驚；電視台出出入入多得是明星或名人或要人，她提醒自己不必少見多怪，但還是不免暗自期許能遇到貴人，像灰姑娘辛德瑞拉，飛上枝頭變鳳凰。

「來！上車吧！別讓雨打濕，要著涼的！」男人和氣的說著，就像個慈祥親愛的長輩。司機下來開車門，艾麗婭驚喜又慌亂，小說、電影裡豔遇的情節也是如此，一時飄飄然興奮又緊張。

她不記得自己是怎麼進到車裡的，只擔心著要說什麼話？要怎麼說才得體。一邊歡喜著：這必然是天意，直覺生命自此必將有轉折，渾身流竄著奇異的幸福之感，窗外的雨點交織成一片晶瑩閃爍的世界，她似乎看到了晶光閃爍的燦爛美景。

二十分鐘路程，司機安分沉穩的開著，一種受雇於人的順服、客氣和體貼，讓艾麗婭感到飄飄然的欣喜和愉悅。

艾麗婭後來才知那是一部名貴的BMW，難怪座位那麼柔軟舒適，人在上面就如同被椅子寵愛服侍著，感覺就是不一樣，路上喬董客氣的問了艾麗婭的工作、生活，知道她一個人在歌舞團裡當臨時團員，還在接受訓練，期望有天可以變成舞蹈明星，下車時留給艾麗婭一張名片，說需要的時候隨時可以找他。

艾麗婭一看名片上的電視台董事頭銜，就意識到自己的命運將由此改觀，內心激動的大喊：我要出頭天了！

從那時起，明月就變成艾麗婭。她決定要翻轉命運，活出自己的一片天空。

整個晚餐艾麗婭興致勃勃說著都市生活的種種奇遇，多半是男人的豔遇緋聞；自己的、別人的，香弟聽得呵欠連連，艾麗婭才不得不打住。

「週末給妳一個驚喜！去一個好玩的地方，見一個特別的人！」艾麗婭說：她已經安排了和喬董的晚餐，「那不是一般吃飯的地方，事先要訂位！」艾麗婭告訴香弟，圓山飯店的圓苑，是國宴級的水平。

貴人

週末一早，艾麗婭就忙著在衣櫃裡翻翻找找。香弟離家時背袋裡塞了幾件家常衣褲，唯一的一件洋裝皺巴巴像團鹹菜乾。艾麗婭看了一眼就把它扔在一旁。

「來！」她拉著香弟來到臥房，打開衣櫥讓香弟挑自己喜歡的：「只要穿得下就拿去，唯一的問題是我的胸圍妳恐怕撐不起來。」說著用雙手捧了捧自己雄偉的兩隻大奶。

衣櫃沿著牆面足足有五公尺長，裡面格子、架子、抽屜、鞋櫃、分門別類，掛滿五顏六色春夏秋冬各式各樣套裝、洋裝、還有摺疊整齊的各色毛衣、襯衣、成排的鞋子、皮包、飾物……，一整抽屜的圍巾、配件……，一個專門放內衣褲的小格子抽屜，五顏六色精巧細緻的內衣，一對對排列整齊，罩杯朵朵如花開並蒂。

「這些是我的收集，」艾麗婭指著那些鑲著蕾絲的各種絲質、鏤花款式的透明內衣，所有的罩杯下圍都套著鋼絲，可以將胸部撐得高聳立體。

「這就是為什麼上帝給了我一對大奶！」艾麗婭開玩笑。

這些內衣質料特別柔細，不能用洗衣機洗，也不可以用手搓，只能用軟毛牙刷輕輕刷洗，平放著讓它自然風乾。艾麗婭說：「阿碧會替我打點！她做事很仔細很認真！」

香弟內心驚嘆不已，她無法不回想明月當年的拮据困頓，一家三姐妹的學雜費、患氣喘的母親的醫藥費；她偏偏特別愛漂亮，用燒過的火柴棒當眉筆，用燒紅的炭夾燙鬈頭髮，成天夢想著買雙芭蕾舞鞋，家裡卻連三餐溫飽都有困難，一直到兩位姐姐先後去電子廠上班，母親不時發作的哮喘卻又成為家裡沉重的負擔。

眼前的奢侈闊綽想必是對自己過去的補償了！艾麗婭說：到了台北才知道自己那麼喜歡物質享受，放肆花錢、買衣服、吃館子、消夜跳舞、熱愛夜生活，更愛出國旅遊……。

「這才叫生活！」艾麗婭似乎很滿意眼前的生活。「不過！吃喝玩樂花錢購物是會上癮的！」她一邊說著一邊又掏出菸來，點了火，吸了一大口才問：「介不介意我抽菸……？」

香弟笑笑，還用問嗎？過去，她們從未用這麼客氣的方式交談，香弟還在適應明月變成的艾麗婭。艾麗婭一邊吞雲吐霧一邊說話，不時用食指尖輕敲著菸灰，指甲殷紅，香菸雪白，菸頭上沾著如血的唇印……，一點也沒有過去明月的痕跡；更正確的說，應該是認識喬董之後，她終於有機會享受被人服侍的尊榮，那些她所夢想的榮華富貴。

歌舞團的日子艾麗婭想都不想再提起，十幾個女孩擠在一個灰暗窄小的公寓，天天在一把破電風扇喀拉作響的水泥空房裡汗水淋漓的演練著抬腿、踢腳、張臂、轉身、跳躍……

的呆板動作；每月領一點點有限的生活費，跟一群年輕、聒噪、無知的女孩，圍擠著一張簡便的摺疊桌、吃雞翅、啃鴨腳，吱吱喳喳過著喧囂吵鬧的日子，閒話八卦那些靠兼職做特殊行業賺飽私囊的同行姐妹，議論她們的乳臀身材和身邊的男人，用一種酸澀又不屑的曖昧口氣……，心裡夢想來日會有飛黃騰達的一天……。

那時候，整個城市就像一個冒險的叢林，沒有任何熟悉的事物，沒有半個可以親信的朋友。幸好，歌舞團宿舍裡有一個總是笑呵呵的胖香姨，照顧女孩起居生活，給大家做飯、打掃屋子、抹乾淨她們醉酒嘔吐的酸餿穢物，天天忙到深更半夜。香姨人很樸素，圓圓滾滾矮矮短短的身軀，在窄擠的廚房裡挪過來挪過去，就見她壯碩的臀部和細狹的鳳眼，笑吟吟，沒有一絲煩惱的模樣，好像世界都清明。

兩個女子一件又一件的試衣服，興奮得像在做時裝表演，穿了又脫，換了又換，在鏡子前左看右看，快樂得像小時候扮家家酒似的，艾麗婭給香弟挑了一件墨綠色Ｖ字型低胸窄腰削肩針織連身衣，穿上去露出柔潤光滑的香肩、胸前隱約窺見柔嫩如蓓蕾的乳房，腰身縮了進去，格外襯出下身臀部的弧形線條，裙長只將臀部剛好裹住，露出兩條驚人的美麗長腿。

「看看妳自己！」艾麗婭把香弟推到鏡子前，露出得意的神色。「只能穿針織類了，胸圍比較有彈性。」其他衣服胸部都像個難以填滿的大窟窿。

鏡子裡的香弟看起來清秀嫵媚，純真裡透露著無邪的性感，艾麗婭所暗暗羨慕卻老早失落的出塵氣質。

「該帶妳去燙個頭髮！」艾麗婭一邊用慕絲朝她頭上塗抹，一邊替她做髮型，接著替她畫眼線、抹眼影、塗腮紅……，技巧嫻熟動作細膩；化妝檯前瓶瓶罐罐，粉底、收斂水、粉撲、腮紅、眼影、各色深淺彩筆，比專業畫家的彩盤都繽紛，讓香弟見識了女人天性裡愛美的極致。她未曾化過妝，對這些複雜的化妝品一竅不通，不習慣也沒興趣，何況花半天工夫塗塗抹抹，晚上睡覺前還得清洗一番，太費事；但為了不掃艾麗婭的興，也就任由她在臉上盡興揮灑。

一邊，艾麗婭眉飛色舞描述著當晚即將見面的「貴人」，自誇的說他們的第一夜是她主動的，「不過，喬董費了九牛二虎之力不幸功敗垂成！」

「對不起！實在太久沒接觸女人了！」喬董滿懷愧疚的對艾麗婭說：「請給我機會，我一定要讓妳快樂！」他說得堅定如鐵，好像一名等待出征的勇士。

艾麗婭說：那是喬董難得的誠意和體貼，她所遇見過的男人裡，只有喬董為她的快樂滿足設想，其他所有的男人都只是貪婪自私的索取。

「妳讓我渴望著能再年輕一次！」為了喬董那句美如詩句的讚美，艾麗婭主動靠近了喬董，將他那顆矜持壓抑寂寞空虛的心，從荒漠引領到甘泉，是她親吻了他乾澀的唇，將他蠢蠢欲動的手，順勢引到自己飽滿豐碩的胸脯上，讓他渾身顫抖、難以自持。

他沒有拒絕她殷勤周到的服務。那是艾麗婭的用詞，香弟完全可以想像艾麗婭如何使盡渾身解數去取悅他那枯竭乾癟的肉身，如何讓他再度啜飲荒漠甘泉。

那一次之後，第二次、第三次，喬董終於在艾麗婭身上獲得了全然的滿足，上癮似的纏住了艾麗婭無以自拔，在她火辣香豔的挑逗刺激下，終於恢復了雄性的威風。

「妳是我生命的春天，六十歲男人所能擁有的最大幸福！」艾麗婭得意的重複喬董說過的話，每一字，每一句，她記得一清二楚。

「所以，這是愛情？還是交易？」香弟好奇的問。

「遊戲！需要高度默契的男女遊戲！」艾麗婭故作神秘，「其實，我只是知道如何滿足他的需要，填補他的虛空缺憾而已！」艾麗婭說，「基本上我也是個知恩圖報的人，那也是我感激他的方式吧！」那是為什麼她從最初作為一個管家，最終獲得免費居住的豪宅，隨意消費的信用卡，不時出國旅行的機會，成為喬董最貼身的親信和伴侶。

香弟很難理解他們的關係，艾麗婭在喬董身上獲得的應該是安全感，那種安全感來自經濟的保障，物質的富足，作為鄉下窮苦人家的孩子，從小穿著人家接濟的不合身洋裝，麵粉袋做的四角內褲；金錢給了她尊嚴與驕傲，物質滿足了她的虛榮，她愛戀環繞著喬董生活中的一切富貴尊榮，舒適美好；那種受人服侍所感到的優越和尊嚴是她所從來沒有的。

艾麗婭理所當然的使用、甚至揮霍喬董的錢，「他會老，會死，一個人有這麼多錢卻過著這麼孤單乏味的日子，真是一種懲罰！」艾麗婭努力要做的就是以金錢購買當下現世的快樂。

「懂得用錢是藝術、是品味、是享受！要不然就只是一身銅臭！」艾麗婭談錢總是理直氣壯；「何況，這麼多錢，死了又帶不走一分一毫，對真正的有錢人，一輩子到死花不完積累的過量財富，才真正令人發愁擔憂啊！」

所以，她奉獻她的青春肉體，他給她萬用的金錢，在艾麗婭來說是社會資源的合理再分配。青春就是女人最大的資本，她一點也沒有認為那是「非道德」交易；相反，她認為那是兩全其美，兩相情願，各取所需，各自相安的和諧互補，她為他們的關係編好了一套邏輯倫理，讓自己心安理得，清高自在。

「我惜肉如金！」她總是這樣強調，好像沒有喬董這樣的身分與地位是消費不起她這樣的金枝玉葉的，隨便張三李四即使有錢也未必能獲得她的青睞。

「肉體很快會衰老，」香弟不只一次提醒艾麗婭，也不知道心裡替她著急什麼，總是不放心錢色建立的男女關係。

「所以要及時行樂啊！生命也很短暫！」艾麗婭總是爽快的回答。

喬董在美國的妻子似乎並不清楚丈夫在台灣的生活，或者不在意丈夫的行事，否則，怎麼可能任由喬董金屋藏嬌？還是艾麗婭太有本事扮演秘書助理的角色？讓外人無從猜疑，無從議論？對外，她是喬董的私人特別助理；兩人的私情或許是大家都心照不宣的秘密？

艾麗婭說：她相信喬董的妻子約略知道一點丈夫身邊該會有紅粉知己，但她身體不是很好，無法長途搭飛機，好些年都不回來了，都是喬董去那邊看他們。

艾麗婭的說法是：夫妻兩地相隔那麼遙遠，只要丈夫每月按時將錢匯入銀行帳戶，美國的房產在妻子名下，還有股票、證券歸她掌管；到了這歲數，她也許早看開了，知道丈夫即使花心，也還有自律；倘若真有女人美麗溫存，願意陪在丈夫身邊，給他一點溫暖慰藉，至少彌補了妻子不在身邊的孤單寂寞；財富到了一種地步，錢不過就是銀行記錄裡的數字。或許，她是相信自己的丈夫不致會為女人傾家蕩產，就當他喜歡做個浪漫紳士，呵護著年輕美麗的女子，滿足男人英雄救美的征服欲，妻子或許清楚丈夫不致為女色墮落沉淪……，那大概也是夫妻雖然兩地相隔，卻也平安無事的默契吧？當然，也可能鞭長莫及，眼不見心不煩，就任由他去？

艾麗婭這一番推理，很難分清是自圓其說還是有事實基礎？原來，做個情婦也得知己知彼，不是簡單的差事！

艾麗婭說：妳要懂得如何使用肢體語言吸引男人，他們都一樣的，在女人身上要的只有一樣東西……，性，滿足他們的需要就可以駕馭他們……。「欲望不過就是原始的生存本能，身體跟靈魂一樣，也有需求，也會饑餓。」

艾麗婭說得天經地義，「男人不過就是兩條腿中間掛著陽具行走的動物而已！看多了妳就明白！一個男人跟一百個男人沒有什麼不同，跟男人上床比跟男人戀愛容易太多了！

說穿了，不過就是一場肢體運動，不必費太大心力，也不必有什麼牽扯，男女動了真心可就勞命傷神！」

那意思就是：她並沒真心愛戴與她發生關係的男人。香弟記得第一天在楓林小館吃晚飯，艾麗婭說了一句：「喬董是一條意外釣到的大魚，她要好好珍惜，慢慢享用」。當時，她沒聽懂，以為是玩笑，一邊喝著宋嫂魚湯，一邊品味著魚的鮮美。

在冠冕堂皇的人格面具之下，男人有著怎樣的欲想、需求？香弟看路上的男人，白天黑夜，想像他們不同的面貌，越看越迷惑，好像男人都是穿衣的獸。男女好色貪欲，是怎樣一個原始又荒謬的情境？她太年輕，太缺乏經驗，無法進入七情六欲的世界，一個需要某種肉體的堅韌與容積去度量的人生。她寧可對愛情保持幻想，即使不切實際。

出門前，艾麗婭從抽屜裡拿出一個小玩意放在香弟手上，是個方形鑰匙環，透明的壓克力裡邊鑲進一只玫瑰粉紅的安全套，紅色英文字體寫著：In case of emergency，意思是：緊急情況可以派上用場。

香弟起先不明白那是什麼玩意，粉紅半透明的一個橡膠圈。聽了艾麗婭解釋，她頓時尷尬臉紅，不知道艾麗婭用意何在？

「這是聯合國在開發中國家宣傳性教育安全的推廣品！愛滋病毒遍及世界，女孩要學會保護自己！安全套很重要，需要隨身攜帶！」

那是香弟第一次警覺到男女交歡的危險性，HIV病毒讓人的身體失去免疫力，感染的人幾乎只能等著發病，如天譴似的，連人類最原始最根本的生殖交配肉體歡愉也成了疾病傳染的媒介。

想起邦埤的那個黃昏，樹叢下男人如虎如狼，分不清是恐懼還是興奮，世界一片迷亂，有一絲黑幽幽的甜蜜觸動了內心深處的脆弱與溫柔，羞恥、罪惡、眼淚和歡娛盈滿心房，一片混沌。那時，一點也沒有想到傳染病，一點都沒有設防，世界無限純真美好，事後回想，不無驚心。人生裡諸多不幸，往往就因這麼一點不經意。

「我不需要這個！」香弟紅著臉把鑰匙環還給艾麗婭。

「留著吧！好玩！」艾麗婭一派輕鬆。

後來，香弟發現：艾麗婭的包裡總是隨身攜帶著安全套，原來，過去有關明月的種種流言，都是因為她過早經歷的風月男女，身上是以有著同齡女孩所沒有的韻味。她胸部豐滿，乳暈透過白色上衣隱隱凸出一個暗影，身上總有一股辛香的體味，和同齡孩子的清純無邪迥然不同。香弟意會到：時間已悄悄將她們形塑成不同的兩個人！

貴人的手

圓山飯店聳立在濱河的山丘上，恢宏壯麗，一進門就見紅柱金瓦，金碧輝煌如宮殿，一盆數尺高的巨大花束矗立廳前，真如天上人間的瑰麗燦爛，香弟未曾見識的豪華氣派，大大開了眼界。

第一次見到喬董，完全不是香弟所想像的生意人，艾麗婭早就糾正她：企業家不同於一般帶著市井銅臭的生意人。香弟也訝異眼前的企業家看起來斯文、客氣、拘謹，甚至有點害羞。

角落靠窗的圓桌，喬董在中間，左右伴著艾麗婭和香弟，窗外庭園燈光閃爍迷離，悠悠的河水隱約可見。喬董從頭到腳連西裝口袋裡精巧摺疊的手巾，一絲不苟、一塵不染，簡直不是世間俗常的人；他叫艾麗婭時尾音提高拉長，語調輕柔，眼帶溫情，就像深情的主人呼喚他們鍾愛的寵物；艾麗婭那名字貼切她現時的身分，一點風塵、一點靡麗、一點琉璃光燦，總之，就像這個城市的夜晚給香弟的印象，異己而疏離，朦朧而絢麗……，總有一點不真切的恍惚。
香弟從喬董的眼神裡窺見到他自制又難以掩飾的寂寞內心，那寂寞是對女色的渴望又不敢造次的壓抑；他的眼神隱約透露著癡迷眷戀又不敢非分妄為的自制。
「喜不喜歡台北？住的都習慣吧？」喬董關切的問香弟，聲音嘶啞帶磁性，一種老人獨特的韻味。
「都好！謝謝喬董！託艾麗婭的福……！」
艾麗婭撒嬌的將肩頭倚過去，嫵媚的看了喬董一眼，就是那種情人才有的嬌態。喬董親暱的握了握艾麗婭的手。一老一少，濃情蜜意，看在香弟眼裡真不可思議，喬董看起來安靜內斂，令人景仰又容易親近，輕聲細語的說話，無微不至的貼切，有身分又沒有架勢；艾麗婭說話的時候，他就溫柔又專注的聆聽，好像她是他的女神。顯然，他給了她父性的權威和倚靠，讓她以孔雀開屏之姿在人前展示她的美麗優雅，一個給她尊榮與自信的，可以仰望又能信賴的男人。
餐桌上晶瑩剔透的酒杯、水杯，精緻的茶具、筷子、調羹……，一輪又一輪更換的餐盤，一道一道蓋在銀亮的托盤被恭敬謹慎送上來的菜，服務生熟練的將每一道菜分三等份，送到每個人的餐桌前，輕聲的說個「請」字……。
「慢慢吃，有十二道菜呢！」艾麗婭說。「來這裡是吃格調、吃氣派、吃身分的！」
她看香弟戰戰兢兢，不敢輕舉妄動，微笑著指點她。

香弟一直在適應周遭的一切事物，包括艾麗婭和喬董的非正常關係，面對一個出軌外遇的男人，自己最好朋友的情夫，年齡的差距就如她無法調適的心情，她不知道要怎樣看待眼前這個男人？一個瞞著妻子金屋藏嬌的男人，兩個年輕女人和一個比父親都年長的男子出現在這麼高級的場合，外人不知用怎樣的眼光看待？

「家裡還有什麼人？爸爸媽媽做什麼？」

香弟放下剛拿起的筷子，一提到家心情便沉重起來，都還不知道母親如何面對自己的出走？

艾麗婭給喬董使了眼色。喬董會意的轉了個話題：「來台北有什麼打算？」

香弟還沒想到這麼多，這麼遠，才逃離了過去，兩隻腳剛剛踏上一個繁華陌生的城市，一切亂無頭緒。

「先吃吧！這蟹肉燴魚翅要趁熱吃才好！」艾麗婭見香弟無語，打了岔，隨手把一個小瓶裡裝著的醋倒進香弟的魚翅羹裡。

「想不想繼續升造？對什麼比較有興趣？」喬董的問題讓香弟尷尬，「深造」的說法太抬舉，也沒這麼認真看待學業和性向，生活由來無人管束，沒人擔心過她的未來，設想過她的前途，連自己都迷迷糊糊。

「我女兒比妳大幾歲而已，在西岸念大學，明年畢業，兒子快要結婚了，孩子的媽也在那邊，二十多年了，回來不太習慣……。」喬董說著，從西裝內裡的口袋掏出皮夾，給香弟看他的全家福，女兒長髮披肩，跟父親一樣的黑眉毛、尖下巴、四方臉，穿著極短的紅色熱褲，瀟灑的白襯衫，飛揚的青春魅力，燦爛如朝陽的健康美少女，兒子和金髮女友也是才子佳人一對，妻子眉目清秀賢淑婉約，照片裡的喬董非常年輕，頭髮黑亮，兩眼炯炯有神，一個幸福家庭的美好景象，背景是家中院裡陽光普照的游泳池畔，草坪鮮綠，玫瑰盛開，就像香弟想像中的西方生活。

喬董說：孩子長大有自己的天地，離他越來越遠了，難得見面，見了面也說不上什麼話，大家吃吃喝喝，熱鬧一場；然後又各自回到各自的生活軌道，留下的往往是人去樓空的惆悵。

「不要擔心！」他輕輕拍著沉默中的香弟，好像安慰她，又好像告訴自己：生活就是如此！

「妻子為什麼不回來？孩子都大了可以照顧自己！」香弟無意為難艾麗婭，只是一時沒意會到艾麗婭介入別人家庭的處境。

「她不會想回來生活，當年離鄉背井，沒能陪父母到終老，她一直覺得遺憾，以後也不會離開孩子，讓孩子承受上一輩人一樣的分離之苦！」

聽起來有理，離鄉背井原來也有去得了回不來的苦楚無奈。然而讓喬董一個人孤單，難道就合情合理？香弟納悶：是妻子不願回來？還是他不願妻子回來？夫妻的事外人如何知曉？

「您沒想過去跟他們一起生活嗎！」香弟所理解的世界還是很單純。

「喬董要在台灣工作賺錢，妻子孩子才可以在國外享福過好日子呀！」艾麗婭插嘴，然後說：「我們談點切題的事吧！」艾麗婭想迴避這些令自己尷尬的話題，直接就問喬董：有沒有合適香弟的工作？他在電視台的職位這麼高，安插一個小職位不是太困難的事；何況，香弟聰明伶俐，沒有什麼不能學習適應的。

喬董說：剛好有個廣播電台節目助理的工作，需要對流行音樂有興趣，工作量不大，薪水應該夠支付一個人的房租和生活費。

「喬董最喜歡提拔肯上進的年輕人了！」艾麗婭在一旁添油加醋。

「我沒有任何工作經驗，不知道能不能勝任？」香弟受寵若驚。

「可以先試試再說！」喬董安慰她。

一個大砂鍋端過來了，服務生用勺子給每個人分上一小碗。艾麗婭說：「這砂鍋醃篤鮮是這裡的名菜之一，湯底是用雞骨、豬骨跟五花肉熬八小時，熬出濃稠帶白的肉汁，是絕品招牌菜，一生一定要吃上一回！」

艾麗婭用調羹喝一口湯，大讚：「人間美味！快快！趁熱喝了！」

就在艾麗婭全神貫注的喝著醃篤鮮的時候，香弟感覺桌巾遮蓋下，喬董一隻溫熱的手掌貼在自己的大腿上，輕輕摩挲著，她繃緊神經全神貫注在防範那個手掌的動靜，好像在跟一隻狡獸鬥智，只要它稍敢越雷池一步，她就會立刻採取行動⋯⋯。

好一會，那隻手只是安分的貼在那裡，就像無心，甚至是無辜的一隻手，也許喬董不自覺，也許他是悄悄在試探？如果，香弟放鬆戒備任由那隻手繼續在那裡，有可能就會一路往下滑進她幽深隱秘的三角地帶；香弟小心謹慎的將膝蓋靠緊大腿內縮，那隻手識趣的縮了回去，神不知鬼不覺，只有彼此心知肚明。

在這場曖昧尷尬的探測中，喬董的臉上始終維持著優雅從容的紳士風度，慈愛關懷的問著香弟的生活、微笑的勸她趁熱喝湯，以致上半身下半身，表裡不一各行其是，那張溫文和藹的臉孔和蠢蠢欲動的色心所組合的虛偽面貌，讓香弟震驚於人之不可貌相。

男女之間的事，彼此心照不宣就叫情趣，翻了臉就是吃豆腐、性騷擾，互相揭發的醜聞。在吃豆腐的下流品味與紳士的風流倜儻之間，原來既可以是雙方共謀的曖昧遊戲，也可能是一廂情願自作多情的壞品味。

香弟懷疑喬董有意要吃她豆腐，但又不相信這麼高尚的人會有這樣的行徑，唯恐以小人心度君子腹，但感覺到那隻手熟練的、技巧的在進行一種試探，讓她直覺不舒服，只因礙著艾麗婭的面子，她勉強按捺著裝作若無其事，所幸事態沒有進一步發展。

飯後，艾麗婭興致高昂要去俱樂部跳舞，香弟聽到俱樂部和跳舞那種城市人時髦的玩意兒就緊張，一點也沒有好奇心，何況還穿著艾麗婭讓她非穿不可的高跟鞋。喬董看見香弟緊張無措的表情，善解人意的說：不如去山上的溫泉飯店喝茶、看夜景，改天再給香弟介紹個年輕的好舞伴，四個人一起去跳個痛快？

三人於是搭喬董座車上山，蜿蜒曲折來到一家有露天溫泉的日式建築，坐落於靜謐幽深的溪谷間，林木蔥鬱水聲潺潺；服務生一見喬董座車，迅速迎上前開車門敬候大駕光臨，顯然是常來的貴客。隨著服務生來到長廊盡頭的日式和房，臨窗是石造的溫泉浴池，窗外透過樹影依稀可見朦朧的山色沉睡在月影中，露台上有舒適的座椅可以面對山澗喝茶或小酌。

如此絕塵秘境讓香弟心馳神往，難怪艾麗婭迷戀物質生活，這樣的享受誰會拒絕呢？只是，如果需要用身體去換取，香弟懷疑自己的靈魂是否能同意？她好奇艾麗婭怎能如此應對自如毫無負擔？是否也曾有過遲疑或掙扎？還是，自己根本沒有真正認識過艾麗婭？

艾麗婭讓服務生送來溫熱的大吟釀清酒，說是慶賀兩人的久別重逢。艾麗婭熱烈邀飲，香醇的清酒容易下口，香弟毫無警惕的喝過了天生欠缺的酒量。

微醺的醉眼中，看見艾麗婭赤身裸體緩緩步入氤氳朦朧的浴池中。接著下浴池的是喬董，六十歲的男人維持著平實的肌腹，看起來像是自律的人！

之後，她聽見窗外松濤如海浪在耳邊低吟，覺得似乎應該迴避一下鴛鴦戲水的私密空間，想起身離開才發覺身體有點不聽使喚，頭重腳輕周圍景物浮游晃蕩；她想：自己一定是醉了，應該起來喝水，但渾身乏力，眼皮沉重，幾乎動彈不得，索性就闔眼小歇一會兒。

模模糊糊睜眼醒來，香弟看見樹影依稀月光朦朧，窗外隱隱的蟲鳴、水聲，一時不知自己身在何處？轉頭，在幽微的月色中發現自己一絲不掛，身邊躺著半裸的喬董，喬董身側是艾麗婭，一對乳房裸裎如睡蓮。香弟本能抓了被單遮住身體，震驚著到底發生了什麼事？她慌亂的摸著自己的胸乳下身，驚恐在昏睡中丟失了什麼？

「我不是這樣的人！不要玷污了我的純潔！」她心裡吶喊著，一邊怒視著睡夢中的喬董和艾麗婭，兩張平和無辜的安靜臉容，絲毫看不出一點形跡不軌的端倪。

但是，想到晚飯時刻喬董那隻貼放在自己腿上的手，一股嫌惡的念頭侵襲而來，她一股腦起身衝進廁所，開了燈站在鏡子前檢視自己的身體，努力要搜索任何可能被觸撫的痕跡，聞了又聞自己的肌膚，偵查任何異性殘留的氣味；同時又懼怕著萬一聞到的是自己不熟悉的異味！

最後，撫遍全身，查驗了每一吋肌膚，似乎沒有什麼可疑的發現，奇怪的是：她記得自己一直是衣衫完整的坐在露台上，聽著水聲看著月影啜著清酒，什麼時候脫了衣服睡在榻榻米鋪上？她從來沒有裸睡的習慣，也絕對不可能在人前裸體，為什麼三個人會裸體同床共眠？這之間發生了什麼事？

她沒敢再進一步往下想，雙手抱著身體，一陣寒顫一陣懊惱，怪自己那麼不知警覺，怪艾麗婭沒有守護她的安全，也怨那個躺在自己身邊的喬董，這麼大年紀還如此放肆，即使什麼事都沒發生，三個人也不該以如此荒唐的方式共度夜晚。

艾麗婭和喬董先後睡醒、在她眼前像尋常男女一樣打呵欠伸懶腰，然後起身、穿衣、問候早安，無視於夜裡三人裸睡共眠的事實，一切都尋常無事安然無恙。

香弟不相信他們不知道夜裡三個人裸睡的事，不解的問：「昨晚怎麼會這樣？」她不好意思說：為什麼喬董會睡在她旁邊而她身上一絲不掛？到底發生了什麼事？

「很公平呀！兩女一男，喬董當然要睡中間，女的在左右兩邊，要不然呢？」艾麗婭居然嘻皮笑臉毫不當回事。

香弟不明白那是什麼歪理？他可以睡任何地方，就是不該睡在自己身邊。

「開玩笑的！別當真！喬董待妳像自己親身女兒！妳別見外！榻榻米嘛，橫豎男女都可以睡！」艾麗婭說得風輕雲淡。

「衣服呢？我身上的衣服呢？」香弟想弄清楚自己是在什麼情況下脫了衣服。

「衣服？衣服怎麼了？」艾麗婭明知故問。

香弟心裡矛盾又困惑，夜裡本來一直想告訴艾麗婭關於餐桌下喬董那隻動機不明的手，又怕壞了大家興致一直忍著，也擔心讓艾麗婭難堪又傷喬董面子，三個人之間會產生尷尬。不說，好像自己默認了那樣的親狎，與艾麗婭之間有了共同的隱秘。

整個回城裡的路上，香弟心裡糾結著夜裡的事和餐桌下喬董的手，甚至懷疑起艾麗婭別有用心，故意安排機會讓喬董也沾染自己；她知道艾麗婭從小羨慕她幸運，吃巧克力用外國貨，嫉妒她一直有個黑尼馬克當她的護花使者，而且國中畢業順利就上了高中，艾麗婭卻得單槍匹馬出外謀生，她會不會想拖自己下水？

想想，又覺得自己小題大作，自尋煩惱？也許，裸睡對他們來說稀鬆平常？自己少見多怪？

香弟沒再繼續追究，她料到事情不會有真相，不管發生什麼事，他們可以輕易一口否認，香弟什麼也無法證明，而且一旦質疑艾麗婭和喬董，恐怕會傷了和氣，壞了感情，她不能剛到陌生環境就失去唯一的朋友。

那是她意識到世事人情的複雜之始，誠實未必是人與人之間最明智的相處之道，她覺得悲哀，無奈，在成人世界裡，每個人似乎都戴著人格面具在做人；所謂成長，恐怕就是這樣一層又一層的透視人性，一層又一層的裝備自己，一層又一層失去美好的純真與本性。

回城裡之後，香弟一直悶悶不樂，覺得和艾麗婭之間失去了從前的親密和信任，她再也看不透艾麗婭的心思，也不明白她所做的事，尤其旅館裸睡，一直讓她耿耿於懷，總覺得艾麗婭使了什麼壞心眼。

艾麗婭看到香弟終日沉著一張臉，心裡不免有氣，也不過是喝了些酒，放鬆一下，有什麼大不了？何況壓根兒也沒發生什麼事，就算真的有事發生，被一個斯文害羞有教養有身分的男人吃點豆腐又如何？說得放任點，不過男女之間的調情嬉戲，何必一副神聖不可侵犯的聖女模樣？

「讓我告訴妳真相吧！」艾麗婭打開話匣子：當年兩人在小鎮火車站告別後，明月一路搭車北上，按著報紙廣告找到歌舞團地址，沒料到是個仲介公司，報名就要先交保證金，她不情願在沒有任何工作承諾下交出僅有的一點盤纏，但不交連面試的機會都沒有。

接下來的面試，完全和她想的不一樣。那個自稱是舞蹈教練的男人，一見面就誇明月的架勢好，天生是塊舞蹈的料，如果錄取了一定會重用她。教練說要檢視她的身體，所有面試的人都必須經過的第一關，因為舞蹈要表現的就是肢體動作的美，身型非常重要。

明月半信半疑。男教練又加一句：美是一種體驗，一種實踐，通過身體的動作來表達內心的感情，妳需要打開妳的心，放鬆妳的身體，坦然面對赤裸的自己，讓身心絕對的自由，才能找到完美的肢體語言。

明月似懂非懂。男教練溫柔又堅定的說：把衣服脫下。

明月看著他的眼睛，確定他信得過，一邊怯怯的把衣鈕解開，手指頭並不情願，動作猶疑遲鈍。教練過來幫忙，把鈕子一個個都解開，兩隻手從裸露的肩頭往下撩撥，順手就把內衣剝下了。男教練要她閉上眼睛專心的撫摸自己的身體，從臉到頸項，從乳房到肚臍到腿胯；在昏冥中，有一隻手伸過來握住她的手，把她的手引領到一根火熱堅挺又黏膩的異物上。

她本能的抽回受到驚嚇的手，嘴裡剛要發出叫喊，就被一隻巨大有力的手掌密實的封住。當男教練粗暴的從身後戳入她內裡的時候，她的眼睛緊緊的閉著，牙齒咬住嘴唇，直到舌尖滲進鹹腥的鮮血。

離開仲介公司，一個人失魂落魄在路口四顧茫然，不知道身體還是不是自己的，不知道下一步路該往哪裡走？肚子咕嚕嚕的叫著，腦袋昏沉沉看不到前途去路？

抬頭見路邊家具店門口貼著廣告徵求女店員，供食宿，面洽。壯膽走進去，一個面容和善的中年男人，當場就在店裡面試了她，幾分鐘簡單的問話和工作內容介紹，就給了她店員的工作。

當晚，她就睡在店裡一張擺賣的雙人彈簧床上，上面還套著透明塑膠套，一翻身就窸窣作響。她瞪著天花板把隨身攜帶的行李緊緊抱在懷裡，好像抱著自己唯一的安慰，在滿屋木料與塑膠的異味中像隻被遺棄的寵物，在孤單無助中疲憊的睡去。

第二天醒來，發現枕頭濕了一片，一定是在睡夢裡哭過了，睜眼看到的世界已經不是她所想像、所理解的那個閃亮絢麗的夢境；什麼都還沒經歷，一切已經碎裂殘敗，她如何能在這陌生殘酷的城市裡，孤單的走下一步路？

家具店的老闆供她早餐，問她彈簧床是否睡得習慣？家人是否安好？對待她就像自己家人那樣，看出她是初次進城謀生的年輕孩子，就像他們夫妻當年帶著棉被、熱水瓶，一路坐火車從南部鄉下來到台北打天下那樣的悲壯淒零，對她格外關切與照顧。

家具店的工作很單純，店裡客人不多，問問貨色、材質、價錢、尺寸、送貨等等問題，並不困難，明月很快就適應了。但是，她也只做了一個月，那不是她心裡想要的工作，更正確的說：那是一個適時出現的庇護所，給她受創的身心一個歇息喘氣的機會，要不，她可能淪落街頭餐風露宿。

找到真正的歌舞團加入訓練班之後，明月就告別了那個老實厚道的老闆，結束了短暫的店員生活，感覺卻像經歷了一段迷惘紛亂漫長又慘烈的失落人生，隨時都會陷入脆弱易傷的惶恐不安之中，對世界徹底失去信任和期待。

「妳絕對無法體會一個十六歲離家出走的女孩，剛抵達一個陌生城市，一落腳就陷入狼口的痛苦經歷。」

香弟震驚的看著艾麗婭，難以想像當初她一個人是怎麼承受這一切？真想上前擁抱安慰她；然而，眼前的艾麗婭如此亮麗妖嬈，完全看不出一絲創傷劇痛的痕跡，也沒有任何需要同情理解的哀怨姿態。

「比起我，妳實在幸運多了！」艾麗婭不無妒意的說。

香弟從小就是得天獨厚的幸運兒，鄉下孩子什麼都沒有，她就有基隆港口委託行買的進口毛衣，人家嚼白雪公主，她嚼美國箭牌口香糖，她也是全村唯一擁有 Levi's 李維斯牛仔褲的女孩，因為父親隨遠洋貨輪環遊世界，她從小就擁有別人沒有的稀奇東西；此外，她還有村裡最勇敢的黑尼馬克隨身護駕當她的護花使者，當香弟和黑尼馬克在邦埤放風箏逍遙戲耍，艾麗婭卻要幫家裡洗衣、打掃、餵豬、掃豬糞，永遠忙不完的雜七雜八的事；母親嫌女孩是賠本貨，讓艾麗婭從小自暴自棄，長大了叛逆不馴，不到十二歲就跟工業區的男子出遊；患氣喘的母親管不了，艾麗婭十五歲就得了那年紀根本不該有的子宮頸炎，母親嫌惡她又奈何不了她，艾麗婭說：出走是為了自救，也是為了洩憤。

天底下真有不愛子女的父母！她不幸就是一個沒有人愛的孩子！「這些，都是過去的事了，天底下也沒有過不了的難關，妳看，我這不都活得好好的？」艾麗婭說。

當今的艾麗婭已和昔日的明月判若兩人，她說她享受當前的生活，學英語、練舞，自由自在的過日子，出入大飯店、高級俱樂部、在中山北路的委託行採購舶來品，三不五時陪喬董出國旅遊，揮霍不盡的青春以及吃喝玩樂的日子，所有可以把握的眼前幸福！

艾麗婭一點不忌諱談她和喬董的私情，「他愛護我，我感激他，各取所需，互不相欠。」艾麗婭輕笑：「性，算什麼？技術加上一點肢體勞動而已，脫光衣服的男人都是一樣的，兩條腿中間掛一個陽具的動物罷了！」

艾麗婭大膽赤裸的話語讓香弟臉紅耳熱。「你們之間沒有愛情？」香弟小心翼翼的提到「愛情」，嚴肅又天真，讓艾麗婭忍不住失笑。

艾麗婭說她要在三十歲之前撈夠本，然後洗盡鉛華，找個可信賴的男人結婚，買一棟花園洋房，院裡種滿玫瑰、茉莉，客廳裡擺著白色鋼琴，大門前停著 Mercedes-Benz，生兩個天使一樣健康快樂的孩子，富貴逍遙過下半生！

多美好的人生藍圖，艾麗婭自稱天生就是「靠男人吃飯的女人」。

「這可不是隨便說說，是需要本事的，不是每個人都做得來，也不是每個人都做得好，這絕對是特殊的一門專業技藝，需要特殊的天分和能耐……。」

天分？能耐？香弟難以想像：吃喝玩樂需要能耐？陪男人睡覺需要天分？艾麗婭從小滿腦子夢想、愛美、愛生活，到頭來不過淪落至男人股掌間，那不是香弟期待見到的明月，但又明白了那其實是她本性的一部分，看清了彼此的志不同道不合，讓香弟悵然若有所失。

夜裡，好不容易入了睡，卻做了奇怪的夢：不可能在一起的人做了不可能做的事。

夢裡，艾麗婭和香弟一起去了一個明星出入名氣很大的餐廳吃飯，來的都是名流政要，喬董也來了，說是來捧場的，三個人見面得意歡喜，喬董城府很深，心懷鬼胎，香弟居然被他翩翩的風采迷上，黏貼在他身邊，兩人趁機溜到餐廳後院一個隱密角落，香弟就對喬董投懷送抱，還跪在他跟前，撫弄他的器官。

喬董歡喜異常，心蕩神馳陶醉不已，不幸卻被艾麗婭瞧見，她走過來狠狠給香弟一記耳光，當面警告香弟要自重。香弟不顧一切的說：我一直就想要一個男朋友！

「妳卑鄙下流！」艾麗婭再摑她一記耳光。

香弟嚇得驚醒過來，迷糊中還摸著臉頰為自己感到羞辱不已。

顯然，圓山晚餐桌下喬董那隻貼在她大腿上的手，一直陰魂不散，溫泉賓館裡的裸睡令她困擾不安。那是個隱喻複雜的夢，未必能分析解釋，也不該隨便牽鑿附會；然而，夢雖虛幻，又似乎和現實有所關聯，到底是哪一部分洩露了她內心的惶然、顧慮？反映了生活的部分真實？沒人可以對夢做合理的解釋！她唯一恐懼的是夢境裡洩漏了她未必知曉的幽晦人性。

生命樹

喬董給香弟介紹一個電台廣播節目助理的工作，學歷不拘，只要品格端正、性情開朗、喜歡音樂、文字通順、認真負責即可。艾麗婭說，喬董的推薦就是品牌保證，一定沒問題。

香弟猶豫不決，對喬董意圖不明的那隻手仍存芥蒂，也無法釋懷三人一夜裸眠的尷尬，她做不到艾麗婭的瀟灑豪放，靈魂肉體都孤僻兼有潔癖。

「喬董最熱衷提拔年輕人！」艾麗婭已經說過，香弟也寧願相信喬董是德高望重受人尊敬的長者，不會輕舉妄動不識大體；那樣的人要什麼有什麼，犯不著吃香弟這一點小豆腐！可能一切都是香弟的敏感和多心，一隻搭在腿上的手有這麼嚴重嗎？喝醉了酒醉宿一夜，真的那麼罪不可赦嗎？

邦埤事件之後，香弟看人不再只有五官相貌，她總在思量表象之外那顆難以捉摸的心，道德包裹下肉身的七情六欲，那裡有一股非善非惡非正非邪無關道德規範的原始蠢動，讓她困惑衣服底下人的赤裸真實面貌。她並不苛求一個人裡裡外外都是聖人，何況自己一定也有不少未察覺的無知愚蠢，生活也總有它的現實和緊迫，活下去就需要工作，香弟身上僅剩的一點私房錢還不夠艾麗婭吃一頓消夜。

最後，她決定試試那個電台工作，喬董如果有任何異動，了不起不做就是，也不欠著人家什麼，主要是機會難得，電台也是個有趣的工作環境，無論如何不該輕易放棄機會，再說也是託了艾麗婭的福，才有喬董這樣的「貴人」相助，不是每個人都能適時遇見貴人的，如艾麗婭所言。

喬董說話算數，而且效率非凡，很快就安排了電台主持人芝蘭和香弟見面。

兩人一見如故，芝蘭渾圓的身材，瞇瞇的笑眼，穿著波希米亞式酒紅長裙，笑起來顴骨上堆著兩團肉，一看就是開朗樂觀的人，滿臉歡喜和氣。

面談很輕鬆，芝蘭的瞇瞇眼和微翹帶笑的唇角，讓香弟感覺隨和親切。她問香弟家庭、經歷、嗜好、專長、喜歡的工作方式、愛好的音樂、對自己的打算等等，香弟答得直接簡單，沒特別嗜好也無專長，不介意工作方式，喜歡抒情老歌，不太懂古典音樂，但願意學習。

芝蘭一邊聽，手上一直輕鬆耍著原子筆玩，一點沒有上司的架勢。

面談結束，芝蘭說她會再電話聯絡。離開時香弟看見玄關處的魚缸裡兩條透明熱帶魚，脊椎骨密密細細整齊排列，在水中游過來游過去，不假思索就說：「這魚一定很不快樂！」

「何以見得？」芝蘭興味的探問。

「妳看牠們每一根脊椎、腸子、內臟都被人看得一清二楚，像二十四小時都在照 X 光，毫無隱私，如何能快樂？」

「是這樣！」芝蘭讚賞的點點頭，然後說：「以後可以讓妳寫些Ｘ光魚這樣的小故事，節目裡也許用得上！」她顯然認為香弟具有細膩敏銳的心思，也喜歡她單純坦率的個性，願意給她機會，工作本身並不複雜，也不需要特別的才幹。

香弟得到這個每星期工作三天的電台主播助理職位，每週要聽唱片公司寄來的新唱片，挑選動聽又適合節目播放的歌曲，收集有趣味有啟發性的小故事，有靈感就自己寫幾則。總之，芝蘭不喜歡拘束刻板，對香弟也只要求認真做好分內工作即可，其他學歷、經驗都沒有什麼特殊要求。

每天三十分鐘的音樂節目，每次需要播七首動聽的歌曲，九十秒鐘的談話，三個三十秒的廣告，香弟的工作就是聽歌、選歌、收集有趣的簡報，供芝蘭做節目裡談話的材料，半天就可以輕鬆完成。

香弟後來才知道：原來，芝蘭是喬董的乾女兒，喬董和芝蘭的父親是世交，因為有這樣的乾爹，芝蘭專科學校一畢業想做個流行音樂節目，跟喬董說一聲節目就有了，三個贊助節目廣告的公司，都是喬董商業上往來的朋友，一個化妝品公司，一個香皂廣告，一個郵購公司，每家半分鐘廣告，每個月就有寬裕的收入，足夠芝蘭支付錄音室、買電台時段、付香弟薪資，還有盈餘夠自己開銷。

這就是所謂的後台、人際脈絡。香弟這種鄉下人從未經歷過的人情世態，一個靠權勢運作的職場、社會，讓香弟知覺到自己的不經世事。

香弟的工作很快進入狀況，環境也單純，就在錄音室隔壁一個分租的辦公桌。有了固定的工作，香弟泊盪的心總算稍有著落。只是，城市的雜沓喧囂，還不時在夢裡以詭異離奇的方式出現，讓她經常醒來不知身在何處？

第一次領薪水，拿著不厚不薄的薪水袋，心裡滿足而踏實，好像終於擁有主宰自己生活的力量，香弟興奮的請艾麗婭看電影、吃越南菜，一起逛街買了襯衫和鞋子，還給鄉下母親買了新東陽肉鬆郵寄回去；香弟終於開始喜歡上城市生活的便利與豐富，享受自食其力的自在與驕傲。

第一件她想做的就是離開艾麗婭的香巢，和艾麗婭同住的日子讓她缺乏真實感，讓阿碧替她泡茶拿拖鞋也很不自在，艾麗婭笑她是鄉下來的草地人，有福不會消受。香弟只想定義自己的幸福，雖然不知道什麼是真正的幸福，但一定不是艾麗婭所熱衷的那種幸福。

香弟經常清湯掛麵脂粉不施走在艾麗婭旁邊，路人總是側目，她知道人們看的是艾麗婭，她就像個跟班的丫頭，這其實不是她在乎的事；關鍵是跟著鳩占鵲巢的艾麗婭住喬董的房子，一直是件令她難以安適又無法啟齒的尷尬事。

「住這裡不好嗎？」艾麗婭發現香弟在看報紙的租屋廣告，有點意外。

「很好，很舒服，太舒服了……，有點不習慣！」香弟很難說明白，在離家的惶然中多虧艾麗婭給她的溫暖和照應；但總有一份名不正言不順的忐忑，艾麗婭作為已婚男人的情婦，被人金屋藏嬌，香弟寄人籬下難免也沾染一絲曖昧，況且這樣的事遲早會紙包不住火，喬董的妻子會採取什麼行動都難以預測，到時不僅自己處境尷尬，不小心還會變成同謀。

「過一陣子再說吧！我正需要妳陪我去辦一件正經事！」艾麗婭壓低嗓門：「我懷孕了！是個意外，已經五星期！」艾麗婭的表情就像在報告天氣，沒有哀喜也看不出煩惱憂愁。

香弟愣在那兒無言以對，那麼冰雪聰明的艾麗婭怎麼可能讓這樣的事發生在自己身上？不是太糊塗了嗎？虧她還給香弟安全套，教她在緊急情況防身自衛，自己為什麼沒能保住最後關頭呢？到底是怎麼回事？

「也沒什麼大不了！」艾麗婭輕率無謂的態度讓香弟驚訝、不解；跟一個年紀大如父輩又有家室的男人珠胎暗結，麻煩不夠大嗎？天知道她心裡怎麼想？

「墮胎很容易，不瞞妳說，這也不是第一次了！」艾麗婭看著一臉驚愕的香弟，停了一會才說：「不過就是打個半身麻醉，睡它一小會就過去了！」艾麗婭接著說：「躺在手術檯上張開腿，一根細軟管像吸塵器那樣伸到裡邊，呼嚕嚕吸乾淨一個剛著床不久的受精卵，幾下就了結，一個受精卵而已！」

「不要說了！」香弟實在聽不下去艾麗婭這麼輕浮對待男女關係，對待自己身體，還有那個無辜的胚胎。

「妳不用擔心，我自有打算；只是，有妳在身邊感覺安心些。」艾麗婭補充一句：「這跟愛情無關，有機會再跟妳解釋！妳要發誓千萬不能讓任何人知道，這是生死攸關的高度機密！」

一聽是高度機密香弟的神經都緊張起來，不知道該不該答應陪艾麗婭去醫院，她不想做自己不知底細的事，也不願意涉及私人機密。

艾麗婭只好說：她喜歡上一個美國來的研究生D，名字暫時不能透露，想跟他在一起。其他的事以後再跟她解釋。

香弟更糊塗了，研究生？喬董？到底她跟誰懷了孩子？艾麗婭只說：醫生是認識的朋友，有自己的診所，同意替她做手術，很安全而且絕對保密。「放心吧！我知道自己在做什麼，不要胡思亂想了！」艾麗婭向香弟保證：不會有任何問題。

見艾麗婭那麼篤定自信，香弟不情願又不得已的答應陪她；心裡七上八下就擔心艾麗婭做了日後要後悔的事。

去醫院的早上，艾麗婭刻意戴了墨鏡，臉上無妝，披著風衣，好像出國去旅遊，沒有什麼傷感哀愁，就像赴牙醫拔掉一顆牙齒那樣簡單。

「醫生是朋友！」艾麗婭又說了一次，好像強調如此就萬無一失。「我的客戶！」她補充一句：「非常熟悉我的身體！」

這不是好玩的笑話，艾麗婭卻說：這就是事實，她透露自己偶爾客串做高級伴陪，escort，客戶來自城中一家五星級飯店俱樂部，會員都是企業家、醫生、律師或者有錢人家的公子哥兒之流。

艾麗婭說：她並不缺錢，純粹就是不甘寂寞而已，天生的浪蕩風流。算命說的：靠男人吃飯的命。

「我喜歡，我就愛男人，而且可以挑選對象，跟他們做愛讓我感到自己是百分之一百的女人！」艾麗婭說她在男人身上找到快樂和滿足，不是只有男人可以消費女人，女人一樣可以享用男人！

「每個男人都不一樣，有的陰柔細膩纏綿悱惻像鴉片，有的狼吞虎嚥橫衝直撞像野生動物，有的波濤洶湧壯志凌雲像大海……。」她和不同的男人睡覺，開發新的感官領域，稱之為：幽深玄妙的內在風景……。

「人性的本質都相同，脫了衣服的男人都一樣，只是躺下來的姿態不同而已，要的終究是性，妳要學會駕馭男人，否則一輩子會吃虧的！」

「現在呢？樂極生悲？妳這不是自作自受？」

「沒什麼，小事一樁！」艾麗婭還是一派淡定，只是一再提醒要保密。香弟心裡不免嘮叨：連跟誰懷孕都不知道，有什麼秘密好保的？

計程車停在南京東路巷裡的私人診所，四坪大小的接待室裡有一張棕色長沙發。護士熟練的給艾麗婭量了體溫、檢查血壓、做了健康資訊問答、簽好手術同意書，香弟被艾麗婭要求以親屬身分在同意書上簽了名，她才恍然那才是艾麗婭需要她的真正原因。

護士領著艾麗婭進更衣室換上寬鬆的淺綠色罩袍，之後進了手術房。香弟看見戴口罩的年輕醫生隨後進入手術房，立刻聯想到兩人在床上的交媾，醫生以自身的器官去探測她的幽微神秘的陰道；此時此刻，同樣的對象，他卻要將冰冷的器材伸進一樣的通道去截取一個剛成形的胚胎，他心裡將會有怎樣的感受？

手術房裡靜悄悄的，偶有金屬器物碰撞的隱約聲響。香弟在接待室裡胡亂的翻著報紙，一個字也讀不下去，腦子裡老想像著一條細細軟軟的管子吮著艾麗婭子宮裡一顆無辜的受精卵，俗話裡的孽種，就將被醫生熟練靈巧的處理乾淨，了無痕跡，留下的可能只是艾麗婭事後偶爾回想起來的一個無關緊要的生活片斷。

香弟在接待室約略翻完一份報紙的光景，艾麗婭被推出手術房，在隔鄰的病房休息。護士說：麻醉劑還需等一兩個小時才會完全消退，要香弟留意，艾麗婭甦醒的時候不要讓她立刻下床。

香弟看著臉色疲憊蒼白的艾麗婭，不敢相信甘那坎那個為經血來潮興奮不已的青春少女，已在男女情關上歷盡滄桑，歲月在她的面容裡留下一抹倦意與蒼白，那只有在她昏睡的時候，無所遮掩的顯露出來。

艾麗婭醒過來，舔了舔嘴唇說口乾想喝水，有點暈而且想吐，馬上又說肚子餓，想吃一碗熱騰騰加薑絲的豬肝湯。她那貪婪好吃的胃口讓香弟難以置信。

「痛嗎？」香弟在床邊輕聲問。

「上了麻醉針，根本沒感覺，醫生說：會在子宮壁上留下一點細微的皺紋，誰管那些一輩子也看不見的子宮壁？」對艾麗婭來說，墮胎的過程只是病床上一小段無意識的空白時光，醒來之後一切如常，甚至沒有任何具體的記憶。

「過去了！都過去了！」艾麗婭揮了揮手，彷彿揮掉一段作廢的生命片斷，摸著床沿下床穿鞋、換衣，搖搖晃晃拉著香弟就說：走，我們去市場喝碗豬肝湯，餓死了，早晨沒吃。

香弟扶著臉色慘白，步伐搖晃的艾麗婭，在窗口拿了藥，兩人挽著手臂步出診所，近午的陽光亮晃晃，艾麗婭突然說：護士有問她要不要看？

香弟胃裡猛然抽搐一下，她怎麼能在想著豬肝湯的同時提到子宮裡剛被刮除的血肉胚胎？一個還來不及成長的生命雛形，莫名其妙來到人世，又草草被任意剝奪出生做人的機會，艾麗婭都不當一回事？

香弟根本不想再聽任何細節。迎面走來一個年輕人，隨手給一張傳單：上面斗大的字體寫著：

穿過城中大街，在河的兩邊有生命樹，結十二種果子，每月都結果子，樹上的葉子乃為醫治萬民。（啟示錄22：2）

每月都結果子？香弟立刻聯想到女人每月排卵，驚嚇的回頭，那人莫非是上帝的化身？

來世幸福

國慶假期，香弟回甘那坎鄉下探望母親。進門就見客廳裡掛著的父親肖像換成白髮金裝手持木杖的無極老母，慈眉善目帶著歡喜笑意。母親看起來老了一些，眼角多了些細紋，鬢邊有了些許白髮，話說得很少，屋裡感覺空蕩蕩的，四周晃動著母親獨自來去的身影。

香弟離家之後，母親信了鴨蛋教，在房間裡拜起無極老母，把全部的心神都奉獻給教會活動，成天費力的認字、習字，一字一句背誦〈瑤池金母真經〉；她本來識字有限，只夠寫寫姓名出生住家地址，如今卻能將經文一筆一畫工整流利的寫出：

解脫非難，難在定慧，身心大定，便生智慧，智慧既生，解脫亦易，欲明解脫，先求六賊，耳不聽聲，目不視色，身不觸污，意不著物，鼻不妄嗅，口不貪食，六賊既空，五蘊自明。受想行識，如鏡見形，五蘊既明，三家會合，精氣與神，長養活潑，上下流通，何難解脫。

母親跟道友們一起在教會所屬的工廠做手工，繡毛衣上的圖案和花朵，照著畫好的紙樣一針一針繡上，按件計酬。教友們集體行動、集體吃素、集體修行就像個大家庭。

母親逐漸不管家裡的事，她在教會找到了精神的寄託，那個集體收納了她全部的孤寡和不幸，她附生在那個集體裡，失去了主宰自己命運的意志，全心全意寄望一個遙不可及的來世，一個人活著的全部意義就是要做盡一切可能的善事，摒除一切可能的惡行以防死後墜入地獄。

早些日子，父親剛失蹤之時，村裡謠傳著各種惡毒流言，有說父親當年出海遠走是因為母親「討客兄」；之後，父親失蹤又被說成是母親的報應，皈依無極老母在鄉人的閒言裡，不過是為了贖自己的罪。

香弟不知道自己的離家出走，也成了小村裡沸沸揚揚的醜聞，說她跟野男人在邦埤苟合，一個人耐不住寂寞，一路追到北部城裡去找那個男子，怎樣的母親就養出怎樣的女兒，幾世代女人都脫離不了孤寡的命運。

母親一生就在這些真假不辨的流言中艱苦自持，父親失蹤多年音訊渺渺，香弟的離家再給母親的罪愆加多一條。香弟不明白一向宿命、隨緣的母親何以突然對宗教走火入魔？

父親工作的貨輪失蹤經年，已經法院裁決法定死亡，母親卻一直沒法接受事實，堅持必須見到屍首才能相信父親的死，一有機會就四處求神問卦，探尋父親的下落，指南宮山腳下一位命相師指出：地府遍尋不著，天上也無蹤跡，讓母親更堅決認定：父親一定還在人間。

許多年來，她從沒有放棄求神問卦、找靈媒，嘗試跟父親的魂魄溝通，上天下地的搜索父親可能的蹤跡。

香弟離家後，母親一個人搭車去了獅頭山裡的廟夜宿求夢。居然意外獲得父親的指示：他已經做了該做的功德，到天上享福去了！

香弟問母親：父親在夢裡是什麼樣子？說了什麼？母親說：看不清楚父親具體的模樣，只感覺他的存在，不需要言語就能明白他的意思，按照母親的理解：父親所在的貨輪遭海盜挾持，三十二位船員全部蒙難，父親為大家做了犧牲，圓了自己的功德。

之後，無極老母就取代了父親的肖像，懸掛在客廳中央，宣告了父親正式告別人間的日子。

香弟早習慣了生活裡父親的缺席，死亡只是終結失蹤的另一種說法，沒有實際意義，死亡甚至是心裡負擔的解除，生死未明才是最大的折磨。母親的覺悟就是：人生是苦海；她是藉著來世的信仰逃避現世的不幸。

香弟對母親感到愧疚，望著客廳的無極老母，她默默禱告神靈的慈悲，讓母親可以平安無事的過日子；她無法陪伴在母親身邊，像翅膀硬了的小鳥，她必須尋找自己飛翔的天空。

香弟告訴母親，城裡的生活很忙碌，自己的工作也很順利，身邊還有知心好友明月的照顧；母親聽著，偶爾點頭，也看不出她是歡喜還是憂愁，對於傳聞中帶香弟私奔的男子以及邦埤的醜事隻字未提。

母女面面相對，香弟感受不到一絲母親的溫暖或關懷。母親過去的認命隨緣，對香弟而言是一種對人世的淡然無謂，如今的來世幸福，是進一步對親情的割捨斷離，香弟無法不感覺到母親對自己的離棄。然而，回頭一想：自己也背棄了母親。

回城的公路上，車窗一陣陣黃昏的風，香弟的心如漸飛漸遠的風箏，失落在更深更迷茫的孤單裡。

一個人的生活

連續兩個週末積極看廣告找房子，香弟終於在工作的錄音室附近找到頂樓天台上一個加蓋的小套房，望著城南遠處的青山，夜裡可以仰望星空，房東就住樓下，是高中教音樂的老師和他的妻子、兒子一家。在偌大的城市裡，終於擁有屬於自己的一方天地，感覺輕飄飄同時也空蕩蕩的自由。面對著未來的新生活，興奮裡有些許惶然。

艾麗婭悵然若有所失，她沒說出心裡更大的失望，那些暗自運籌帷幄的未來藍圖，她計劃要追隨年輕的戀人遠走高飛；私下裡算計著讓香弟替代自己的位置照顧喬董；在她眼裡喬董是個寂寞而壓抑的苦悶老人，最需要身邊一個紅粉知己，香弟單純又不失聰慧，是理想人選，有個親近的人在喬董身邊，她比較放心，實際也是肥水不落外人田的長久計議；她給自己安排了後路，萬一在美國不順遂，隨時還可以回喬董身邊。

搬家那天，艾麗婭讓喬董的司機林先生一起把阿碧帶過去，說是替香弟打掃清潔衛生順便幫忙安頓住處。

小閣樓沒電梯、沒地毯、沙發，只有向陽的窗口上一盆垂頭喪氣的天竺葵，一張書桌，一張單人床，電視、小冰箱，一把煮開水的電壺，比起艾麗婭的客房，這裡就像克難的學生宿舍，雖然窄小簡樸，香弟還是雀躍著終於擁有自己的空間。

生活頓時海闊天空，風裡的花香、地上的落葉，無一不讓香弟感到歡喜躍動。夜裡，一個人躺床上，孤寂中有一種清醒，未來的日子需靠自己摸索，必須在這樣的孤單裡學會自主和獨立。

搬家的第一個星期就遇到下雨，淋濕了曬在外面沒法及時收回的衣服，才體會到什麼叫一個人的生活，過去不論天晴天雨總會有人收拾晾曬的衣物，從今而後，不論一場雨、一餐飯、一個人的寂寞、煩惱，都要自己打點照應。

走在街頭，沙木爾的身影不時浮現腦海，夢想著在路上不期而遇？其實，每次聽芝蘭在節目裡輕聲細語，香弟就幻想芸芸眾生也許就有一個沙木爾在角落裡傾聽；那想法讓她不時有衝動想對著麥克風呼喊他的名字，就像他們能在時空中靈犀一線相互感應，遺憾的是兩人同在一個城市卻無知覺於彼此的存在。

「火車站前面的木家，週末我在那裡彈琴！」那是有關沙木爾唯一的線索，香弟甚至不知道他真正的姓名、年歲、住處，……。

如果有心，他會知道如何找到她，可是，那人一走就像石落大海音訊渺渺。

住處和工作的錄音室離火車站不算遠，香弟幾次下班搭了公車到附近晃蕩，尋找那個叫「木家」的咖啡廳，意外發現「木家」就在書店過一條街的轉角，她頓時心慌意亂，突然害怕真的再見到沙木爾，轉身就想逃跑；但又被另一個念頭擄獲，腳掌立在原地不動；直到想妥了見面台詞，才按下咖啡廳褐黑的玻璃自動門。裡邊燈光晦暗，男男女女並坐的頭顱一雙雙、一對對，在彼此的身上進行著愛的探索；原來這就是情侶們幽會的雅座。

服務生用疑惑的眼神問她是否一個人？香弟滿臉羞愧，支吾著是來找一個叫沙木爾的彈鋼琴的朋友。對方的眼神立刻停在她身上打量，香弟擔心他會錯意，緊張的解釋自己不是沙木爾的女朋友，是拍照認識的。

「妳也是模特兒嗎？」服務生那個帶著懷疑的「也」字，讓香弟驟生疑竇，難道來這裡找沙木爾的不只她一人？而且都是模特兒不成？

「沙木爾是個很重隱私的人！」服務生賣關子，讓香弟覺得自己很冒昧唐突。

「請問他什麼時候會來這裡彈琴？」

服務生說：他不會來了，聯絡電話地址無可奉告。斬釘截鐵的冷酷無情。

香弟轉身離開咖啡館，懊惱難堪讓她面紅耳熱，她不願相信沙木爾是個到處留情的輕浮男子，她寧可自欺：他是個不受羈絆的自由靈魂，一個觸撫了她的肉體、開啟了她的心靈又擾亂了她生活的奇男子！

「妳的心不在這裡！」她記得沙木爾無心說出口的話，當時有被人牢牢擄獲的倉皇與饑渴，那種渴望被愛、被理解、迫切需要被呵護的脆弱和寂寞，就因他那句話而顯得迫切又具體。她因此也深信：他是她生命中注定要遇見的人。然而，那看似不可動搖的信念，輕易就被服務生三言兩語的回絕給摧毀。

香弟沒有完全絕望，依舊期待有天會在街上和沙木爾不期而遇，路上只要聽見有琴聲飄蕩的咖啡廳就不自覺的駐足聆聽，直到整個城市沉寂下來，身後回響著自己孤單的腳步聲。

冠軍造詞家

香弟的工作表現很得芝蘭歡心，她每天看報紙雜誌，剪下最有趣味、最具啟發性的文章，將它們重新改寫成三十秒內可以說完的小故事，內容五花八門無奇不有，從國內到國外，還有一些是流行天王、天后的軼聞花邊，每天精選的七首歌曲，總是能打動一些聽眾的心，節目收聽率越來越高，越來越受歡迎；芝蘭成了名氣響亮的電台音樂節目主持人，她的聲音甜柔又性感，有女孩的嬌嗔兼有女人的性感，不論男女聽眾都著迷，如同情人在耳邊細語。

芝蘭決定向電台加購三十分鐘時段，讓這個外製節目變成一小時，多出來的一分半鐘廣告時段，她毫不費力就找到新的三家贊助商，每家提供三十秒廣告，每月營收翻倍。

芝蘭給香弟加薪百分之二十，當然，工作量相對的也增加了些，不過，主要就是多聽幾首歌，多找些談話資料而已，最大的改變是芝蘭給了香弟一個節目製作人的頭銜，還堅持要香弟印在名片上。

香弟於是擁有一個「電台節目製作人」的頭銜，讓她覺得虛有其名而忐忑，因為實際做的還是收集資料、挑選歌曲、聯絡客戶、打雜的瑣碎工作，電台主持最關鍵的口才、學識、嗓音、人氣，都還是芝蘭主宰，她不過是節目後面的一顆小土豆，一顆幸運的小土豆，如果沒有芝蘭的提攜，沒有艾麗婭的仲介，沒有喬董的關照，在這偌大的城市裡，香弟可能只是茫茫人海中掙扎著謀生度日的芸芸眾生之一。

艾麗婭積極的學起英語，找了家教，邀香弟一起上會話課。

會話老師良飛第一眼見到香弟就驚為天人：What a striking woman! 一個脂粉不施、不食人間煙火的女子，就像他在書裡所讀的俳句，簡單純淨，一塵不染。

三個人每星期固定約在羅斯福路上的「我們」咖啡屋上兩堂英文會話課。艾麗婭初始是因經常陪喬董出國，私下裡自學了一點英文。她之所以突然積極起來是暗自計劃和戀人遠走高飛；這是香弟後來才知道的秘聞，包括墮胎的事，艾麗婭懷的並非喬董的孩子，她早有預謀，利用懷孕一事讓喬董同意「資助」她一筆費用赴美學現代舞，她同意墮胎，整件事就當不曾發生，將來也絕不會再被提起。

喬董爽快答應了艾麗婭的要求，學習求進步永遠是好事，他跟艾麗婭說：他非常樂意「成人之美」。那句話語帶雙關，艾麗婭敏感到一絲詭異，但有些事不去說破就能維持著表面虛張的安然；她相信和喬董之間擁有這樣的默契，彼此也有不說自明的共識，艾麗婭因此放心的假設：她的策略萬無一失。

這是艾麗婭的心計，戀上那個美國研究生之後，她一廂情願要追隨他去美國，在幾個月的交往裡任性的讓自己懷了那個無辜男人的孩子；D以學業未完成無法養家，堅持不要小孩，同時聲明：即使生下孩子也不會跟她結婚；為了和D在一起，艾麗婭答應墮胎；但私下卻跟喬董說是懷了他的種，還讓兩個相互不知情的男人為她的名節保守秘密。

喬董給了一筆所謂的出國深造學費，艾麗婭墮了胎，接著積極學英文準備跟D一起回美國。那就是為什麼她找家教上英語課。之前她常陪喬董去美商俱樂部游泳、用餐，很多說英文的機會，加上她的語言天分，記單字的超強能力，很快就能把學來的單字拼組成達意的句子，雖然文法會出錯，但她敢說、愛說，很快就能運用自如。

三個人一起上了幾堂課，艾麗婭就有點意興闌珊，她從良飛的眼裡窺見了他心底的秘密，明白他的眼睛為什麼發亮，就像小時黑尼馬克每天早晨一看見香弟就神采飛揚一樣，良飛也喜歡香弟；艾麗婭太熟悉那種失歡的酸澀滋味。

她私下問良飛：香弟鼻樑太高，嘴唇太厚，脖子細細長長，胸部像洗衣板，她哪裡好看？良飛不假思索的回答：那正是她與眾不同的地方呀！讓艾麗婭啞口無言，接下來的課她就不想再酸溜溜的夾在三個人之間了！

良飛眼中的香弟並非典型的東方人，她眼眸灰棕，鼻樑挺拔，長脖子正如莫迪里尼畫中的女人，斜肩，平胸，像蓓蕾初開的蓮花，嫻靜中透露著靈秀之氣，讓人賞心悅目，想親近而不敢親狎，是沒有欲望沾染的清靈喜悅。香弟眼中的良飛，是個面容愁苦卻又帶著喜感的滑稽男子，笑起來的表情就像荒謬劇裡的小丑，人傻愣愣的經常失神，跟什麼都有點格格不入，卻又叫人一眼難忘。

良飛的中文詞彙有限，香弟的英文生澀，但開始上課之後，學校英文課學過的單字逐漸在記憶中甦醒過來，不時還能派上用場，兩個人比手畫腳，猜謎一樣靠著對方的表情、手勢加一點想像去揣摩彼此的意思，真正無法溝通的時候就靠手邊的漢英雙語字典，有時中英夾雜各說各的，居然也沒有阻礙雙方的交流；兩個人邊畫圖、邊猜謎，還是談得興致勃勃。良飛的中文語法不對，句子不完整：

今天，我來，明天再來，有風，沒雨，颱風來，不來……，聽起來宛如斷裂的詩句。

良飛介紹自己姓葛，中文名字是從英文猶太姓氏 Greenfield 音譯過來，語文中心的老師替他取的。來台灣之前良飛在香港，有一份工作是替武俠片做英語配音，那是武俠片風行世界的時代，李小龍、胡金銓都是揚名國際的名字。只是，武俠片從頭到尾打打殺殺，良飛說他喊得聲嘶力竭，老闆還是嫌他聲量不夠大，不夠兇，不夠狠，一個月試用期滿就把他解雇了。

就在他失業的同一天，回到九龍旺角租來的住處，屋頂居然無緣無故坍塌；禍不單行，同一天裡被炒魷魚又無家可歸、簽證也快要到期，不得已給美國的父親掛電話求援，父親的電匯款寄達，良飛就去旅行社安排了五天四夜機票連住宿的台灣行程，他就這樣來到台灣，每天早上在飯店咖啡廳讀報紙、吃早餐、思考前途去路。

艾麗婭不巧經過飯店，從外面看進玻璃窗裡有個年輕人獨坐喝咖啡，心血來潮就進去主動跟他打招呼。艾麗婭說她打算去美國……，想要學好英文，當下就問了良飛可有興趣教她英語會話。兩人一拍即合。

良飛就這樣留在台灣，一邊教英文，一邊在大學語文中心學習中文。香弟說他很幸運，走投無路卻能絕處逢生；良飛聽艾麗婭說：香弟是電台節目製作人，也對她刮目相看，以為台灣年輕人都非常有本事，年紀輕輕就可以擁有這麼高的職位。

香弟解釋：公司只有兩個人，老闆比她大四歲，名片上製作人的頭銜印著唬人，其實只是打雜的助理而已！

良飛初夏剛從大學畢業，學的是機械工程，但不想做大家都做的事，也不想做父母要他做的事，一個人打算先看看世界，一邊打工，一邊拍紀錄片、寫作……。他說一直對禪宗有興趣，讀了許多禪公案，也研究了《道德經》，還讀了一點《莊子》，所謂：大道非人間道。中國古人的智慧和國畫裡抽象飄渺的意境，是他嚮往的精神境界，和西方理性、邏輯卻又極度宗教化的文化非常不同。那是他為什麼來到東方亞洲。

母親要良飛去歐洲，如美國大部分孩子的父母對兒女的期望，到文明歐洲接受文化的洗禮，而不是一個遙遠得讓他們無法放心的地方，中國讓她擔心掛慮，怕他吃得不健康，住得不舒服，他母親心裡的中國一直停留在某種灰暗落後的印象裡，具體的中國是什麼她並無概念，早期電視裡看到的中國都是黯淡失色的，人們穿著笨重的解放軍綠外套騎著腳踏車，農夫在地裡彎腰割稻……，那是母親時代的中國，當今中國脫胎換骨大不同昔日景象，母親依然堅持他必須去歐洲，接受古希臘羅馬延續下來的偉大文明的薰陶，學會起碼的法語，識得拉丁文，才是教養和文化；那些禪學、公案、老子、莊子，對她來說都太抽象、飄渺，不能拿來當志向。

良飛說：父親並不完全反對他去亞洲，父親經營規模龐大的橡膠工廠，生產醫療用手套和橡膠產品，在泰國擁有上萬棵橡膠樹，客戶是美國各大醫院與軍方，自一九八一年愛滋病被發現並持續蔓延擴散之後的這些年來，安全套的需要量大增，幾乎供不應求，父親希望良飛能協助他管理公司業務，開發亞洲的生產資源。

父母倆意見分歧，良飛逮了機會一溜煙到了香港。大學時期在學校的活動中心看過胡金銓的《空山靈雨》，良飛大為心動，對武俠世界的江湖俠義與雲山飄渺的景致神往不已，大學裡就選修了中國語文，學了簡單的會話，畢了業就去了中國，遊了長城、故宮、圓明園，去西安看兵馬俑……，直到花光旅費才到香港找臨時工賺旅費。

和良飛每週兩堂的會話課逐漸成了例行的約會，與其說上課不如說是聊天分享，從課本內容進入彼此的日常作息，去一趟街市就認識：蔥、薑、蒜、香菜、番茄、豆腐、黃瓜……；買一條魚回去，就記下紅燒、清蒸、香煎，吃魚的時候就學了魚鰓、魚鰭、魚鱗；吃西餐就學刀叉、葡萄酒、牛排、魚柳、馬鈴薯泥、甜點……。

所有的詞彙都帶著生活的滋味和氣息，不知不覺滲透到彼此生活的裡外四方，聯繫起兩個人的日常，彷彿兩個人一起用詞語組織了共同的生活，那些詞彙依賴著他們的對話，在生活裡繼續衍生滋長，逐漸蔓延至彼此的感官思維內在心靈。

良飛背包裡隨身攜帶著一個直徑一尺長的紙筒，裡邊捲著一張自己設計繪製的帆船圖型，幾次上課之後，他特地掏出那張繪圖給香弟看，是用尖細的鉛筆精密繪製，比例按照實際大小縮圖製成的帆船。良飛小心翼翼攤開繪圖，一艘造型古典的帆船，船身有十八公尺長，三根大小不同的桅杆，船艙裡邊設有廚房、臥房、浴廁，就像小小的住家旅館，船的旗幟也設計好了，是一隻鵜鶘大鳥，有卡通似的長夾大嘴，他小時候最喜歡的鳥類。

「建一艘帆船航行世界是我最大的夢想！」良飛的眼裡滿溢憧憬和希望。

「一個人怎麼可能造一條船去環遊世界？」香弟覺得不可思議，一個人？一條船？環遊整個世界？

「找大公司贊助，跟他們合作，很多公司會有興趣這樣的 Project，也是一種公司的形象塑造和行銷手段。」良飛說：他需要做的就是將自己的計劃與經費都詳列清楚，寫一個文情並茂的提案 Proposal，只要獲得贊助公司的同意，願意提供經費，計劃就可以進行。

原來，文明先進的國家是可以這麼做的，香弟對良飛的夢想起了歆羨之情。在良飛的計劃裡，船上除了船長，還要有一個廚師、一隻狗，以一年時間環遊世界一周。良飛想了一下，補充說：可以再加上一個作家，這樣，行程結束後就可以寫下一個動人的海上航行誌。

香弟聽得振奮不已，隨即又黯然神傷：自己既不善廚藝更不是作家，假如真有那麼一天可以航行世界一周，大概也不可能有機會同行，更何況大海浩瀚神秘、驚險莫測，並非全是想像中的浪漫逍遙。香弟並沒忘記當年隨船遠航失蹤的父親，也許魂魄仍然在大海裡遊蕩永遠沒有歸宿，海的聯想永遠牽繫著災難和死亡。她不知道父親生命最後一刻的景象是什麼？被大浪吞噬的恐懼？被海盜槍殺的驚怖？被海水凍死的痛苦？是否眼睜睜看著死神一步步逼近而束手無策？

國中畢業那年暑假，父親心血來潮帶香弟搭火車到基隆港看他工作的大貨輪，來到碼頭，巨大的船身遠遠超過香弟的想像，以致她根本看不到船真正的型樣；行船人的迷信禁忌：女性不可以上船，不吉利。但那一次父親破了戒，把香弟帶上船去，在甲板上海風把香弟的眼睛都吹出了淚水，進港的船隻發出震耳的鳴聲如怪獸的屁響，香弟兩隻眼睛不斷望向水平面下海天交接的遠方，迫切的想要望見地球的盡頭，那是她從小就想知道的一件事：從來沒人能告訴她，世界的盡頭在哪裡？

那居然是最後一次見到的父親，難道他預知了即將發生的悲劇？還是因為犯了禁忌導致厄運？那艘香弟踩踏過的船隻，出航三個星期後，在波多黎各附近的海域失去航訊，貨輪公司掛波蘭旗冒險航向當時與台灣並無邦交的東歐國家，那是業界行之已久的慣常做法，出事後卻因政府缺乏對外邦交難以向國際海事安全組織尋得具體協助，搜索工作困難重重而且效率不彰，歷經兩年的努力，貨輪公司不得不宣布放棄搜索，最終由法院裁決發出死亡通知。

出事的地點因靠近神秘凶險的百慕達三角洲海域，有猜測貨輪掉進了傳說中的異次元黑洞裡，像百餘年來無數在該海域失蹤的其他船隻，也可能遭遇暴風雨沉船，還有可能被海盜挾持，船員全部遇害。

那遙遠海域上發生的關於父親的悲劇，讓香弟自此經常恐懼難安，以為是自己給父親帶來的厄運，夢裡不時出現失蹤的父親在困境裡求助無門，醒來每每淚流不已。良飛壯大美好的航行夢正是香弟心頭的傷痛與惆悵。她愛海，又愛又怕，多像她初次經歷的男子！

良飛說：他還計劃夏天去阿拉斯加州捕鮭魚，工作三個月，足夠賺一年的生活費，剩下不工作的季節就在阿拉斯加打獵過冬、寫劇本，外面冰天雪地，屋裡燃起熊熊爐火，在爐邊喝伏特加，一邊思考、創作……。

香弟的心馳騁在良飛的夢想世界裡！生長在亞熱帶終年常綠的世界，冰雪極地是極大的嚮往，阿拉斯加彷如遙遠世界的一個奇幻異境，她的心隨著良飛的述說飛過現實，越過太平洋的天空，神遊到彼岸他鄉一個神秘不可測又險峻無比的冒險國度；她似乎看到遙遠的北國極地裡，一個踽踽獨行的男子，在探索人生、追求夢想……；曠野的風迴盪在荒寂的雪夜……，北極星高掛在孤寒的夜空……。

金風送爽的秋日，上完課的黃昏時分，羅斯福路上木棉光枯的枝椏伸向天空，彷彿無言的控訴；兩人純純的牽著手，默默走了一段路，天空飄著雨絲又灑落著陽光，一抹七彩的虹橋跨越在城市的天際，像一則美好的隱喻。

良飛說：「我的窗前有一棵樹，我要請妳來喝茶、看樹、聽雨。」他把每一個字詞都說得清楚、明白又認真，香弟聽了欣然應允。

「有時，葉子不是綠色的！」良飛不經意說了一句，香弟激動的握住他的手，以為良飛天生是個詩人，能看見常人看不見的美，亞熱帶台灣，終年常綠。直到後來，到了美國看見冬天的枯葉，春日的繁花，夏日的濃綠，秋日的火紅，終於明白了大自然豐富多變的色調。

良飛住處的窗外，果真有棵濃密的橡膠樹，一開屋門就見濃稠的一片綠，彷彿走進一片夢幻樹林，雨滴灑落厚實的葉面，淅瀝瀝清脆悅耳，屋裡空靈靈只有兩片榻榻米，上面矮矮的茶几，靠牆兩個木質老音箱、唱盤，還有幾張唱片。

良飛用小巧的紫砂壺泡了烏龍，小方碟裡放了四片精緻的綠豆糕，空氣裡有淡淡的水氣和漫溢的茶香。

良飛的口語中文很淺，卻讀著深奧的《六祖壇經》、老莊哲學：「一切萬法不離自性」、《莊子》「物皆出於機，皆入於機」。香弟隨意翻了翻茶几上的書，似懂非懂，良飛莫非能超逾文字的形體去領悟文字的內在含義？

「這個不能說！」良飛的意思大概是不會用中文解釋老莊，他從牆角拿出一張黑膠唱片：「這個人妳必須認識！加拿大詩人、小說家、作曲家、歌手！」良飛讓香弟看唱片封套上的李歐納・柯恩（Leonard Cohen），一張黑白大頭照，表情肅穆憂傷，大眼、濃眉、驕傲的高鼻子、兩條很有威嚴的法令紋，自戀又自嘲的嘴角，個性分明的一張臉。

唱針開始轉動，低沉纏綿的歌聲輕逸流瀉，飄渺曠遠的音境瞬間擄獲香弟的靈魂，那歌聲就像依偎在耳邊的戀人絮語，憂傷緩慢的在耳畔喃喃傾訴，香弟被那纏綿、頹廢又深情的聲音蠱惑了。

蘇珊帶你去到她在河畔的住處
在那裡你聽見帆船徐徐駛過
你將和她共度今宵
你知道她半顛半狂
那是為什麼你來到她身邊
她餵你來自遙遠中國的茶和橙子
你正想告訴她　你沒有多餘的愛可以給
她便讓你融入她的波長　讓河水回答一切
你一直都是她的愛人
你想和她一起旅行。　你想盲目踏上旅途

你知道她會信任你
終究你用你的心靈　觸撫過她完美的身軀
耶穌是個水手　當祂在水面上行走
祂也曾經駐足眺望
自那座孤懸的木塔
祂終於明白　只有溺水的人能看見祂
祂說：所有的人都是水手　只有海能讓他們自由
但祂自己卻被毀壞　早在天門開啟之前
被拋棄　就像個凡人
祂在你的智慧中沉沒　像顆岩石
你想和她一起旅行　你想盲目踏上旅途
你以為或許可以相信
畢竟她曾用她的心靈　觸撫過你完美的身軀
蘇珊執起你的手　領你到河邊
她披著來自救世軍的破布和羽毛
陽光如蜜流淌　照耀港口的守護女神
她帶引你的視線　穿越垃圾和鮮花

那兒有藻草中的英雄　那兒有晨光中的孩童
他們探著身軀期待愛情　從此保持那樣的姿勢
而蘇珊手裡握著一面鏡子
你想和她一起旅行　你想盲目踏上旅途
你以為或許可以相信
畢竟她曾用她的心靈　觸撫過你完美的身軀

香弟沉醉在歌聲裡，如癡如醉。一遍又一遍，聽了又聽。

良飛說蘇珊真有其人，和柯恩之間的戀情也和歌詞描述一般，蘇珊是個已婚婦人，各自都聲稱兩情相悅，同床共枕但無越矩不軌。柯恩生性浪漫，戀情無數，他將那些愛戀過的女子們，一一寫進歌詞裡，讓所有愛過的女子都成了永恆的戀人，創作的繆斯。

良飛介紹：柯恩來自猶太家庭，也有一個身為作家的祖父；柯恩喜歡隨性住進一個旅館房間，洗淨僕僕風塵，坐下來抽完一根菸，再痛痛快快的刮個鬍子。年輕時期雲遊四方，在希臘小島住過一段時日，在那裡寫了他唯一的一本小說：《美麗失敗者》。

香弟說她沒崇拜過任何人，但柯恩的歌聲讓她的靈魂去了一個美麗的國度，在那裡即使沉迷不醒也不會有任何遺憾。

柯恩之後，颱風來了的中秋夜，良飛在風雨飄搖中點著蠟燭給香弟寫了一封信：

假如妳在早晨醒來之後，發現今天的自己和昨天有所不同
我只好向妳告白　那是我有心的過失
昨夜，趁妳不備　我悄悄偷走妳小小一片心
小到妳無從察覺　如果我不告訴妳
然而　那細小的一片心　卻占滿了我的心房
我帶著它一起搭車　一起看雲賞花　一起入夢
我希望妳不要介意我這個魯莽的賊子
再說　我認為這碼子事到底是公平的
因為　打從第一次看見妳
在我毫無防備下　妳就已進占我的心
而我從來都不認為　我會向妳要回我的心
曇花開現的時刻，不是機緣便要錯失
妳是我生命之窗的偶然　我人生之旅中，可遇不可求的曇花
戀人　友人　陌生的旅人　妳這多面孔的女子
我曾經在許多不同的地方，遇見過不同的妳

但，無論如何，在我心裡　妳就是唯一不變的妳
人們說：一旦妳給事物命名，它就歸妳所屬
我並不想如此自私，也從不想望擁有妳
我所要求的只是：
在妳發現了自己被一種力量所鼓舞、所激勵、所感動的同時
能看見隱藏在地平線下的種種可能
那麼　妳我便在世界分享著共同的愛
以這樣的愛　我要造一個句子
結束的地方就是一個妳
假若妳善於想像，當然，妳一定能，
妳也就會恍然：
為什麼我曾經一度是世界上一等的造詞冠軍，
因為，就在不久前的某一個早餐，
我醒來就發現自己愛上了ＸＸ。
就是如此。

——造詞家，中秋雨夜

異邦女子

初冬十二月，良飛接到紐約家裡打來電話，祖父將過一百歲生日，家人為他安排了一個盛大的生日派對，維也納的伯父，巴黎的表姐，還有舊金山專程回來的叔叔，良飛從小敬仰的偶像，都將聚集在一起為祖父慶生。

良飛說，父親小時候曾告訴他：葛林家族在維也納擁有一個城堡似的古老大宅，納粹時代祖父帶著父親和家人躲在地下室的秘密走道裡；戰後，祖父帶著一家人從維也納移居新大陸，祖父的生日慶典將是四十多年來家族團聚的一大盛宴，父母已經在公園大道上的旅館，給所有前來參加生日會的親友預定了房間，安排了機場接送的車子，良飛沒有理由不回去。

父親在電話裡也暗示了自己健康上的警訊，每年例行的健康檢查發現ＰＳＡ指數（攝護腺特定抗原）偏高，可能有潛在的攝護腺癌，醫生強烈建議良飛父親提早退休好好療養身體。父親一直希望良飛可以接替他掌管公司，否則公司可能面臨結束經營或轉賣的命運，他需要良飛回去商討未來種種可能的情況。良飛的姐姐吉兒，有個義大利男友，兩人已論及婚嫁，婚後將隨夫婿遷居義大利，家人只能期待良飛回紐約協助父親。

良飛有預感：這一趟回去便難以保證很快再回到台灣，他已經違逆家人幾次，母親一直不願意他在亞洲，更會以父親的健康做理由，堅持他必須留在家裡一段時日。

父親的病恐怕非比尋常，否則，像他那樣的人不會輕易打算提早退休，也不會在電話裡提及，父親是那種深沉持重的人，沒經過深思熟慮的事，他不輕易說出口，良飛意識到家裡可能的異動，多少會影響到他未來的計劃以及停留在亞洲的時日。他不想就此見不到香弟，雖然兩人認識不深，也沒有任何確定的關係，然而，就算只是讓香弟看看他生活的世界，已足夠是個好理由。

「想不想跟我一起去美國？」左思右想之後，良飛鼓足勇氣探問香弟。

其實，更大的挑戰還在前頭，對父母而言會是青天霹靂的大事，首先面對的就是父親的健康和公司的運作，在這種關鍵時刻，他們期待良飛對工作和前途的全力以赴，壓根兒也料不到他會帶回來一個信仰、文化、膚色全然不同的亞洲女子，而且，更嚴重的是一個非猶太的異教女子！這對一個正統的猶太家庭，將是致命的震撼。

即使如此，所有這一切的顧慮都沒打退他想和香弟在一起的念頭；他們之間有一種自然的和諧與愉悅，他無法解釋，兩人即使不用言語也能互相溝通的默契。他知道如果一個人回去，久了時間會消融一切，就如當初離開紐約，和女友艾蜜莉的關係自自然然就疏遠淡化，隔著時空距離，可以分享的共同話題越來越少，彼此的隔閡越來越深，到後來就回不去當初共行的路；他不想同樣的事發生在香弟和他之間，即使未來很遙遠，變數太多，他還想給自己一次機會，他心裡確定的知道：如果就這樣離開了香弟，他一輩子都會感到遺憾！

香弟對良飛的猶太身世與家族歷史感到陌生又好奇，對他的阿拉斯加打獵、捕魚、寫作的夢想充滿歆羨，對那個有鵜鶘標識的帆船嚮往不已；然而，這些似乎都太遙遠、空泛，不夠成為去美國的動力，加上她的工作順利，和芝蘭關係融洽，電台節目也有不錯的發展空間，最主要是事情來得太突然，來不及想這麼多這麼遠，而且，和良飛之間似乎沒有深到足以跟他一起回美國的密切地步。

「你有什麼好理由說服我跟你一起去美國？」香弟想讓自己被感動。

「帶妳滑雪橫過冰湖去看尼加拉大瀑布！」良飛想都沒想就這麼回答。

一聽到滑雪橫過冰湖去看瀑布香弟就怦然心動，短短一個句子裡三個關鍵詞：滑雪、冰湖、尼加拉大瀑布，她毫不考慮就說好，爽快直接得讓良飛有點意外。香弟個性裡就有這種無法捉摸難以預測的特質，那特質也是吸引良飛的原因之一，你無法預知在她身上會發生什麼事；同樣的，不管什麼事在她身上發生，也不會太令人驚奇。那就是她身上難以言說的神秘氣質，她自己也未曾察覺的特性。

道德潔癖

香弟的決定讓芝蘭大感意外，兩人一起工作的時日特別愉快，芝蘭幾乎完全仰賴香弟的事前準備，連訪問哪個歌星？訪談什麼內容？都是香弟起草決定然後安排聯絡，芝蘭只要準時坐進錄音室，關起門來面對著麥克風，等著錄音室計時的燈號指示，張嘴說話就行。香弟對流行樂壇的掌握非常準確，總是能預知哪首曲子會竄紅，哪個歌星能出頭，在市場之前就先介紹給觀眾，節目逐漸具有影響力，聽眾越來越多，客戶自動上門來要求在節目上廣告，都已經沒有多餘空檔可安排。

「要去多久？」芝蘭很不情願的問。

「不知道！」香弟一時沒想那麼多，沒有計劃那麼遠，兩個人似乎都沒做詳細的打算，就覺得在一起可以面對生活，一點的冒險也是令人期待的新鮮事。看到芝蘭驚訝狐疑的表情，香弟敷衍的說：大概就過聖誕和年假吧？

「我真不願意讓妳走！」芝蘭顯得無奈，「不過，年輕人有機會出去見識見識總是好的！不能攔著妳的路，就希望妳快去快回！這裡的工作等著妳！」芝蘭給了香弟一個月假期，跟她約定：玩夠了就趕快回來。

臨出國前，香弟請喬董吃飯，感謝他介紹電台工作以及生活上的關照。這些日子，在喬董面前，香弟一直是附屬於艾麗婭的小跟班，之間發生過大腿上的怪手與溫泉旅店裸睡的尷尬事件，隨著時間消逝，香弟當是一場誤會，漸漸就放下了！

喬董欣然赴約讓香弟有點受寵若驚，本以為禮貌上需要這麼做，喬董是否答應她沒寄予厚望。

餐飯中，香弟格外小心不敢透露任何有關艾麗婭懷孕墮胎的事，喬董卻先揭露了驚人的秘密：他早洞悉艾麗婭的計謀和謊言；喬董說：不用擔心，即使香弟不說，他也不會被蒙在鼓裡。

「生活哪來時間浪費在這些事！」喬董心平氣和的說，他其實早在二十年前妻子赴美之時就已結紮，妻子不放心他一個人在台灣，公司這麼大，資產這麼多，整個台北的星級飯店、咖啡廳、理髮廳到處充斥著氣質優雅、身材一流的高級應召女，喬董當時答應妻子的要求，是為了讓妻子在國外能安心，也是愛妻子的行動證明。

艾麗婭的心計讓他很失望，而且令人尷尬和嫌惡。喬董說：女人愛美，愛虛榮，他都可以接受，如一朵妖嬈嫵媚的鮮花，原也是為了吸引異性的觀賞，憐香惜玉也是君子美德，金錢物資他不會吝嗇，給多少對他其實無妨，人一旦動了貪念、欺詐、就玷污了君子好逑的美事，浪漫的關係有了瑕疵，大大損傷情致雅興。那是喬董所遺憾的難以成全的情感潔癖。

在香弟眼裡喬董和艾麗婭半斤八兩，喬董以為用一點錢財、一點善意對待女人，就可以美其名為憐香惜玉，說到底，喬董在乎的不是錢，而是自己的面子，他自認為道德上有潔癖，一點煙花女子的風流韻事，自視有格調，有品味，不幸遇到艾麗婭不識趣又小家子氣，算是陰溝裡翻了船，除了自認倒楣，他誰也不怨。

艾麗婭要了二十萬美金，喬董給得大方爽快，也沒有一點揭發她的意圖，他明白她不是什麼蛇蠍心腸，只是眼光不高格局不大而已；三年多來，她支付了青春肉體，也給他很多生活的樂趣，是個讓人愉悅的伴侶，懂得享受生活，也懂得讓男人開心，最終說：是一樁公平交易，雙方都沒有什麼損失，也不該有什麼遺憾。

喬董若真的是個大方高尚的人，也許就不需要告訴香弟這麼一件他自己都認為不是光彩的齷齪事，他之所以說出來，香弟覺得，他心裡還是介意，自己不願直說，希望藉著香弟的口轉述到艾麗婭耳中，讓她明白：我喬董也不是個傻瓜。

香弟心裡遺憾：那個美麗妖嬈嬌貴自恃的艾麗婭，煙花一樣一閃即逝的絢麗浮華，等在前頭的是怎樣的人生？她懷念小時候赤腳在竹林裡捕蟬在溪裡捉泥鰍的明月，懷念小時候一起走田埂路上學一邊摘野花吃野果的天真無邪，兩個人玩扮家家酒搶著要黑尼馬克當新郎的爭風吃醋……；時光不能流轉，成長讓人一點一滴失去兒時的純真和歡樂！

遠走高飛

十二月，連續幾星期的濕寒，香弟在良飛的協助與擔保之下，辦妥出國手續。

臨行，跟艾麗婭一起去東區的主婦商場買了外銷的羽絨衣、雪靴，又在百貨公司買了兩雙進口的紅色鞣皮手套，內裡鋪著綿柔細緻的兔毛，彼此互送給對方作紀念，日後在異國他鄉，雪天裡戴上手套，就會想到對方的情誼和祝福。

「良飛看來是個好男人，你們好好在一起，互相照顧。」艾麗婭老大姐似的跟香弟說，「別忘了給我寫信！」

香弟無言，不知該跟艾麗婭說什麼告別的話，跟那個神秘的美國男子D在一起會是怎樣的前途？太難想像離家的三年裡，艾麗婭的變化如此巨大。她想念明月，但也必須接受艾麗婭的現實。

「這世界若非互相利用就是弱肉強食！我和喬董不過是資本社會的利益重新分配，誰也沒占誰便宜，要知道，我的青春也是非常寶貴的。」那是艾麗婭曾經說過的，她一直聲稱和喬董之間是公平交易，雙方互守遊戲規則，彼此各取所需，誰也不欠誰。

離開前的日子，一切都忙亂匆促，來不及思考生活就到了岔路口，不是這個選擇便是那個方向，不論好壞對錯，做了決定就只能朝著前頭迎面而去！命運在人們未曾知覺的時刻，或許早已都悄悄預定了程式！

告別台北，也在心裡同時告別了沙木爾，人世情緣就那麼一個不設防的偶然邂逅，驚天動地一晌，從此銷聲匿跡，留下的卻是長久的迷惘和悵然，那分不清是愛意還是欲念的混沌初開的青春悸動；或許，沙木爾的出現是為了將她帶離甘那坎，好讓她在另一個時空遇見良飛？這一次的離開莫非也是冥冥中的註定？

飛機穿過厚厚的雲層，頓時天光乍現，整個城市遮蓋在雲層之下，原來平常看到的天空，不過就是地表上淺淺一層薄雲，天外有天。飛機正遠離居住的城市，過去和未來彷彿在天際劃分了界限。未來在一片茫茫的雲海裡，往事卻如電影一幕幕重現在眼前。

香弟記得黃昏時分的曬穀場，孩子們嬉鬧著玩捉迷藏，天色漸漸暗下，一家家炊煙升起。所有的孩子都紛紛回家去吃晚飯，香弟卻一直沒有現身。她躲在曬穀場邊的土地公廟後面，那裡是一片茂密的相思樹林，稀疏的光影灑落在林間，一隻帶著琉璃藍斑的黑鳳蝶忽然從眼前翩然飛過，香弟夢遊似的隨著鳳蝶飄忽的蝶影追逐而去，完全忘了遊戲中的捉迷藏。

鳳蝶飛過相思樹林，飛過田水伯屋後的稻草堆，繼續飛往竹林深處，香弟眼裡只有鳳蝶羽翼上一抹如夢似幻的琉璃藍斑，忘了路的遠近，忘了進行中的遊戲，失神的追著蝶影，消失在夕陽沉落的林間深處。

其他孩子們都已吃過晚餐，洗過澡，守在電視機旁看歌唱擂台，香弟還遲遲未現身。

天色已黑，鄉下沒有路燈，母親走遍全村呼叫香弟名字，拿著手電筒往稻草堆、防空壕、絲瓜棚、甚至去到邦埤、連掛著死貓的林投樹叢也找遍了，全村人紛紛加入尋找香弟的行列，受驚動的狗隻漫天狂吠，整個村子鬧轟轟的，就是不見香弟的影子。

最後，母親想到井裡還沒查看，過去曾有小孩落井溺斃的悲劇，母親慌張的找來曬衣服的長竹竿，一頭綁上竹編的菜籃子，籃裡放了磚頭，緩緩沉入一丈多深的井裡，繞著圈子打轉著撈，濕答答滴著水的空籃子一次又一次被提上來，焦慮的母親悲喜交雜，既怕撈到女兒，又欣慰沒撈到，那表示女兒沒掉進井裡。

最後，是黑尼馬克在墳地找到趴在墓碑上熟睡的香弟。她在黑暗中被手電筒突然照在身上的強光驚嚇得放聲大哭，村人聞聲躁動而至，母親飛奔過來抱起香弟，村人七嘴八舌議論紛紛，確定了香弟沒事，全村的躁動才安靜下來。

在眾目睽睽下，她囁嚅的說：我追隻藍斑蝶，累了，就休息一下而已。

這並非香弟第一次走失，村人已經習慣，她之前也跟著馬戲團的人走到邦埤之外的另一個鍾家村裡。

香弟一輩子都不會忘記：那晚被母親抱起的一瞬間，心裡暗自的歡喜，原來，她那麼喜歡失蹤、渴望被人尋獲，彷彿那樣才能證實自己的存在並且受到人們的關愛。

飛機經過阿拉斯加的上空，好深邃遼闊又靜謐的蒼穹，香弟特地開了艙窗，看一看良飛夢想的所在地，一片無止境的皓白雪地裡偶有聚落散布著點點微光，淒冷而荒涼，良飛居然嚮往這樣的冷酷異境？她才開始想好好了解他的內心。

小島上，甘那坎的母親此時此刻在做什麼？臨走前匆匆回鄉下看了母親。

「阿凸仔（高鼻子的外國人）說話像麵線糾結一團，妳聽得懂？」

「電視上有演，那個地方會下雪，冬天的衣服有帶夠？」

母親心裡有話，嘴裡沒說，關於香弟為什麼離開？跟誰一起去？去了日子怎麼過？總總現實細節，怕是問了也無濟於事？還是她早知：從小看著三歲的香弟膽敢沿著田埂小路走離甘那坎，就預知他日的遠走高飛？

母親說了一句：去那麼遠！

不知是質問？還是抱怨？在母親眼裡，這一切也許終歸是造化。然而，造化是什麼？蒼天亦無語。

彼岸他鄉

夜晚的紐約甘迺迪機場，海關人員在檢查香弟護照時，不小心打了一個大噴嚏，香弟適時說了句標準的 Gesundheit！德語祝福平安健康的意思，從良飛那裡學來的，每次她一打噴嚏，良飛就這麼說，像西方人慣用的 bless you，祝福你，他父母家裡慣用的詞語。

海關人員意外的看了她一眼，說了聲謝謝，顯然他聽懂那句德語，或許也是個猶太人？總之，他心情大好，不假思索的在香弟的護照上蓋下六個月的旅遊簽證，並說了句：Welcome to America! Enjoy your trip! 歡迎蒞臨美國，旅途愉快！

海關人員的親切友善，讓香弟以為這就是所謂的文明開放的現代國度，對她初識的亞美利堅讚賞不已。

一出機場，香弟就被迎面襲來的冷風震嚇，所謂寒風刺骨真的是千根萬根針尖同時扎進皮層的痛，幸好馬上鑽進有暖氣的計程車，沿河一路往城北直奔。良飛一路指出窗外的地標，自由女神像、哈德遜河、時代廣場、洛克菲勒中心……，像個盡職的導遊。香弟撐著疲憊的眼皮，看著輝煌燦爛的城市夜景，彷彿進入神話的國度。

良飛的家在中央公園臨東河邊上一棟古典壯麗的棕石建築，馬路兩旁綠樹成蔭，雪亮的玻璃大門前有穿著黑色西服、戴著帽子和白色手套的門房先生，計程車一停下就過來開車門、提行李，對著良飛大聲說：

Long time no see, Mr. Greenfield, welcome home! 久違了，葛林先生！歡迎返家！門房先生一直將行李提到電梯門口，等兩人都進了電梯，他點頭致意道了晚安才離開。

Mr. Greenfield，香弟學著門房先生稱呼良飛，良飛果真變了一個人似的，矜持不苟起來；是返鄉情怯，還是語言影響一個人的心性？說中文的良飛活潑風趣、有時幾乎是天真愚蠢；回到自己國家說母語的良飛有一種嚴肅正經，也相對的成熟穩重，是香弟未曾經驗過的另一種面貌。

良飛的父母穿戴整齊在客廳靜候兩人到臨，那氣氛正式得令香弟不自覺挺直了背脊，從小是鄉下長大的野孩子，在艾麗婭那裡學了點人情世故，當時覺得造作，如今才算看到一點所謂的場面，雖然沒有什麼重大人事，但如此正式的見面禮儀還是她生平首次。

OY—VEZ! 良飛的父親見到香弟發出一聲長嘆：我—的—天！兒子從亞洲帶回來給父母的見面禮，不僅不是猶太人，還是一個黑頭髮黃皮膚的亞洲人。

母親見了良飛只管緊緊把兒子擁進懷裡，又親又吻，一邊說：我的好孩子，我親愛的好孩子！見了你真開心！真開心！

父親也過來擁抱良飛。良飛轉身介紹香弟，母親滿面笑容張開手臂熱情擁抱香弟，左面頰親一下右面頰再親一下；父親的擁抱斯文有禮，風度翩翩，香弟被動的接受這些親吻擁抱，她沒有跟陌生人擁抱親頰的經驗，只能僵著身體適應那麼貼近的接觸。

在客廳喝茶，父母分坐兩邊，香弟和良飛並坐中間的長沙發，香弟看著良飛母親的優雅坐姿，腳上的高跟鞋併攏著，雙腿微微傾斜膝蓋緊靠，圓領洋裝佩戴的珍珠項鍊和耳環，一身搭配和諧妥當近乎完美；父親西裝筆挺、皮鞋晶亮，好像準備覲見貴賓；即使在家，而且已經晚上，如此正式體面的會見來客，讓香弟不免戰戰兢兢，如坐針氈。

幸好，時辰已晚，喝了茶，簡短禮貌的寒暄問候之後，母親就說這麼遠的路途，兩個人一定累壞了，不如早些休息，於是領著兩人到各自的房間，結束了漫長飛行的勞累。

香弟睡的是良飛姐姐的房間，房裡有一些彩色玻璃做的小物件，浴室裡的浴缸周圍擺著大小各類貝殼，一個有著美麗夢想的女孩，香弟猜測，喜歡貝殼的孩子一定嚮往大海。

兩人的房間隔著一個大衣櫃，推開衣櫃的門就可以走進良飛的房間。香弟更衣梳洗過後，鑽進軟綿綿的羽絨被裡，良飛穿著內衣赤著腳穿過衣櫃躡手躡腳溜進來，問她是否可以躺在她身邊？

「讓我們一起做一個美麗的夢！」良飛在身後擁抱了香弟！那一刻鐘，香弟感到夜是如此神秘，良飛是如此溫柔，而她如此需要一個溫暖舒適的擁抱，在異鄉的第一個夜晚，離家十萬八千里。

第二天，香弟才有機會看清良飛父母的家，一棟隱埋在城市裡的典雅豪宅，客廳之闊綽、光是七米高的天花板就夠香弟引頸瞻望，地毯是依據客廳大小特別定製的，香檳色的水晶吊燈閃爍著絢麗的夢幻光影，碩大的長窗一邊向著公園，另一邊面對河景，從客廳窗口可以看見公園草坪上打棒球的孩童，湖裡戲水的野鴨，還有騎自行車，遛狗的，跑步的，遼闊的草坪盡頭參差矗立著摩天大廈，宛如一幅超現實畫作。

客廳裡擺設的非洲木雕、牆上鑲金框的畫作、沙發旁的弧形座燈……，一一都有它們的來歷和典故，不是祖父從維也納帶來的，就是父親非洲、南亞行旅中帶回來的；壁爐上的大理石檯面一大束盛開的百合妝點著滿室的華麗與馨香。

客廳隔壁是書房，沉木書架裡都是綠皮藍皮紅皮燙金的各類書籍。良飛說：這棟房子是在市府保護之列的歷史建築物，不能隨便更改變動，有回客廳一扇窗戶裂了一條縫，維修居然要經過市府的審查批准，還需找到原廠生產的玻璃才允許更換，很麻煩；但父母似乎都喜愛這類麻煩，越麻煩他們越覺得不同凡響；跟父親手上戴著的古董勞力士錶一樣，每年要專程送回特定的部門做定時維修，要不然每年可能因為機件老舊而產生幾分之幾秒的誤差；即使如此，父親還是年年按時親自送檢，而且樂此不疲。

「那就是我住上東城的父母！妳慢慢會認識他們！」良飛的口氣帶點警告的意味。

良飛父親亞希是正統猶太教徒，每天早晨起床淨身之後，就用一條細長的皮繩纏繞捆綁上身，在書房裡朝著日出的方向膜拜。每個週六全家穿戴整齊一起走路上會堂，一生奉行猶太禮節，寄望子孫世代都維持猶太傳統。

良飛在回來之前輕描淡寫提到將有「朋友」同行，父母以為無非是兒子大學時代的朋友，或旅途中認識的夥伴，他們萬萬沒想到兒子帶回的是個異族女子！

良飛事前沒敢透露，知道時機不對，而且父母一定會有很多意見，甚至百般阻止他的行動，為了避免麻煩以及節外生枝，說「朋友」是最安全的。事實上，他們真的也只是比朋友親密一點的關係而已。

亞希很鎮定，除了初見時一聲OY—VEZ的長嘆之外，沒再表示什麼，雖然心裡感到震驚但也很快接納現實，香弟讓他回想起年輕時代初次到泰國開拓橡膠園的特殊經驗，那些潮濕悶熱的午後，體態豐腴身姿妖嬈的熱帶女子們，工作之餘總是偷閒在林間調笑嬉鬧……，她們開朗的笑聲，黑亮的大眼睛，在那些滿懷鄉情的寂寞夜晚，情慾高漲的躁動身體，女子們的身影縈繞心頭，夜夜饑渴焦躁又不敢造次逾矩，一段刻骨銘心的煎熬歲月。

良飛父親當時愛戀過一個泰國姑娘，因為語言不通又是外地人，一點也不敢輕舉妄動，過了許多年後，兒女都已成人，父親偶爾提起往事，難免流露出一絲悵惘和遺憾。他之所以如此守貞，只為了忠於自己的信仰，終其一生做一個忠誠的人夫、人父的角色。

良飛的母親，萊莉，不論什麼時候看到她，臉上都是快樂又優雅的笑容，她拿出精緻的日本彩繪茶具，白瓷上繪著鮮豔的楓，雪白的鶴，翠綠的松，她說那茶具是良飛叔叔早年去日本帶回來的禮物，萊莉很得意的為香弟沖泡良飛從台灣帶回來的烏龍。雖然，泡出來的茶只有淡淡的茶香，幾片茶葉漂浮在水面上，她還是很得意的稱讚著：真是好香好雅的烏龍！

萊莉一直記不住香弟的中文名字：珊迪、香媞、仙蝶……，怎麼發音都覺得語調不對，最後索性叫她 Chantelle。

「妳在西方，應該有個英文名字！大家容易記住，也容易稱呼，Chantelle 很好聽，也合適妳的性情，不如就叫 Chantelle 吧？」萊莉提議。

「可以！但是，我還是比較喜歡自己的中文名字！」香弟說。

萊莉很意外香弟的坦率，也高興她有自己的主見，還特地因此給良飛拋了個眼神，暗示她對香弟的讚賞。在萊莉一廂情願的執意裡，Chantelle 自此成為香弟的英文名字。

為了表示歡迎遠到的客人，良飛自告奮勇要做烤鴨晚餐，他不想因香弟的到臨，增加母親的負擔或打亂她的日常作息，給她任何抱怨或牢騷的藉口。

萊莉的生活有她一貫的步調和不可更改的習性，容不得人干預打擾；她即使在家不出門也穿套裝、戴項鍊、配耳環以及色調匹配的半高跟鞋，永遠的端莊得體，從小被嚴格調教儀表姿態，生活細節井然有序，良飛洞悉母親的習性，早知道如何應對。

良飛在廚房裡把兩隻超市買回來的鴨子放烤盤上，小鍋裡放蒜頭、醬油、桂葉加入蜂蜜、紅酒和胡椒，小火慢煮成稠汁，刷在鴨身再鋪上切片的橘子，放烤箱裡調好溫度時間，一個小時不到就烤好金黃香酥的烤鴨，讓香弟刮目相看，完全沒料到在台灣看似不食人間煙火的他，在廚房裡居然還有一手。

烤鴨在爐裡烘烤的時候，良飛教香弟擺放餐具；餐具有兩套，餐廳也有兩個，為了猶太人喝牛的奶不忍再吃牠們的肉，早餐和晚餐分開兩套餐具，分別放在不同的櫥櫃裡；早餐在廚房裡的餐桌吃，晚餐在正式的餐廳吃，餐廳有個足夠坐十六人的橢圓形核桃木桌，雪白的桌布襯著裡墊沒有一絲皺紋，平整潔白得讓人不敢碰觸，銀質刀叉一格格分別安放在墊著絲絨的方盒裡，用完後必須手洗，擦乾，抹亮，再一一歸回原位，不能跟其他餐具一起放洗碗機裡洗。

餐廳的水晶吊燈配合古典鑲金圖案的土耳其藍壁紙，桌面兩個燭台中間放小盆三色堇，疊成三層的大盤小盤湯盤，左右兩邊的大叉小叉，大刀小刀，喝湯的大匙，吃點心的小匙，酒杯、水杯、絲綢餐巾……，一桌餐具琳瑯滿目，一頓飯要費這麼大工夫，對香弟來說完全是不可思議的繁文縟節，難怪台灣電視台有節目特別教人西式餐桌禮儀。

廚房傳出烤箱叮噹的聲響，空氣裡瀰漫著烤鴨帶著橙味的焦甜，良飛戴著隔熱手套從烤箱裡端出一盤香味四溢的烤鴨來。烤鴨裝在銀盤裡，上面綴著良飛最後添加的杏仁脆片，四個人分坐長桌的四個方位，亞希在胸前畫十字低頭禱告，感謝主賜的美食、健康的身體以及歡迎遠到的客人。

良飛用刀鋸切下鴨胸分放在每個人盤裡，又淋了些醬汁，綴上幾片杏仁。

「看看我的寶貝兒子多能幹！」萊莉得意的稱讚著，一邊嘟嘴嘖一聲做出一個親暱的吻狀，良飛顯得有點不自在，好像母親在表演作態。

晚飯開動，面對各式各樣餐具，香弟只能看著良飛亦步亦趨，戰戰兢兢的生怕用錯順序拿錯刀叉出洋相，一頓飯吃得緊張兮兮。

良飛在席間顯得安靜而壓抑，回到紐約的良飛和在台灣說中文的良飛顯然不同，說英語的良飛深沉穩重，不像在台灣天馬行空隨意自在，不知是語言造成的差異？還是家裡的氣氛所致？

亞希健談，說話風趣得體，處處顯示著他的學識閱歷風度教養，不論國際大事、世界經濟、時局變化，他都有敏銳深刻的見解，完全不像一般生意人的精明算計與現實，大大改變了香弟對生意人的偏見；而且，亞希還是個幽默風趣的人，一點也沒有做父親的架子，不時還會對香弟擠眉弄眼暗示他的同意或讚許，在香弟的語法上句接不到下句的困窘時刻，他會適時接下話題替她解圍，不著痕跡的貼心細膩，這點和良飛一樣令人心動。

席間，萊莉一直牢騷她無法過自己意願的生活，因為這些年來，父親聽取醫生建議：堅持每個夏天去棕櫚灘度假，他們在那裡有一棟濱海別墅，萊莉不喜歡飛來飛去隨季節搬遷的生活。

「人又不是候鳥，必須隨著季節遷徙！」萊莉說，她不想離開紐約的生活，週末跟朋友的茶會，她的草月流插花課，生活裡她所習慣的餐廳、畫廊、咖啡屋、書店、魚販、美容院、牙醫……，還有大都會現代藝術館、美術館等等看不完的展覽，她甚至抱怨棕櫚灘沒有讓她滿意的美髮師，最嚴重的是要錯失卡內基廳的許多精彩音樂會……，還有，她每週固定造訪的針灸醫生……。

萊莉的牢騷不斷，亞希、良飛都安靜的吃著。香弟聽得津津有味：海邊的度假別墅，陽光、美食，那樣的生活是許多人夢寐以求的，她不明白萊莉的問題是什麼？

「她在鬧更年期情緒！」良飛私下跟香弟說。香弟不明白英文的「menopause」，只能胡亂猜想。

萊莉發完牢騷，開始將話題轉到香弟身上，問香弟的出生、家庭、父母、宗教信仰。良飛自告奮勇代替香弟回答，他覺得這些問題在餐桌談太嚴肅，也擔心香弟的英文未必能達意，更不喜歡母親探問香弟這麼多私事。

萊莉給了良飛一個眼色，繼續對著香弟問：「你們現在的政府是怎樣的一個政黨？」

談到政治，香弟本能的觀看四周，習慣性的警覺，政治在她成長的環境裡是敏感話題，一個年輕女子平常被教導三從四德、讀好書、做好人、嫁個好丈夫，相夫教子就是幸福。政治是危險的，不可以隨便碰觸。

「放心，這裡是自由國家，沒有人會干涉妳說什麼，儘管說吧，美國政府會保護妳的安全！」萊莉帶著玩笑和憐憫，安慰著香弟。

「我們有一個國民黨！」香弟無法用英文解釋清楚複雜的政治。

「那就是一黨專政的集權政治？」萊莉問。

「不是，我們實行三民主義，是民主政治！」

「那你們應該有選舉，妳支持哪個黨派？他們有什麼主張？」

香弟不知要如何回答？她不熱衷政治，選舉的時候，鄉下家裡來了人送味精，派來車子，把村裡有投票資格的男男女女一車車送到投票所，大家事先已被告知該投的編號，就是那些將來當選了會替村子安裝路燈，會將泥巴路鋪上柏油的人。

良飛請求萊莉不要談政治，他太清楚母親那種左派知識份子的偏執，總是讓話題變得激烈、敏感而且極不愉快。他從來不願意在餐桌上跟母親辯論政治話題。

萊莉又問香弟對未來有什麼計劃？

香弟毫無心理準備，加上說別人的語言，一時不知如何作答，只記得良飛說過要帶她滑雪穿越大湖去看尼加拉大瀑布……。那大概就是她當前唯一知道的所謂計劃。

香弟沒注意到萊莉臉上的憂慮表情，還興奮的補充：當然需要先學會滑雪才能越過大湖。

萊莉又問香弟：當下正在閱讀的是誰的作品？有沒有打算上學？

香弟若無其事的搖著頭，她真的沒有想到坐了十八小時飛機，經過阿拉斯加，到了地球另一邊，在一個不同人種說著不同語言的西方社會，她下一步的打算是什麼？眼前是個嶄新而陌生的世界，生活有太多可能的事，就像一個鄉下人來到大城市，一腳踏進百貨公司面對琳瑯滿目商品的無所適從。

「夠了！萊莉！妳這是在審訊！」良飛抗議，香弟很少聽到良飛叫自己的母親「媽媽」，他通常只叫她名字。

香弟還沒學會英文的「審訊」，不明白良飛在生什麼氣？她知道他們起了爭執，母親說了什麼關於香弟讓良飛不高興的事；香弟一直覺得萊莉熱絡親切，而且還格外關心她的前途……，心裡十分感動，這一輩子，難得有人跟她談志趣和未來，連自己的母親都不曾有過如此深切的提問。她一點也沒有覺得萊莉有何冒犯之處？

良飛吃完蘋果派甜點就離座，留下香弟陪萊莉收拾餐桌，兩個人在廚房裡吱吱喳喳，香弟想知道晚餐的沙拉醬怎麼調，蘋果派怎麼做；萊莉熱衷烹飪，享受美食，香弟讚賞她的廚藝，讓她開心不已。

打理完廚房，萊莉給自己添了咖啡，給香弟泡一杯茉莉花茶，拉著她的手，關切的說：「好了！親愛的！現在終於有一點屬於我們倆的私密時刻！」

萊莉領著香弟來到客廳隔鄰的書房，讓香弟和她面對面，膝蓋碰著膝蓋坐著，然後伸出雙手緊緊握住香弟的手。

「好孩子！」萊莉認真的看著香弟，「現在讓我們一起向慈悲的上帝禱告。」

萊莉在胸前畫一個十字，低著頭虔誠的說：「主啊！請照顧香弟，請給她勇氣，給她智慧，讓她有能力面對未來生活的挑戰……找到生活的康莊大道……。」

香弟安靜的，動容的被萊莉握著手，心裡暖烘烘的傾聽她嘴裡念著的禱詞。

突然，一聲嚴厲的「please!」打斷萊莉的禱告。「That's too much!」，太過分了，良飛拉起香弟就離開。

香弟居間尷尬無措，不知道母子之間發生了什麼事？為什麼良飛和母親老是對立著。她自己沒什麼信仰，小時跟著母親去廟裡拜拜燒香，並非什麼宗教信仰，只是一種文化習俗而已。萊莉這麼虔誠的替她禱告，她怎能違背她的善意？

良飛拉著香弟離開書房，一邊跟她說：「不要理會她！不要聽她！萊莉是喜歡操縱的女人，不要相信她的慈悲，都是假裝的，妳難道看不出來她事實上是在向妳顯示她的優越感，她的高人一等，她慈悲的真面目就是對妳的憐憫，憐憫妳的無知，妳怎麼這麼輕易讓人隨意擺布？」

香弟並不以為自己受到擺布，作為客人，她只是盡量表示客氣禮貌而已，不管萊莉居心如何，她覺得萊莉並沒有惡意，如果有，香弟沒有察覺，也不在乎，因為從來沒有人如此認真的和她談自己的人生問題，她感到被人關心的溫暖，心裡懷著感激之情。

「妳太天真！遲早妳會明白她的用意！她一點也不慈悲，她的一切都是偽善！」

香弟不同意良飛，他這麼批評母親，讓她困惑不已，也替萊莉抱不平。

臨睡前，萊莉來道晚安，她輕聲敲門，輕聲在門邊上祝福香弟美夢安睡！然後到隔鄰敲兒子的門，跟兒子說：「晚安！我愛你！我一直都愛你！」

「廢話！」香弟聽見良飛在母親轉身離開之後憤恨的罵聲。

她不知道良飛的恨從何來？母親愛兒子難道也成罪過？家裡父親、母親，都沒有人說過愛她的話，她總是一個人，也習慣了一個人。在萊莉和良飛之間，她失去了自己的立場。她不明白良飛何以處處反對母親，莫非他從小是個被母親過度寵愛的孩子，因而造成逆反心理？害怕被母親無微不至又無所不在的愛所掌控？

夜裡，良飛溜過來她床上，依偎在她身側。香弟還沒睡去，外面是零下的冷，屋裡暖氣嘶嘶作響，感覺溫暖而安全，像在一個城堡裡有著奇異的幸福感。在離家千萬里遠的異鄉土地上，她一無所有，除了良飛；此時此刻，她幸福得像擁有了世界。良飛的身體熱烘烘像個暖爐，香弟軟綿綿融化在他的臂彎裡，每一口呼吸，每一次心跳，每一寸肌膚，每一個細胞，都像在經歷一次重生的甦醒歡動。

「可不可以？」良飛在她耳邊溫柔的探問。

香弟貓似的縮進他的腰腹裡，讓他在身後緊緊貼附著她，兩人相擁著像一對並列的湯匙；在良飛身旁，她安靜如一隻小貓，甜甜的睡入夢裡。

天地間一首無言的詩

新年初始，窗外大雪紛飛，生平第一次見到雪，香弟驚喜的趴在窗檯癡癡凝望雪花飄落，靜悄悄的，白濛濛的，純淨美麗，彷彿老天特地遮蓋了城市的髒亂和醜陋，讓大地恢復原本的潔淨。

良飛說：下雪了，有個神奇的東西一定要看看！

香弟拿出那些出國前和艾麗婭一起裝備的羽絨大衣、雪靴、圍巾、手套等禦寒衣物，終於派上用場，全副武裝的香弟看起來肥胖臃腫，笨手笨腳，歡天喜地和良飛一起跑到外面的公園，興奮的將手伸向天空，仰著臉讓雪花飄落在臉頰上。

雪花輕輕細細綿綿密密，像天地一首無言的詩，天地灰濛濛一片，四周靜悄悄的，他們沉靜在雪花紛飛的靜謐，連說話都不敢大聲。

良飛說：沒有一片雪花是一樣的，每一片雪花都是全世界唯一的存在，各自有各自獨特的結構造型，絕不會重複。

香弟伸手讓雪花飄落掌心，每一片都細心的看，每一片都是繁複精密的結構和造型，神奇瑰麗的幾何排列直如上天的傑作，一片片晶瑩剔透，瞬間就融化在掌心的溫熱裡，香弟為這不可思議的結晶體感動不已！

兩人沿著公園漫步，許多父母帶著孩子在雪地裡堆雪人、晨跑的男女、遛狗的夫妻、每個人似乎都因為下雪而格外興奮，世界忽然顯得美好而歡樂。

穿過公園，經過亨利．摩爾渾圓壯碩的女體雕塑，到了西邊的百老匯街，經過冰淇淋店，良飛說：還有一件必須做的事：吃冰淇淋，他要香弟認識一下在紐約吃冰淇淋的滋味。

香弟以為是口味之別，點了她最喜歡的蘭姆酒加葡萄乾口味，良飛吃薄荷巧克力。結果是：在紐約吃冰淇淋不會融化，尤其在下雪的時候；台灣因氣溫高，難得低於零下，冰淇淋總是來不及吃就融化，吃時特別狼狽！

果真如此，香弟一路上舔著冰淇淋都是完整而堅固的球體，慢慢的舔，慢慢的享受，從容體面多了。

兩人邊走邊玩，不知不覺走了兩個多小時。回到家，香弟的耳朵、鼻子、眼睛都凍紅了，良飛趕緊摸摸她鼻子、耳朵，安慰的說：幸好沒掉下來。

「如果凍著了，一摸就會掉落！」良飛說：那是真的，不是笑話，他親眼見過因為凍掉耳朵無法戴眼鏡的人，小小的意外悲劇。

見識過人生第一場雪景，香弟感慨：世界太神奇，她期待著去發掘、體驗生活裡更多的未知，面對命運前途絲毫沒有憂愁畏懼，一派天真喜樂。

一生的負擔

星期六是集體上會堂的日子，良飛父親起得很早，天光未明已經戴著小瓜皮帽，用一條細長的皮繩將自己的上身捆綁起來（象徵受難）朝著日出的方向膜拜。亞希即使出差旅行，逢日出日落時分，仍會就地找個安靜角落，循著太陽的方向進行他的拜日儀式。

猶太人的會堂裡，香弟是新鮮的東方面孔，引起與會的人們小小的騷動，他們大都熱愛中國文化，爭相跟香弟談春節、農民曆、傳統習俗、禁忌等等；彼此驚訝的發現：猶太曆法和中國農曆很接近；迷信裡也都禁止在穿著的衣服上進行縫補或其他修繕，女性主內居家相夫教子也跟猶太人一樣；他們的家庭觀十分接近中國的傳統。

這天會堂有十三歲男孩的成年禮儀式（Bat Mitzvah），一個穿黑色西裝，頭戴鑲著銀珠圖案瓜皮小圓帽的男孩，一本正經的站在講台中央，對著所有來賓發表他的成年演說：從今而後將堅定信仰的信念、負起法律的責任、社會的責任、擔當家庭的義務、開始公開宣讀經卷的生活、正式告別童年、擔當起身為男人的角色和職責。

演說結束，剛轉大人的男孩受到拉比（Rabbi，猶太教裡有智慧、受人敬重的學者）的祝福以及眾人齊聲的讚頌，接著是慶祝的餐會。

香弟喜歡儀式，讓平凡的日子顯得莊嚴、慎重，高亢純淨的讚頌充滿對神崇敬的聖潔，遠離物欲與俗世的喧囂繁雜，獲得內心無比的寧靜和愉悅。

每到星期五黃昏日落時分，萊莉就忙著準備豐盛的安息日晚餐，在餐桌上點上兩根蠟燭，象徵雙塊律法的石板，備妥酒和麵包；晚餐開始之前，亞希為全家人祝禱，分享酒和麵包，一種平靜安詳的氣氛總是感染著香弟，讓她覺得福佑與溫馨。她愛上如此有規律的宗教生活、喜歡儀式和生活的秩序，生命的虔誠、莊嚴和美麗。

萊莉正好相反，她將所有可能的約會都安排在星期六早上：看牙醫、上美容院、去銀行、藥局、眼鏡行……，作為無法去會堂做禮拜的理由。原來，並不是每個人都像亞希那樣對信仰有絕對的虔誠。

有天，亞希煞有其事的提議讓香弟學習猶太禮俗，準備將來做猶太妻子、生兒育女，承繼猶太傳統，以正統的猶太禮儀教育下一代。

香弟大感不安：生兒育女、成為猶太妻子，對她而言太遙遠太抽象，對於老遠飛越半個地球來到一個傳統的猶太家庭意味著什麼，她壓根兒也沒料到。

亞希重視家族的延續和文化的承傳，他說家族裡有三十九位成員在二次大戰時遭納粹殺害，他每年捐出一筆為數不小的款額給以色列復國組織（Organization of the Restoration of Israel），為了延續子孫世代，也是不忘自己的族群和猶太人的命運。

良飛和香弟從沒談過結婚的事，他們都還年輕，前途未定，將來做什麼都不知道，做什麼也都有可能，唯獨結婚太遙遠。但是，香弟樂意接受亞希的安排去見拉比，她對新事物都好奇，也願意讓亞希高興，雖然未必是為了結婚。

第一次去會堂見拉比，年輕俊秀得令香弟難以置信；拉比既博學又謙和，完全不是香弟想像的一把絡腮鬍子，額頭堆滿皺紋，保守頑固不苟言笑的老古董。

香弟很坦率的告訴拉比：她不打算變成一個猶太妻子，也不想改變自己的宗教信仰。她以為拉比一定會問她原因，給她一長串的開導或訓誡。

「生為猶太人是一生的負擔！」拉比的回答讓香弟如釋重負，而且意外驚喜。拉比說：年輕人應盡力去走自己的路，尋找自己的理想，外面的世界海闊天空，沒有人應該失去選擇生活、工作、信仰的自由和權利！

香弟連連點頭稱是，而且從拉比那兒獲得無比的勇氣和鼓舞。她和良飛盤算著在和家人的蜜月期結束之前搬到外面住，良飛從沒打算接掌父親的事業，對從商興趣缺缺，即使父親常說：「買賣是把你喜歡的、有用的東西，做成精美的產品，賣給需要它們、也喜歡它們的人，是一種彼此交換的快樂哲學，人類互助的行為。」

良飛還是覺得：一切的商業行為都無法避免實質利益的追求，而他更喜歡思考性、創造性、抽象性的工作以及解決龐大複雜問題的挑戰；比如哲學、數學，物理，這些他父親認為不是很切實際的志趣，良飛也不確定自己真正的能力和志趣，但他很清楚一定不適合從商。他從小嚮往叔叔浪跡天涯的逍遙與豐富的人生閱歷，即使在父親眼裡：良飛叔叔六十歲了還幽居在洛磯山裡，美其名曰「修行」，其實是無家無產一無所有一事無成的落魄潦倒。

冤家

祖父的百歲生日近了，家裡電話天天響個不停，都是跟壽宴有關的大小事宜。

祖父生日當天一早，一箱箱的香檳、飲料、食材、鮮花、餐具一一送達，四個穿白色上衣戴高帽子的廚師兼助手隨後而至，一進門就迅速張羅起來；餐桌鋪了餐巾，擺了鮮花，廚房裡烤箱、微波爐、攪拌器，大鍋、小鍋、平鍋、深鍋……全都上場，空氣裡不久就飄出洋蔥肉汁的香氣；到了黃昏，鵝肝醬、魚子醬、燻鮭魚、義大利火腿、香腸、各色軟硬乳酪、蘸醬、精緻的小點紛紛上桌；酒杯、水杯、香檳杯、盤子刀叉和餐巾……妝點了喜慶的華麗和豐盛。

萊莉下午從美容院趕回來，換上水藍套裝、配珍珠項鍊、耳環，穿著細高跟鞋，來回巡視一些鋪陳的細節、廚房餐食的進展。

一百歲的壽星堅持在妻子的陪同下，搭公車從城西橫過中央公園來到城東亞希的家，據良飛說祖父每天看三份報紙，不是為了知悉天下事，而是比較附近三家超市的菜價，哪家折扣低，他就去哪一家採購，他會為了七十九分錢或九十九分錢的青椰菜走訪兩家以上的超市，花半小時來回，省下二十分錢而沾沾自喜。

他們大費周章以一小時龜速抵達正常只需二十分鐘的路程來到兒子亞希家。他這一輩子一直用不完的大概就是每天難以打發的二十四小時，良飛開玩笑：除了聖經和菜價，老先生已經什麼都不讀，不看，生活簡單純粹到近乎原始的生存狀態。

葛林老先生進門就垂著他九十度抬不起來的頭，碎步往書房的搖椅走去，坐下來之後就像石化一般，對周圍人事沒有任何反應。亞希說：請不要見怪，他耳朵不靈，眼睛不明，九十度駝著的上身也直不起來。葛林老太太銀白的頭髮，垂在鼻樑的眼鏡，一進到書房就扔下葛林老先生，逕自去雜誌架翻萊莉訂閱的雜誌，當她發現除了藝文週報和美食雜誌之外，居然沒有《紐約書評》、《大西洋月刊》、《紐約客》，立刻不屑的嘆了口氣。

當良飛領著香弟來到祖父母面前，祖母伸過手來一邊握著，一邊審視著香弟，很意外香弟是個來自亞洲的黃種人，她顯然是因為過度驚訝而一時說不出話來。良飛來到祖父身邊，欠身靠近他耳朵，大聲介紹香弟給祖父。葛林老先生沒有抬頭，也許根本抬不起頭，香弟湊過去在他耳邊大聲說：葛林先生生日快樂！老先生沒有反應，似乎無意接受香弟的祝福，他顯然感覺到了：眼前女子是個非我族類的異邦女子！

香弟一時臉紅耳熱尷尬不已，良飛歉疚的擁抱了香弟安慰她，不要當一回事：「祖父就是個頑固彆扭的老人家，請妳一定要原諒一個已經活了一百歲的老壽星！」香弟笑笑，心裡感謝良飛體貼。

六點半左右，三兩親友紛紛到臨，每個人幾乎都是盛裝出席，男人三件式西裝，蝴蝶結領帶，女人也爭奇鬥豔，銀髮閃爍來自巴黎的姑婆穿著蘋果綠的沙龍裝，配玫瑰紅鞋子，一派春天的粉嫩嬌柔，臉上的皺紋和善可喜，老得活潑精神。

良飛最期待的布蘭登叔叔一進門就給大家合掌一拜。布蘭登有張被太陽曬得發亮的黑臉，即使在冬天渾身還是散發著陽光的氣味，他說每天六點起床面對日出坐禪練瑜伽，吸收大自然能量；他長期茹素，身體卻健碩無比，完全不像一般修行人的仙風道骨。

布蘭登一生浪蕩，去過日本，學過禪，熱衷無政府烏托邦、做過嬉皮；良飛說自己之所以嚮往東方文化，不少是受叔叔影響。良飛從小崇拜布蘭登叔叔，他什麼都懂、什麼都有興趣、做什麼都出色，年輕時候在百老匯看了一齣日本歌舞伎，迷上舞台上化著濃妝穿著繁複瑰麗戲服的女藝妓，立刻放棄研究所念了一半的植物病理學，飛去日本研究古典能劇、歌舞伎，一邊習禪、學會茶道，穿起日本和服，疊坐在榻榻米上喝清酒，一邊給美國的報紙雜誌寫關於日本的社會、政治、文化，還出版了一本關於日本藝妓的書；八〇年代，日本正是富裕強大的盛世之際，日本汽車、電器產品、服裝設計、電影、食物……，無一不征服世界，所謂的日本第一，布蘭登躬逢其盛。

布蘭登在日本生活多年，說一口流利日語，與一個日本女攝影師熱戀，攝影師來自傳統保守又有名望的企業家族，父母堅決反對女兒跟外國人結婚，並以斷絕關係來阻止他們的交往，布蘭登只好帶著攝影師私奔。回到紐約之後，攝影師享受到日本女性在國內所無法享受到的自由，很快就愛上別人，也被別人愛上；布蘭登黯然神傷的離開紐約，去了好萊塢寫起劇本，過起好萊塢式的糜爛生活，毒品、酒精、女人一樣不少……，就是缺少飛黃騰達的事業運。

布蘭登的劇本一直沒有拍成電影，最後一次從加州寄回來的信裡附了一張照片，光亮的禿頭上頂著大太陽，眼神炯炯發光，看起來健康精神。他就是那種天馬行空，難以預測的人。

「你叔叔年輕時候放任自己，老來一定窮困潦倒，一無所有！」那是父親對布蘭登的評價，也是他不時用來提醒良飛的活教材；大學畢業前夕，良飛一心想去亞洲浪遊時，父母總是這樣告誡他。

父親不明白：那正是良飛感興趣的人生，他一點也不認為亞希住在上城豪華闊綽的著名地標建築裡，開著BMW，手戴勞力士，家具不是收藏的古董就是歐洲進口的設計師品牌，在泰國擁有一萬多棵橡膠樹，有泰國皇室賜予的皇室之友榮譽……，等等就意味著成功；在良飛心裡，父親不過就是一個懂得賺錢的生意人，有錢未必就是一切，也未必保證快樂，良飛從小抗拒的就是父親那樣完全可以預期的刻板生活。

布蘭登一見香弟，就給她一個飽滿有力的擁抱，一雙手臂鉗子似的幾乎夾扁細瘦的香弟。好小子！布蘭登跟良飛默契的互相擊掌，笑稱良飛帶回來無與倫比的超級精品。

巴黎來的表姐柯洛依見到良飛就左一個吻，右一個吻，再一吻，然後轉頭跟旁邊的香弟說：法國人都是這麼麻煩的。說完又問良飛：這個美麗的可人兒是什麼風吹來的？太不可思議了！

「她叫香弟！」良飛介紹。他和表姐從小就親近，表姐在紐約讀戲劇、去義大利學歌劇、熱愛建築，給良飛很多關於藝術的啟蒙。

柯洛依柔媚如柳，風情萬種，即使不說話眼神都能傳情達意；可是，她不施脂粉，不戴首飾，不穿亮麗的衣服，塗紫黑唇膏，跟紐約女人的濃妝艷抹穿金戴玉大異其趣，一件藕灰色低胸貼身連衣裙，一雙墨綠鞣皮低跟鞋就完全展現她獨特的風華魅力；衣服在她身上與身形渾然一體又翩然飄逸，香弟這才見識到真正所謂的氣質。

柯洛依對什麼都有興趣，什麼都能談，特別喜歡趙無極的畫，對寒山、拾得，日本浮世繪和平安時期的文化都有涉獵，讓香弟有相形見絀的自卑，良飛這家族人員似乎都偏愛東方文化，好像上輩子和東方結了緣。

柯洛依說話很講究措辭遣句，字彙也比較深奧，說什麼都很主見又自信的模樣，除了「不可思議」的口頭禪，大多是香弟不明白的詞語。

良飛看到香弟的靦腆不安，貼近她耳邊說：巴黎人就是這副德性，誇誇而談好像無所不知，其實都是表面的時髦健談而已，別被柯洛依唬了。

香弟還是喜歡柯洛依，喜歡她的名字，喜歡她說話的語調，她笑的樣子，瞇著眼睛性感又迷糊還透露一絲調皮的挑逗神色。

良飛姐姐吉兒去義大利不到半年已經胖得不成人形，吉兒怪罪義大利菜太好吃，還有一百多種無法抗拒的冰淇淋口味，發福變胖實在不是她的罪過，她說在義大利不好好吃，辜負美食才是罪過。吉兒的未婚夫警告她：再胖下去，他就要向亞希、萊莉要求退貨，而且要賠償損失。吉兒雙手扠腰兇巴巴一句：你膽敢？未婚夫真的就噤聲不語。看來是一物剋一物。

良飛說：吉兒與未婚夫經常吵架，打打鬧鬧，但三年多了還膩在一起，可見打是情罵是愛，不打不相識。

七點正，亞希在客廳搖著鈴鐺要大家注意，客廳一時安靜下來。此時穿著燕尾服的祖父，像一隻老朽的烏鴉，由九十六歲的祖母扶著從書房緩慢吃力的走向客廳，他的背脊幾乎駝成九十度，走路時需要依賴手杖提點前方的去向。

祖母讓他坐在客廳為他特別墊高的座位上。亞希還沒開口，四周已經響起熱烈的掌聲，老祖父坐穩了舉起手臂向大家打招呼，客人紛紛起身走到他跟前去親吻他的面頰，在他耳邊大聲說話，良飛說他雖然聽不見看不清楚，但似乎有一根神經特別敏銳，總是能辨識每個人的身分，雖然未必記得他們的名字。

柯洛依上前去輕吻他的時候，他口齒含糊的問：妳是瑪麗的小女兒？在動物園要把河馬帶回家的小柯……？柯洛依高興的吻了吻祖父的前額：是的！是的！我最親愛的祖父！

你的記性真不可思議！

晚會正式開始，香檳開瓶的砰砰聲響，像另一種喜慶的鞭炮，亞希舉杯邀大家一起祝賀葛林祖父一百歲生日快樂。祖父回敬了一口酒，掌聲四起。有人嚷著要祖父說幾句百歲感言。

全場靜默等待老祖父發言。忽然聽見一陣急促的咳嗽，大家以為是祖父在開玩笑，全場一陣轟然。

老先生無法開口，一隻手壓在胸口困難的喘著大氣，脖子一路紅到臉頰，亞希警覺情況異常，立刻扶他離座。

回到書房躺椅上，老祖父這一躺下就沒再醒來，嘴角殘留一絲驟然告辭的愕然。

亞希關起書房的門，立刻打電話叫救護車。隨後，他傾身貼近老祖父的臉，仔細聽了聽他的鼻息，按了按脈搏，再看了他放大的瞳孔，嘆一口長氣，之後，去抽屜拿來一把剪刀，剪開老祖父西裝的衣領（猶太喪俗），再回客廳向親友宣布老祖父的死訊。

「我們最親愛的、最敬重的葛林祖父剛剛蒙主召喚了！」亞希用一種沉穩的口氣向大家報告不幸的消息。全場頓時一陣愕然與唏噓！

「我們預備著這個時刻也很久了，該來的遲早還是要來！」亞希以平靜安詳的語調宣布：「今天正是好時機，難得各地親人齊聚一堂共同緬懷；請大家不要悲傷，葛林祖父這一生活得精彩豐富，做了該做的事，一生忠誠侍主，貢獻家族、人類，沒有違背任何教條教義，死後靈魂必得淨化，獲致永久的安寧；所以，讓我們一起為他祝福！」

眾人低頭默禱，突然發生的意外與被中斷的生日喜宴讓每個在場的人措手不及。良飛跟香弟道歉說：這不是計劃中的事，但發生了也不是偶然，他覺得祖父一定非常得意：生和死在同一個日子！而且整整活了一百歲，不是每個人想做就做得到的。

香弟遺憾：一個剛認識的長輩，還來不及記住他的臉，認識他的人生，甚至都還沒能成為他認可接受的朋友，就這樣驟然離去。這是她無從選擇也由不得人的事，所謂緣分大概就是這麼一回事了。

眾人惶然無措，不知該如何繼續這一場變調的宴會，香檳還在杯裡冒著晶瑩的氣泡，一旁靜默無言的老祖母突然站起來，咳了一聲，緩緩揮著手安撫大家，一邊以高昂激動的口氣舉杯邀眾人：「祝福親愛的老葛林安息！」

在座有老祖父至交，祖父生前唯一還活著的朋友，從座位上站起來，舉著酒杯對大家宣告：「葛林夫婦白頭偕老，夫唱婦隨，相敬如賓，是現世夫妻的好榜樣。讓大家再為老葛林夫婦喝一杯！為葛林老太太致最高敬意！」

眾人於是舉杯向葛林老太太致意。老祖母以未亡人的身分立刻發聲反駁：「我倆個性不合，彼此怨懟，我已經忍了一輩子，受夠了！今天是我重獲自由的日子，請大家為這個特別的日子乾杯祝賀！」

全體來賓掌聲如雷，舉杯歡呼，老祖母大概說出了所有老夫老妻最後的真相。

老祖母意猶未盡：「年老的生活需要敵人、需要戰鬥，唯一不需要的是真理，你必須持續為了打敗一個敵人而生機蓬勃的活下去。」

老祖母以尖酸刻薄的字句繼續諷刺著自己的婚姻生活，據說：老祖父在世之時，只准妻子閱讀聖經和《讀者文摘》，他一生無時無刻不在祈禱，做夢也不忘向上帝報到，死了當然是回到上帝的國度，繼續做祂親愛的子民。

良飛說：老祖母一向憎恨聖經，討厭舊約裡的殘暴不仁，父親殺兒子，兄弟彼此猜疑弒殺；老祖母完全不信那一套，她私下讀《紐約客》，讀左派政論雜誌，熱衷電視的猜謎遊戲，她說玩填字遊戲都比閱讀聖經有益身心。

宴席間來了救護車，醫護人員用擔架抬走弓著背瘦成一隻烏鴉似的祖父軀體，家人圍著老祖母一起在一旁靜觀，一切肅然有序，就像無聲的默劇。香弟訝異的看著工作人員訓練有素的包裹屍體如同包裝貨物，一具乾枯瘦小的身軀包裹，被移上擔架運送上車、固定好位置之後就出發，像搬走一件家具那樣搬走了老祖父的遺體，期間沒有人哭天喊地。

香弟記起祖父的喪禮，五歲的她不明白死亡，不斷的追問著大人：祖父去了哪裡？如今：她心裡依舊存在著一樣的問號：死了的人最後去了哪裡？先前還呼吸著、感覺著、思想著的人此時此刻成了沒有知覺意識，沒有氣息溫度的物體，分分秒秒開始潰腐敗壞，那個曾經活過的一切消逝在哪裡？

根據猶太習俗，人死二十四小時內必須安排喪禮；拉比隔日清早就來到良飛家協助家人安排喪事，頌誦詩篇帶領大家禱告。

老祖父被安葬在一小時車程外的紐約上州，和其他族人在一起，喪禮簡單迅速，然而隊伍華麗壯觀，幾乎所有生日宴裡的親人都盛裝出席了。

接下來的七天裡，每天在燭光中吃親友送來的貝果、燻魚、乾酪，在家赤著腳不穿鞋，一個悲喜交織的年，終於戲劇性的結束了。

地球的另一邊

香弟給家裡的母親打了長途電話，村裡唯一的一具電話在里長田水伯客廳，電話一頭聽到田水伯大聲喊著母親名字，接著就是由遠而近的腳步聲。香弟完全可以想見母親略帶八字的扁平足，穿著拖鞋走過天井來到電話機旁。

「吃飽飯沒有？」母親拿起話筒就大聲問，她一定以為距離那麼遙遠，不大聲叫喊就會聽不見。

「吃飽了，現在已經很晚，等一下就要睡覺了！」

「妳那邊幾點鐘？大中午太陽曬屁股怎麼睡得著？」

香弟無法給母親解釋時差，母親無法想像地球是圓的，日夜繞著太陽運轉，香弟在夜的一邊，母親在日的那邊。

「這樣日夜顛倒，該睡的時候不能睡，不習慣就回來吧！」母親說。

只有在如此遙遠的時空差異裡，那句「不習慣就回來吧」讓香弟泫然淚下。母親並非真的捨下親情，她還是能替女兒設想，離得這麼遠，才第一次感到和母親這麼近。

香弟告知母親美國生活富裕充足，超市裡擺滿各種無人看管的豐富物品，冬天的雪神奇美麗，房子有暖氣，廚房有電爐和烤箱，但是，路上也有無家可歸的乞丐、流浪漢；母親困惑的聽著：這麼富有的國家也有這麼多乞丐？

隔著大洋，香弟不知道地球另一端母親一個人的日子如何？無極老母是否守護她的平安？

新年伊始，前途的大議題再度浮現晚飯餐桌，變成吃飯時間固定的低壓籠罩，父親不時暗示自己的健康無法繼續掌管公司繁忙的業務，醫生已經屢次提出警告；萊莉重複一樣的牢騷：她不可能放棄紐約的社交生活，陪亞希去邁阿密的棕櫚灘別墅，整天在海灘無所事事的曬太陽、寫明信片、讀小說殺時間。

良飛和香弟決定搬到下東城開始兩人共同的生活。他們沒決定要結婚令亞希萊莉大鬆一口氣。良飛忙著看報紙廣告，找了下東城一個有前後院的透天一樓，位於下東城近第二大道F線地鐵站出口的第三條街，屋後有個小院子可以曬太陽養花蒔草，房東年邁無力整理，院裡雜草蔓生，長出二十多棵大大小小的梅樹，已經有兩三公尺高，要拔除很費事，不除掉又擋住光線，香弟只好打算來日收成做果醬、打果汁、曬梅乾，說不定還可以發展成家庭事業。

收入的拮据。

亞希很大方的出借兩個月房租、押金和一小筆現金生活費，暫時解決兩個人無工作無

決定搬家的日子，萊莉在儲藏室裡找出許多堆積不用的家用器物：毯子、檯燈、縫紉機、針線盒、剪刀、量尺……，又在廚房櫃子翻出一些鍋碗瓢盆刀叉……。最後連罐頭、燻魚、醃黃瓜都拿出來……，亞希開玩笑說：不如把整個冰箱搬過去省事。

二十多平方米的公寓雖然老舊卻因屋頂挑高而顯寬敞，房東留下的家具破舊不堪，地毯帶著濃重的腥臊，大概是之前貓狗寵物留下的氣味，客廳書桌上陳列著一些年輕孩子的照片，都有各自的表情和面容；據地產仲介說：那是屋主之前在非洲做醫務義工帶回來的紀念品，都是因病早夭的年輕生命。好不尋常的紀念品，香弟不想面對這些不幸的孩子，但起碼有人不願意忘記他們，她也沒有理由剝奪他們被懷念的權利。

新家的鄰居各式各樣：樓上印度人家廚房窗戶不時飄出咖哩辛香，左邊鄰居是在餐館打工的中國男子，天天夜半返家就大火熱鍋炒雞蛋，蛋香四溢；對面巴基斯坦來的青年開雜貨店，據說私下兼賣大麻；鄰近街道經常可見夜晚出沒的白臉紅唇黑衣女子，所謂的吸血鬼族，也有長髮嬉皮，還有恐龍一樣的龐克族……，每個月底刺青族都聚集開趴；周圍附近充斥著霹靂舞、塗鴉、街頭音樂，流浪漢、宵小、毒販、天天在等待機會的窮藝術家，入夜十一點巡邏警察下班之後，蓬勃熱鬧的小偷集市正式開場，整個下東城鬧哄哄隨處可見千奇百怪的生活樣貌。

香弟熱愛那個三教九流五花八門的小偷集市，雖然明知偷竊是犯法的，購買贓物是間接鼓勵犯罪；但是，到了這個城區膽子似乎也大了起來，一點無傷大雅的違規事件似乎只為了挑戰自己的膽識；是以，三不五時在宵小集市花二美元買個六〇年代的烤麵包機，三美元買一套嶄新的鍋具，大小齊全包裝完整連帶保證書，都會高興自己的好運道，而且還找理由安慰自己說：這城市富有的人太富有，窮人靠富人的垃圾幾乎就可以過日子！

有人說：這些人偷的都是人們粗心大意弄丟的東西，所以，是丟東西的人自己不小心給了人家偷的機會，自己應該負責，如果小心，就不會有這麼多東西可偷；而且，偷跟搶是截然不同的兩回事，偷是非道德的高度技巧，搶是低級的暴力犯罪。當然，這些無非是自圓其說，良飛姑且稱之為：物資循環再利用，身處這麼一個臥虎藏龍也是藏污納垢無奇不有的城市，精彩刺激駭人聽聞的事時時發生，買點贓品的芝麻大小事根本小巫見大巫。

有天，兩人在回家路上撿了人家丟棄的黑白電視機，搬回來一試居然毫無故障，兩人幾乎相信：只要在垃圾收集夜出巡，隨處都可能揀到電腦、傳真機、冰箱、留話機、沙發、書桌、檯燈、衣櫃……，所有家用器物應有盡有，如果肯用心尋找，基本上可以不用花錢買家用。

報上說：紐約的流浪漢每晚去不同餐廳的廚房後門就可以吃到各類剩菜：法國菜、義大利菜、墨西哥菜、日本菜、中國菜、泰國菜……，任君挑選；超級市場的垃圾站也有各種過期但依舊可以食用的乳酪、罐頭、蔬果……。

好富裕又好浪費的超級大國，香弟心想：總有一天會耗盡資源，山窮水盡。但是，那應該會是很久很久以後的事吧，每次她看見整個城市瘋狂的採購消費以及物資的氾濫，就覺得這樣糜爛的生活，人們不可能會有覺醒的一天，除非災難降臨。

每到週末，良飛和香弟帶著換洗的髒衣服，搭地鐵回父母上東城的家去清洗，順便補充糧食，拿萊莉冰箱裡的火腿、乳酪、燻鮭魚、巧克力、魚子醬……，走的時候，兩個人的兩隻手都提著沉沉的購物袋，背上還背著鼓鼓的大背包。

良飛的父母喜歡看著孩子回家，喜歡孩子被餵飽，香弟經常覺得他們是天下最好的父母。

「小心，不要被賄賂了，而且，過了週末就得趕緊離開，不能跟他們相處超過四十八小時，否則冷戰熱戰隨時會開打。」四十八小時是良飛的極限，超過時限，他們的愛心、耐心一起透支，原本的性情全都毫無遮掩的顯露出來，良飛深知和父母相處的蜜月期，一起度假最能充分體會從天堂墜落地獄的悲劇過程，每年聖誕餐更是一部悲喜交織的荒謬劇，導演和主角總是他母親。

萊莉亞希無論如何都不願意去到良飛和香弟所住的下東城，即使上城下城搭地鐵不過十來分鐘路程，他們習慣過上城優雅閒適的日子，吃法國餐、聽音樂會、上博物館……，享受著上城人的高級生活，夫婦倆幾乎沒到過十四街聯合廣場以下的曼哈頓，對他們來說，下城的乞丐、塗鴉、髒亂、酒鬼、就如野蠻的叢林；他們也從不搭地鐵，亞希說用手拉地鐵車廂裡的吊環，就像馬戲團裡吊掛著的猴子，他常年西裝筆挺、鞋底都不沾塵，無法想像自己手抓吊環身體隨車晃動的狼狽。

在亞希萊莉所居住的中央公園兩側那些高級住宅區裡，連一個敬業得體的韓國人想開一家雜貨店都不被允許，上東城的人們不喜歡雜貨店，也不特別歡迎外來者。社區裡的人組織起來，連續杯葛了一對韓國夫婦，反對他們在街角開雜貨店，天天聚集在店鋪前示威；後來終於有反示威的少數民族團體出現，雙方對峙，連續又抗爭了好幾個月，吵得附近住家不得安寧。

亞希、萊莉天天搖頭嘆息，不知道是無奈還是反對，亞洲、非洲、中東、南美……，各地移民一波波擠進這個熔爐似的城市，自己的兒子也意外帶回來一個異族女子，反對亞裔移民也就等同反對自己的兒子……；他們不得不承認；香弟的率真純良與蕙質蘭心，改變了他們初始的憂慮。

雜貨店的案子最終落到法院裁決，韓國人贏了，那是上城出現的第一家韓裔雜貨店，他們允許開張的條件裡，有保證乾淨整齊美觀衛生等等。事實證明：韓國人的勤奮與團結，讓他們的雜貨店擁有新鮮蔬果、高品質的貨色、香噴噴的麵包以及巧克力、鮮花……，給社區帶來方便也未曾損毀一絲美感；相反的，他們的店鋪總是充滿著生機與友善、熱情與敬業，比其他雜貨店更受人歡迎。

比較上城和下城，香弟更喜歡下城的鮮活熱力瘋狂有勁，Keith Haring 在街頭塗鴉，村上春樹從日本來到格林威治村演講，導演賈木許在天台抽菸構思，地鐵裡有拉二胡的中國移民、其他跳蚤市場、農夫集市，公園裡各式人種的各類活動，到處生機盎然，一個人只要走出家門，就是千變萬化的大千世界，隨時激發著大腦，刺激著思維神經。

殘酷的世界

下東城的生活安頓之後，良飛寄出十份履歷，跟三家公司做了面談就順利找到一份出版社的工作，是紐約極大的麥克米倫出版公司新開發部門，負責科技軟體的設計出版，需要跟國際上各類電腦科技專家聯繫，出版他們設計的軟體程式。

良飛喜歡那份工作的挑戰性，接觸的都是新鮮的人事，學習時下最新的電腦科技。女上司欣賞他的專注、投入和幽默樂天的好性格，也很欣賞他的創意與想像力，說他是理性感性兼具的優秀人才，最合適科技軟體的出版事業。

在上司的引領下，良飛的工作很快進入狀況，提出不少獨具慧眼的方案，工作滿三個月就獲得加薪升職，上司派給他一個助理，讓他更專注於市場方向的策劃與開發。助理傑克是個年輕的黑人，公司為了形象以及方興未艾的政治正確，破例聘請他以示機會均等的公平。

良飛開始上班之後，香弟沒事在家看兒童電視卡通學英文，慢慢也能看些肥皂劇，很多口語不知不覺就隨著劇情聽進耳裡；有天順口跟良飛說了好些話，事後自己都意外，學問果真是一點一滴積累起來的，只要用心就會有成果；香弟受了鼓舞，一時間對學習新事物興趣盎然，什麼都想學，什麼都有興趣：繪畫、爵士樂、現代舞、服裝設計，腦子裡不時躍動著奇思異想，走在路上隨時都有靈光乍現。

週五是每週工作的最後一天，生活裡可以期待的小假期，香弟和良飛固定的約會日子，出門前香弟會用點心思打扮，沒錢買衣服又想穿得別出心裁，就只能去運河街的 Canal Jean 花五美元、十美元買二手貨；香弟經常樂不思蜀的埋身一掛掛的舊衣堆裡，淘寶似的尋尋覓覓，逛二手店成為她在紐約生活的一大樂趣，不只買衣服飾物，也收集稀奇古怪、有趣或是有用的任何物品，比如一隻會甩頭搖尾巴的木刻傀儡貓，三隻象牙雕刻的日本喜樂猴，一張六〇年代畢卡索作品海報：唐吉訶德；還有英國維多利亞時代的切蛋器，恐怕是隨英國早期移民飄洋過海來到亞美利堅的廚房器物。

香弟習慣提前搭地鐵去良飛公司附近逛逛，現代美術館、康寧家具百貨公司，裡面有透著天光的玻璃廣場，午餐時間有爵士或鋼琴演奏；偶爾也去第五大道上的公共圖書館，好天氣就坐在館前寬闊的台階上看街景行人一邊吃冰淇淋……；在城市裡即使一個人隨意東走西逛，享受著城市多元又豐盈的生活樣貌；不時也意識到自己離家很遠，一種孤獨但自由的奇特感受，想必就是所謂的成長，成為一個獨自面對生活的大人！

良飛下班後，兩人一起逛街，一起吃一頓不超過三十美元的蕎麥麵、壽司或者希臘烤肉串、印度咖哩、泰國菜、餃子鍋貼披薩之類的晚餐；牛排、羊扒、或龍蝦之類的高檔食物，都得等到週末回上城父母家，跟他們一起上館子才得享受；然而，除非真的嘴饞，兩個人都盡量找藉口避免跟他們共餐，以免要忍受萊莉的牢騷和亞希無形的壓力。

晚餐後如果不看電影，兩人就沿著百老匯街去那些只要買一杯飲料就可以看表演的外外百老匯小劇場，表演者都是在紐約等待著被發掘的星途尋夢者，那是他們來到這個大城市尋找發跡的最佳途徑。

離住處不遠的二手書店Strand是良飛的最愛，最終也成了香弟尋寶的去處，她買服裝設計書、食譜、畫冊、珠寶鑑定書，所有圖案精美，不需耗時閱讀的藝術書籍，她期待著能找到自己的志趣，做真正喜歡的事，她對空間、造型和顏色的感受特別敏銳，經過畫廊也總愛停在窗口看得津津有味。

香弟在住處附近的第六街發現一家畫廊，展示極其恐怖的裝置作品，玻璃箱裡凌亂的針筒、行李箱裡的死嬰，木盒子裡的骷髏頭、鐵籠子裡的獸屍……，全都是蒼白的死亡、毒品、藥物、針筒和透明的黃色液體；殘酷、邪惡、病態而且黑暗。

香弟趴在窗口張望，不明白誰會喜歡這麼恐怖的作品？真有人花錢買回去放家裡？她以為藝術需要經過淨化表現善與美，不該那麼赤裸殘酷慘不忍睹的傳達現實！生活裡的苦難難道還不夠多嗎？

畫廊裡走出來一個光頭男子，軍褲馬靴魁梧高大，一出來就伸手掏菸，點菸、大口吞吐顯示了他迫不及待的菸癮；無袖汗衫露出粗壯的手臂，上面有繁複的刺青圖案，看起來就像在下東城出沒的一類人。

「進去看看吧！魯卡是很特別的畫家。」男子隔著距離對香弟說，一邊伸手將菸支開，免得風把二手煙霧吹到香弟臉上。

「你喜歡這些作品？你認識這個藝術家？」香弟一臉天真。

男子看著香弟說：「關鍵不是喜不喜歡，而是有沒有創意和自己的風格！」男子的聲音低沉柔和，與他壯碩魁梧的身材完全不搭調，一聽就讓人心裡安靜下來，而且想再多聽聽。

男子解釋：「魯卡來自一個充斥著戰爭、暴戾與革命的血腥社會，作品反映的是他個人所經歷過的或關注、思考的現實；藝術並不一定都是美好浪漫賞心悅目的！」

香弟第一次聽到關於藝術的新鮮說法，從小被灌輸著真善美的浪漫思想，以為藝術所要表現與追求的就是至善至美的崇高境界；她無法想像有人會願意花錢買那些黑暗、恐怖的作品掛在牆壁上欣賞。

男子說：「現實充滿悲劇和醜陋，人們需要打開胸襟看看世界的真相，開闊眼界接受不同形式的藝術！人性裡也有黑暗邪惡齷齪的暗角需要被釋放、被理解、被審視；這些作品讓人怵目驚心，侷促不安，目的就是要人們正視暴力，那是創作者想要傳達的信息，也是作品的力量所在，妳是幸運的，對很多人而言生活是殘酷無情的！」

香弟滿腹狐疑與困惑：什麼是藝術？美有標準嗎？是個人主觀的經驗？還是有客觀的美學標準？她從未這麼認真的思考過藝術，滿腦子問題想問，但英語阻礙著她的表達能力，尤其那些與藝術相關的專業術語。

男子匆匆抽完一根菸捻熄菸屁股就走，說要繼續布置展覽會場，過兩天有開幕酒會，希望香弟有空能來。「給妳介紹一些有意思的藝術家！」男子回頭補充一句：我叫葉戈爾，是畫廊的主人。

香弟從小喜歡畫畫卻沒機會接受正式的訓練，對畫家有一份嚮往和憧憬，覺得他們都是把腐朽化神奇的魔術家。到了紐約，發現整個城市都是在等待機會出頭的藝術家，他們很多都在餐廳端盤子、在街上當信差，幫富有的人家遛狗、給辦公室裡的植物澆花、做代工秘書、家庭保母……，有多少人可以功成名就？天分之外還得有機遇，像那個餐館出身用破盤子拼貼出一片新天地的朱利安．史奈柏；絕大部分人都在昏天暗地裡苦苦等待命運的垂青！

這個繽紛躍動的城市有時讓人熱血沸騰，有時也令人困惑迷惘！

下東城教父

盛夏七月天，下東城的黃昏還殘餘著白日裡蒸騰的暑氣。

畫廊的開幕酒會來了不少人，陸續還有人來，下城人和上城人不一樣，這裡的人習慣素黑，很多男人的長髮如女人，女人的短髮如男人，女人穿得像男人，而男人戴耳環、項鍊、手鐲的也不比女人少，他們妖嬈詭魅或是奇裝異服，看起來都冷冷的，酷酷的，帶著陰柔的媚氣。

那個叫葉戈爾的畫廊主人見了香弟就熱情的過來招呼，有如認識已久的老友，一見面就伸過來一隻壯碩的手臂溫柔又沉穩的貼在她腰間，熱情又有節制的紳士風度，與他的外型毫不相稱。

香弟需要三十度仰頭才能看清他的臉。葉戈爾體貼的給香弟端過來一杯酒，領著她見了開展的畫家：魯卡，三個人說不到兩句話，葉戈爾就被別的女人拉攏過去，香弟見他和女人用電影裡情聖那種方式親吻問安。葉戈爾顯然有他令人不可抗拒的魅力，香弟只喜歡他說話的聲音和語調，不喜歡他的光頭和刺青，站在他旁邊其實有很大的壓迫感，因為葉戈爾巨大的身形讓自己像大象身邊的小羔羊。

魯卡缺乏葉戈爾那樣的親和力，臉上的線條剛毅堅定，讓人感覺嚴肅、壓抑，但內裡似乎有一股奔騰湧動的熱情難以平撫。

魯卡告訴香弟：葉戈爾是個毀譽參半人稱「下東城教父」的俄裔移民，主持畫廊多年，每天下午三教九流的各路角色，就聚在畫廊後院喝啤酒、下圍棋、談天論地……。葉戈爾樂善好施，經常接濟有心畫畫的年輕人，讓他們住他畫廊的地下室，供他們繪畫材料；尤其，魯卡停頓了一下，故意加強語氣的說：尤其是那些年輕漂亮的女子們。不過，他馬上又加註：他們之間你情我願，自由來去，葉戈爾門戶開放，隨時伸展雙臂迎接大方前來的女子，對誰都不虧欠，也沒人認為被占了便宜或受了屈辱。

香弟興味的看著魯卡，揣摩著男人與男人之間心照不宣的較勁，她在魯卡有關葉戈爾的言論裡嗅到了一點酸葡萄味，對兩個高頭大馬的男人都有如此幽微細膩的心思感到新鮮有趣。

迎面走來一個光鮮照人的男子，魯卡說是他的好友，希臘來的費洛斯；香弟一眼就看見他腳上誇張的尖頭皮鞋，身上黑牛仔褲、白襯衫，一束曲鬈的褐色馬尾，神采飛揚，眼裡閃爍著湛藍的愛情光灩。

「我喜歡妳的衣服！」費洛斯一見香弟身上的外套就稱讚，蘋果綠底大朵大朵潑墨荷花，寬寬大大如日本和服，往身上隨便罩著，遮住內裡衣服的簡陋，香弟經常穿，風一樣在城市的街道飄來蕩去。

「二手貨，三十美元一件！」香弟毫不掩飾的說。

「我喜歡妳的直接坦率！」費洛斯熱烈的讚美。接著問她：有沒有愛人？

香弟拒絕回答。費洛斯說：「問我任何問題，我什麼都願意告訴妳！」

「我不一定什麼都想知道！」香弟也沒太客氣。

魯卡在旁邊說：別跟他認真，費洛斯喜歡亂開玩笑。費洛斯把臉湊近香弟耳邊說：畫廊裡人擠又熱，我們去外面透透氣吧！

出了畫廊，費洛斯說：妳看到馬路對面那家咖啡屋？妳能去那兒買兩杯外帶咖啡回來嗎？

香弟瞪大眼睛，不相信耳朵剛聽到的話，「你憑什麼認為我會同意過街去買咖啡？」

「為什麼不？」費洛斯理所當然的反問。

「那不如我給你錢，你去買兩杯咖啡！」香弟說。

「有什麼分別呢？男女平等，妳連買一杯咖啡都放不下成見，算什麼現代女性？」

「既然如此，你去買吧！」香弟還是寧願當小女子，等著男人體貼奉承。

「一起去吧！我買妳的，妳買我的，誰也不吃虧占便宜？」

兩人一起過街買了咖啡，在街邊的露天座位坐下，入夜的風帶著白天的暑氣滿街流竄，紐約的夏日連空氣都充滿了躁動和活力。

「葉戈爾對妳有興趣？」費洛斯直接就問，讓香弟有點意外。

「怎麼會？我們才剛認識！」

「我看他一直盯著妳！」

「那你一定也一直盯著他了！」

費洛斯說：葉戈爾是個風流男子，經常有年輕漂亮學藝術的女孩來找他。他都跟她們上床。

「不，是兩人一起上床！你怎麼知道是誰上誰？說不定是女的要男的！」香弟從小看著邦埤樹叢下野合的男女，都是熱烈如火、兩廂情願，沒有一定要什麼女被男追。

「我喜歡妳的說法！」費洛斯說。「不過，還是留意一點！」

香弟歪著腦袋看費洛斯，再回想魯卡的話，不知道這些男人到底誰比較可信？

她問費洛斯關於魯卡的身世背景，很好奇創作的心靈和作品之間的關係；費洛斯說：

「喔！搞半天，原來妳有興趣的是他！」

費洛斯只說一句：「魯卡的一生是一連串的悲劇。」

一聽是悲劇，香弟更好奇，非得打破沙鍋問到底。費洛斯只好告訴香弟：為了學雕塑，魯卡十九歲從巴西來到紐約，跟老鼠蟑螂和雜貨店的囤貨住在暗不見天日的地下室，白天不敢出門，晚上才出來工作、覓食、活動，跟一隻老鼠沒有兩樣，靠打黑工賺錢糊口，一

舒讀網「碼」上看

廣　告　回　信
板橋郵局登記證
板橋廣字第83號
免　貼　郵　票

235-53

新北市中和區建一路249號8樓

印刻文學生活雜誌出版有限公司　收

讀者服務部

姓名：＿＿＿＿＿＿＿＿　性別：□男　□女

郵遞區號：＿＿＿＿＿＿＿＿

地址：＿＿＿＿＿＿＿＿

電話：（日）＿＿＿＿＿＿＿＿（夜）＿＿＿＿＿＿＿＿

傳真：＿＿＿＿＿＿＿＿

e-mail：＿＿＿＿＿＿＿＿

讀者服務卡

您買的書是：________________

生日：　　年　　月　　日

學歷：□國中　□高中　□大專　□研究所（含以上）

職業：□學生　□軍警公教　□服務業
□工　□商　□大眾傳播
□SOHO族　□學生　□其他 ________

購書方式：□門市 ____ 書店　□網路書店　□親友贈送　□其他 ____

購書原因：□題材吸引　□價格實在　□力挺作者　□設計新穎
□就愛印刻　□其他 ________（可複選）

購買日期：____年____月____日

你從哪裡得知本書：□書店　□報紙　□雜誌　□網路　□親友介紹
□DM傳單　□廣播　□電視　□其他

你對本書的評價：（請填代號　1.非常滿意　2.滿意　3.普通　4.不滿意）

書名____　內容____　封面設計____　版面設計____

讀完本書後您覺得：

1.□非常喜歡　2.□喜歡　3.□普通　4.□不喜歡　5.□非常不喜歡

您對於本書建議：

感謝您的惠顧，為了提供更好的服務，請填妥各欄資料，將讀者服務卡直接寄回或傳真本社，我們將隨時提供最新的出版、活動等相關訊息。

讀者服務專線：（02）2228-1626　讀者傳真專線：（02）2228-1598

邊學雕塑；有天夜裡，上完雕塑課回來已近深夜，渾身髒兮兮而且疲憊不堪，在地鐵椅子上睡著了；來了地鐵警察，看到他腰間繫著戳子、刀子、銼子、榔頭……，四五個警察不分青紅皂白，圍上來就揮動警棍往他身上猛打。他痛得驚醒過來，不知道發生什麼事，跳起來本能的反抗自衛，幾個警察不斷用警棍襲擊他的膝蓋骨，腰背，痛得他抱緊車廂裡的鋼柱才沒跪倒下去。警察繼續用棍子敲他抓柱子的手關節，一直到現在，他的手指關節粗腫布滿疙瘩，就是當時留下的印記。

魯卡在醫院裡躺了三個月才修復了受傷的膝蓋，手指關節從此不能使力，還不時腫痛，自此，他無力搬動木塊或石材做雕塑，不得不轉做裝置藝術。

聽了魯卡的遭遇，香弟深深喘口大氣；難怪他作品裡都是黑色的暴力和死亡，這才體會到創作者內心巨大的悲憤與傷痛，以及作品對戰爭、毒品、種種社會病態的控訴，那些她成長經驗裡所未曾經歷的悲劇和暴力，另一種她只能想像的人生。

說完魯卡的經歷，費洛斯耐心的問香弟：現在，該聽聽我的故事了吧？

很快，香弟就發現費洛斯難以抵擋的熱情與溫柔。他一句話也沒說，拉過她的手放在他唇角，輕輕就吻了她的手心，一下子癢到香弟的心坎裡，來不及反應，他就吻了她的唇，溫潤飽滿熱烈又香醇的一個吻。

然後，若無其事的說：我要先走了，給我電話，再跟妳聯絡。香弟在他離去的背影裡回味著那個毫無預警的深沉濃烈的吻。

塔羅女巫

良飛的工作越來越忙，公司業務蒸蒸日上，星期五晚上經常加班；星期六還不時需要去上司在格林威治村的住處開會。

女上司施薇亞五十歲出頭，有著中年單身女性情緒化的怪脾氣，每星期三固定和一個已婚男人幽會，兩人同屬一家健身俱樂部的會員，秘密關係已經持續兩年多，施薇亞自稱是個 new age 女巫，精通塔羅、茹素，會用兩個手掌運氣替良飛治感冒頭疼等等無關緊要的微恙；施薇亞的女兒正值青春期，經常和母親頂嘴，後來索性搬到男友的宿舍同居，施薇亞生活清靜不少，但又覺得有點寂寞，不時想念女兒，矛盾不已。

良飛週末在施薇亞家的會議，經常到晚餐時間還沒結束，施薇亞會煮一些冰箱裡常備的凍義大利餃（Ravioli）或燻鮭魚，洋香瓜和帕瑪火腿，清蒸椰菜蘸醬油，做個蔬菜濃湯或沙拉，繼續一邊開會，一邊吃飯，幾乎成為固定的模式，逐漸影響到香弟和良飛的生活與作息；有時，遇到三天的長週末或假期，施薇亞甚至安排了三人一起度假；她有隻因年邁而腎臟衰竭的牧羊犬阿度尼斯（Adonis，希臘美男子），旅行出外在高速公路上，隨時需要緊急找休息站停車，因為阿度尼斯尿急而且膀胱無力，體型又大，需要男人才抱得動，良飛就成了假期裡那個必須隨行的狗侍從；他自己當然不會這麼認為，而是有次為了施薇亞要去佛芒特行山，邀了良飛同行，香弟想留在紐約看康寧漢現代舞表演，良飛無法妥協，因為施薇亞的狗需要他，或說，施薇亞需要良飛替她抱一隻膀胱無力的老狗；香弟氣得差點罵他狗奴才，臨時才改口「狗侍從」，兩人為此冷戰數天，香弟一出口就後悔說錯話，但心裡倔強不肯道歉。最後氣消，兩人對視，良飛把她摟進懷裡，吻著她的額頭說：「寶貝！我不會真的生妳的氣！」兩個人也就和好如初，但香弟心裡還是有個疙瘩。

結果，假期結束，良飛卻遲遲未返家，電話裡的解釋很離譜，說是離開山區夜宿的小木屋時，兩個人都沒檢查爐子裡的柴火是否徹底熄滅，一直到上路兩小時之後回想起來，兩人都不能確定爐火的安全。如果回頭去查看，來回共要多耽誤四小時，回到家就三更半夜。兩人都覺得太累。

最後，施薇亞居然用塔羅牌來決定是否該回頭。塔羅牌出現一座著火的高塔。兩個文明的現代人就乖乖的回頭去看小屋裡的爐子。結果只看到冷冷的灰燼。

一個讓香弟不知道該不該信的故事。

老狗阿度尼斯每天早晚固定有遛狗人來帶牠出去活動和排泄，遛狗人隨身攜帶著小鏟子、袋子、瓶裝水，隨時清理牠的大小便。

施薇亞像照顧病人那樣照顧她腎臟衰弱的老狗，有時搭長途車還需準備阿度尼斯的尿布，以免中途尿急來不及找廁所；那也是施薇亞不時需要良飛同行出門的理由之一，緊急時刻她抱不動阿度尼斯，動作慢了，尿會滲出來弄髒車座，良飛年輕力壯，動作敏捷可以避免這類麻煩。

良飛的生活不知不覺被施薇亞的私事入侵，她甚至以塔羅牌替良飛算命，說他生活將出現一個比他年長的紅粉知己，那人將是他前途事業的貴人，他將來會因此而飛黃騰達；那個所謂「年長的紅粉知己」不言而喻就是施薇亞本尊。

塔羅算命之後三個月，施薇亞讓良飛成立一個新項目的市場開發小組，良飛是組長，加薪百分之十五。施薇亞建議良飛加入她的健身俱樂部，甚至提議他搬到她所居住的格林威治村，她女兒空著的房間隨時歡迎良飛入住。

良飛的加班時間越來越長，從星期六延伸到星期日，有時還要跟上司一起吃週日的Brunch，為了繼續討論必須如期完成的議題。香弟初始以為良飛以工作為重，又受上司器重也加薪升職，犧牲一點私人時間無可厚非，況且，她一點也不擔心一個五十多歲更年期的女人能對良飛如何？

問題是良飛並沒因工作順利而感到滿足或歡喜，加班吃 Brunch 也不是關鍵；他多番思考的結果是：無論工作上有多大的發展，就算最終成為整個部門的最高決策人，他還是不會因此而快樂。

生活追求的是什麼？良飛開始慎重思考起來。

香弟一直留意報紙求職廣告找工作，英文不夠好到可以運用自如，一時也無合法工作簽證，去中國城打黑工是不可能的冒險；餐館、衣廠也不是她想要的工作。亞希和萊莉建議她先去大學附設的語言班上課，一邊選修大學學分以備日後可以申請入學，他們願意「投資」讓她完成學位。

香弟心裡很受感動，良飛父母一直當她是家庭成員對待，即使她和良飛並沒打算結婚。無論如何，香弟不打算貿然接受他們的資助，無功不受祿；良飛警告：那是萊莉操控的手段。雖然香弟不相信，良飛還是斬釘截鐵的說：我是她兒子，我們共同生活二十三年，我不可能不了解她。

香弟思量著：要能自己工作賺錢，一邊選修語文課就是最理想的狀況。

有天，回家路上經過畫廊遇見葉戈爾，他說：畫廊需要一個助理，問香弟是否有興趣試試？工作時間從下午一點到晚上八點，星期一放假，工作內容不外是聯絡畫家、安排展期、打印畫展請帖，郵寄名單、安排開幕酒會……等等瑣碎但不刻板的工作，不需要什麼專業知識，只要喜歡畫廊的環境就可以。

原先的助理跳槽去了中城五十七街一家享譽已久的畫廊；香弟喜出望外，葉戈爾壓根兒也不在乎香弟沒工作簽證，還說自己過去也是非法移民，後來跟美國公民結婚才有了身分；即使如此，到目前他仍繼續領政府的社會福利金。

「藝術家必須是純粹的創作者，不應該涉入太多世俗生活，藝術創作必須保持心靈的絕對純淨和自由。」大口大口喝啤酒的光頭葉戈爾告訴香弟。

月薪八百美金足夠香弟支付生活日用和學費；葉戈爾說藝術是靈魂的事業，不是賺錢的事業，他也想多給香弟些薪水，但畫廊一直堅持藝術至高原則慘淡經營，希望香弟可以為藝術而多包容些。

有工作已經令香弟興奮不已，雖然只是小小的畫廊助理，但將是她在新大陸的第一份工作，能自食其力就是獨立自主的開始，何況還有機會認識一些年輕的藝術工作者，接觸她所嚮往的藝術世界。

葉戈爾還說：如果需要隨時也可以用畫廊地下室的空間做工作室，裡面有張床，需要的話也可以當臨時住處，有熱水可以洗澡，有爐子可以煮咖啡，只要不挑剔。

香弟欣喜能獲得這份工作，但也記起費洛斯說過關於葉戈爾開放的男女關係，葉戈爾說到畫廊地下室有張床時，她很自然的聯想到那些床上發生的事，不免也好奇葉戈爾怎麼願意雇用一個英文生澀又無經驗的生手？

香弟不了解葉戈爾，其實，她對整個城市同樣陌生；然而，這城市不都是來自五湖四海的外地人；每個人不都是這樣帶著熱情和夢想投身這個冒險的都市叢林？

既來之，則安之，她對未來的憧憬遠遠多過對現實的憂慮。香弟決定接受畫廊工作，剩下的時間去大學語言先修班上課；良飛也很贊同她的決定。

遠去的阿拉斯加

良飛生日，意外收到父親送給他一輛嶄新的韓國現代汽車（YUNDAI）。之前父親在電話裡問：你喜歡什麼顏色的車？良飛半開玩笑的答：粉紅色像草莓蛋糕。

沒想到週末回家，父親已經替他預訂了一輛酒紅色的四門轎車。

「亞希！謝謝你，可是，紐約地鐵很方便，有車很麻煩，停車不容易，不小心就會被開罰單，還有保險費、汽油費，燃料稅，運氣不好還會被街頭的醉鬼無賴敲爛車窗，刮壞車身……。」

「所以，你們根本就不應該住到那樣的地方！」萊莉找到機會立刻插嘴。

父親說：「我和萊莉準備在上州哈德遜河邊的 Catskill 買個度假別墅，三甲地裡有馬廄、魚池、游泳池，夏天可以種番茄、玉米、豆莢，我們想你和 Chantelle、你姐姐跟她未婚夫應該會喜歡這裡，從紐約開車一小時半車程，萊莉不想去棕櫚灘，這是對大家都方便的折衷辦法，有車方便你們週末來上州度假。」

「妳看，這就是我父母的陰謀詭計！他送你車，實際是讓你不得不去看他們！」良飛用中文跟香弟私語；香弟認為良飛有受害狂，父母即使要你們陪度假，不需要送車討好，為人子女也有該盡的本分，送你車，沒得感謝，還被懷疑是陰謀詭計？簡直離譜。

「這，妳就大錯特錯了！咱們等著瞧！妳還沒見識過萊莉的厲害！」

香弟始終不明白良飛和母親的對立關係，母親愛兒子難道有錯？良飛老覺得萊莉以愛之名剝削他的自由和選擇，母子之間用到「剝削」的字眼，是香弟難以認同的。

「我們的關係太複雜，歷史太悠久，一時是說不清的，有機會慢慢再告訴妳吧！」

香弟其實無心捲入他們的母子恩怨，只高興生活裡多了一輛嶄新的汽車，可以到處旅行逍遙，生活方便有趣多了，開著車感覺也風光，人都難免有小小的虛榮。

亞希一直面臨著事業與健康的重大抉擇，祖父喪事過後，發生一次短暫但劇烈的胸口疼痛，差點喘不過氣來，送到醫院急診，檢查結果是心肌梗塞的前兆，在醫院住了三天才回家。醫生強制他必須減少工作量，避免壓力和長途飛行過度勞累；公司營業隨著愛滋病的流傳，安全套的市場需求不斷擴大，醫學用橡膠手套的產量供不應求，亞希的公司急需在菲律賓、泰國等地大量採購生橡膠以及代理生產的工廠。亞希不希望在這個時候放棄賺錢時機，但健康不允許他操勞，他期待良飛考慮接管公司。

良飛雙面受壓，電子科技軟體的出版業務蒸蒸日上，各種科技軟體一日千里，施薇亞對他越來越倚重；他幾乎已能預測自己未來的前景，終極的說：即使讓他擁有整個公司，他也不會因此而滿足快樂；父親的事業，他同樣欠缺管理的興趣，人生似乎到了一個必須做抉擇的路口，他不確定什麼工作能給他心靈真正的滿足？

小時夢想擁有一條船環遊世界，夢想長大後去阿拉斯加打獵、捕魚、寫劇本、拍電影，如果能得到大公司的贊助，到中國廣州或台灣淡水，造一條老式帆船，帶一條狗、一些書和喜愛的音樂，海闊天空四海遨遊……。

回到紐約一年來，關於阿拉斯加極地的雪景、北極熊、狩獵、爐火邊的夜晚，寫作、拍電影，逐漸成為消逝中的夢境，在現實和理想之間，良飛開始有了躊躇；記得祖父生日前，他期待著加州回來的叔叔，渴望從他的人生閱歷裡獲得智識和啟發；叔叔一生行遊四方倜儻風流，在父親眼裡卻是一事無成、落魄潦倒，在良飛眼裡卻豐富多彩，他從小期待叔叔從遠方的國度浪遊歸來，像個豐收的獵人，勇敢的冒險家，孤獨的行者，甚至是行吟的詩人，和他分享路途中精彩生動的異鄉人事，讓良飛對世界滿懷憧憬，對叔叔的生活無限神往。

良飛把叔叔和父親放在一起，想知道誰會是將來他想要成為的自己？很確定的，他知道自己不想成為父親，一輩子為那個橡膠事業忙碌賣命，雖然到頭來算得上事業有成，說得好聽是個小有成就的企業家，住在中央公園邊的豪宅裡，生活幾乎沒有什麼欠缺；但卻不是良飛想要的生活，他天生對買賣毫無興趣，雖然父親經常提醒：做買賣一樣需要豐富的人生閱歷，了解國際政治、經濟趨勢、社會人文種種，並非單純的商業行為；而且，以他的說法，買賣是把自己喜歡的東西賣給需要的人，基本上是服務社會的行業。

良飛認為父親理想化了自己的事業，生意最根本其實就是利益，而且充滿激烈殘酷的競爭。不管父親怎麼說，此回見了風霜滿面的叔叔，沒了昔日耀耀神采，孤家寡人在加州山裡過著樸素簡單的生活，每天早晚對著太陽冥思靜坐；生活似乎失去了某種閃爍發光的能量，他不知道叔叔是否快樂？這一生是否如願做了他想做的事，過了他想要的生活？還是如父親所言：浪蕩一生，一事無成？一步步退居到山裡，因為現實人生已經沒有他的立足地？如果從頭再來，他會選擇不一樣的人生？

叔叔當時沒給良飛明確的答案，他說：生活裡不論做什麼選擇都會有遺憾，因為生活不可能圓滿；一個人只要忠於自己，做自己意願的事，選擇之後就堅定信念朝著理想邁進，老了才不會遺憾、後悔。

為了明白自己真正的潛能和志趣，良飛決定花七百美元去紐約大學做了一個複雜又詳盡的性向測驗。結果顯示他在影像、海洋地質與建築三方面具有最大的潛能。根據這個測驗結果所做出來的分析，良飛決定：建築是一個結合空間、美學、設計、幾何、數學與人際關係的藝術，符合他喜歡創造、設計、繪畫、思考、解決複雜龐大問題的傾向，也是最適合他兼具理性和感性的選擇。

做了決定之後，良飛利用工作之餘開始準備上學的事，在哥倫比亞大學建築系選修建築設計與製圖，以便準備作品（protfolio）申請建築系研究所。

每天下了班，良飛直接從辦公室去學校上課，接著留在工作室設計、製圖、做模型，從早忙到深夜，難得有時間和香弟在一起；早晨起床後匆促吃過早餐就出門，各走各的路，各忙各的事；夜裡良飛從工作室忙完回到家香弟已入睡；他累得躺下來就闔眼睡去；有時，香弟醒來不自覺伸過手去摟他腰身，就像摟著一團軟綿綿的布娃娃那樣，聽著他沉沉的鼾聲，自己孤單的醒著。

香弟早上去修語言課，下午在畫廊工作，晚上八點多回到家，一個人打開大門面對黑漆漆的房子，開燈看見空蕩蕩的客廳，從冰箱裡找出一點零嘴、外賣剩食，邊吃邊看電視，耳朵不時留意著門外聲響，期待聽見良飛回來的腳步聲。

漸漸也就習慣了一個人回家，一個人看電視，一個人打發所有良飛不在的時間；週末畫廊需要工作，良飛在工作室裡，星期一是香弟唯一的假日，良飛需要上班，兩人相處的時間越來越少，生活似乎朝著不同的方向越走越遠，那並非他們原先的設想，卻也只能看著它發生而無能改變，也未曾嘗試去改變；也許，沒人能完全掌握生活，沒人能如此自覺於命運的意旨。

十月裡如常的一個早晨，良飛醒來不自覺叫了聲「Julia」，身邊的香弟驚訝的看著良飛，困惑的問：誰是 Julia？

良飛知覺一時糊塗，叫了學校同修建築製圖的女同學名字，連續幾個星期和 Julia 一起做 project，腦子裡盡是學校的事，不自覺 Julia 的名字就脫口而出。良飛深深感到歉疚，不斷向香弟道歉，解釋他實在是連日連夜工作，早晨醒來腦子想的就是工作室裡的模型，下意識就叫了同組 Julia 的名字。

香弟心裡酸酸澀澀，那種不經意叫出來的人名，不正是心頭掛記的真情流露？她黯然神傷，如果良飛真的離開，她一個人孤孤單單會過怎樣的生活？

良飛緊緊把香弟摟在懷裡，吻她，親她，請她別胡思亂想。香弟偎在他懷裡偷偷掉了淚，渴望著日子可以回到最初，當他們只能用一個一個單字辛苦的交談，生活一件一件用對方的語言重新命名，每一天都有新的發現和驚喜，日子簡單而快樂！

聖潔與污穢

暑假初始，香弟意外接到費洛斯電話，邀她一起看中國畫家的裝置展，在蘇活西百老匯街，離工作的畫廊不是很遠。

費洛斯講話直接坦率，行事乾脆果決，要就來，不要就拉倒，在答應和拒絕之間，沒有什麼商量妥協餘地。香弟沒有拒絕，因為答應似乎比拒絕容易些，就讓直覺做判斷。

這是一個富爭議的展覽，作品是藝術家收集的女人經期使用過的經血帶，那些烏黑的、暗沉的、斑駁的、乾癟的、腥臭的……，不同品牌，不同色澤，不同形狀，來自不同女人陰道流出來的經血，一個個被裝在精巧貴重的玻璃框架裡，像珠寶店珍品一樣，在畫廊裡慎重其事的展出。

會場布置得有如聖殿，像崇高的教堂又像莊嚴的葬禮，四周垂掛著白色布幔，中央擺著一個大長桌，桌上是三個結實如棺木的玻璃框子，裡面陳列著用過的衛生棉，已經乾燥變色經過消毒，旁邊有詳細的說明文字，標示提供作品的女人所寫的有關月經的話語，或更有想像力的寫成讚美的詩。

畫廊四周的牆上也陳列著玻璃框，裡面鑲著用過的衛生條，是另外一種手指大小，塞進陰道使用的，有個名字叫 tampon，它們被放在中間鏤空的精裝本聖經裡。

報章媒體已經有不少批評這是驚世駭俗、譁眾取寵的低級趣味，大部分人無法忍受聖經和上帝的尊嚴受到如此褻瀆蹂躪，有評論家認為那是浪費納稅人的錢去展覽這種低品味的劣質作品，應該展些有創造性、有內涵的真正藝術。

藝術家本身的說法就是：他存心要挑戰世俗，因為經血是禁忌、是污穢同時也是神聖的，女人生理期到了，每月卵巢裡有一個成熟的卵子準備接受精子，結合成受精卵孕育出生命，以便傳宗接代，再偉大的聖人都是從女人的經血裡來，它是生命最初的活泉。人們既然可以把經血看成污穢的禁忌，自然也可以把它看成比聖經更神聖的生命之源。觀眾可以各自取決自己的觀點，創作者有什麼意圖也是他的自由抉擇。

香弟仔細的看著每一片褐黑斑駁的衛生棉帶，讀著每一個女人訴說她們經血的故事，女人最難啟齒的尴尬隱私，少女成熟必經洗禮，香弟記得明月如何興奮的向她展示自己的初潮，彷彿那是女性得天獨厚的恩寵。

當時的香弟有點困惑，還有一點惶恐，所有成人世界與性事關聯的一切，總是以一種先天的罪愆和墮落滲透在她懵懂未開的少女心智，隨時給她警惕和威嚇。從少年成長蛻變為女人是件神秘而令人不安的事。

如今，有人將女性的生理排泄稱頌為生命活泉，供上藝術殿堂，身為女性，香弟懷疑自己是否能超越世俗打破傳統去看待那一片生理期的垃圾？

費洛斯說：這樣的想法已經有人做過，並非原創，只因是來自中國的畫家，就格外引人注意，那是潮流趨勢，無法避免，他沒說好壞喜惡。

香弟認為：如果是女性的作品，感覺就會不一樣。關鍵似乎就在此，月經與經帶到底是女人一生最私密和切身的伴侶，由女人表達很切題，男人就是越俎代庖，冒犯隱私。香弟這麼說，費洛斯大不同意，藝術表達沒有男女之別，不該有性別成見，關鍵在表述的方式。

從畫廊出來，門外一個男子在燈影下吞雲吐霧，標新立異的陰陽頭，前半頭顱理得精光，後半留著及腰長髮，烏黑如墨，側披肩頭，既魅又邪，非女非男，像個雌雄同體的陰陽人。

費洛斯說，那就是開展的藝術家本人。香弟很有興趣去問問畫家自己的說法，費洛斯拉著她走往另一個方向：「到我的畫室來吧！」

矽力空的未來國境

兩人沿著西百老匯街，一路走到哈德遜河邊的春街，河面的風呼呼的吹著，一棟老舊的建築，倉房改建的LOFT，運貨的超級大電梯冰冷厚重，喀拉喀拉響著，電梯門到了最後一層，開門見山就是開放式的寬敞大空間，濱河水面的光影從巨大的玻璃窗映照進來，整個畫室瀰漫著亞麻仁油混合著松節油的氣味。

費洛斯開燈，畫室裡空曠無家具，除了靠窗披著白被單的長沙發，一張小茶几；靠牆堆放著許多畫作，地上有凌亂的空酒瓶，廚房在裡邊一個小走廊，有冰箱和煮咖啡的簡單爐子。

費洛斯說：「妳可以隨便看！」他指的是作品，好像那是他特准的恩典。

那些畫大多是超過八十號的大幅畫作，色彩柔美清淡，畫面純淨、安詳、空靈，彷彿沒有罪惡與煩惱的天堂樂園，寧靜的空間裡無聲無息的生長著巨大無比的奇花異草，整個畫面看不到熱情，也沒有暴力、死亡，同樣沒有生命，就像一個永恆不變的無限國度，和他看似誇張又極端的性格完全不同，藝術的心靈真是幽深詭秘，難以窺測。

費洛斯說，那叫矽力倥（Silicon）的未來國境，他所想像的核子污染、基因突變後新物種繁殖的新世界。一個香弟在現實裡從未經歷過的奇異世界。

費洛斯從廚房拿出來厚實的黑麥麵包、乾酪和葡萄酒。香弟注意到茶几上有用過的空酒杯，杯緣印著女人口紅鮮豔的唇印，那麼清楚的昭示這屋子裡先前有過女性訪客，那唇印讓香弟想入非非。

費洛斯冷不防從身後抱住她，親吻她的頸項，香弟來不及反應，他的唇已經湊上來，另一隻手不安分的往她衣服裡伸去。

香弟毫無心理準備，事情發展太快，她不知如何退避才能不傷和氣，不讓彼此尷尬？費洛斯兩隻手捧起香弟的臉，深情專注又溫柔的吻下去，吻化了香弟的矜持和防備，她一邊感受著欲望被挑逗的迷醉恍惚，一邊企圖伸手去推阻事情的繼續發展，從小母親就告誡的「自覺」讓她難以放鬆，那「自覺」彷如身體的自動防禦系統，遇到外力進犯入侵立刻對身體下令戒防。

費洛斯放肆的熱吻幾乎讓香弟難以招架，在她還沒來得及拒絕之前，費洛斯的手熟練的解開她胸前的衣釦，敞開她嬌嫩羞怯的蓓蕾胸乳，費洛斯柔軟濕潤的唇立刻含住了她因緊張而挺立的乳峰，香弟胸腹一陣痙攣，本能的推開費洛斯。

費洛斯用懷疑但不失溫柔的口氣問著：不喜歡？然後，好像為了證實什麼，一把將香弟摟進懷裡，更大膽狂放的熱吻下去；香弟忍不住喘息，費洛斯乘勢將她放倒在沙發上，退了自己衣褲，伸手在茶几上的小木盒裡掏出一只塑膠小方包。

香弟立刻悟到：這是他的家常便飯！自己不過就是他生活裡無數女人中的又一個而已。

「你要的就是性？」她掙脫了費洛斯，氣急敗壞的問。

「什麼意思？」費洛斯一頭霧水，「難道妳不想要？」

這一問，香弟自己愣住了，她喜歡費洛斯，喜歡跟他親近，但心裡還是有很多記掛和疑慮，最先想到的是良飛，她絕對不願意做對不起他的事；其次，她並不是那麼了解費洛斯。

「你早有預謀？」香弟就是對那個隨手取用的常備安全套耿耿於懷。

「什麼預謀？」費洛斯一臉錯愕，有如遭受誣告。

「小盒子裡的安全套！」

「安全套？安全套有什麼問題？妳跟人約會上床不用安全套嗎？」

「你總是這樣？隨時準備跟人上床？」

「不是隨時準備跟人上床，而是為了不時之需而有所準備；要不，緊要關頭就少一只套子，豈不是掃天下之大興？妳包裡難道沒有什麼安全設施？子宮帽、陰道沖洗器什麼的？」

香弟不相信他這麼順口說出那些女人私密的用品，她自己沒有，也從沒用過，更不知該怎麼用，她甚至連看都沒有看過那些東西！

「Come on! 我們不是三歲小孩，總不至於不知道一個男人跟一個女人單獨在一起的意思？」

香弟原本的好心情，被一個突如其來的安全套破壞無遺，氣餒頹喪的起身整裝，準備離開！

「妳當真？」費洛斯有點莫名所以，「聽著，小姐，我不是隨便跟人上床的男人！經常有女人赤身露體躺在床上等我去操，我都不一定要！我的時間很寶貴，妳知道我有多忙？我的畫一張值多少嗎？」

「哦！你是說我不識好歹？浪費你的時間了？」

「我不是那個意思，但是，妳應該明白：如果我不喜歡妳，不尊重妳，我根本不會浪費一分一秒跟妳瞎耗！」說著，他抓住她的雙臂，讓她坐回沙發，再一次理直氣壯的吻下去，看著她眼裡的怒氣轉化成馴服的柔光，僵硬的肢體逐漸軟化，他得寸進尺，一路順勢往下吻到叢林深處。

「你跟多少女人上過床？」香弟還是忍不住問。

「沒算過，也不想知道，妳也不該問這種無聊問題！」

「你不說，我怎麼能了解你？你太有隱私了！我無法看透你！」

「聽著，我沒什麼好隱瞞妳的！一個單身成年男子，需要女人是健康正常的事，我喜歡性，也享受做愛，妳難道不喜歡跟一個精力旺盛技術超凡的男人，共同享受性愛的快樂？」

說著，他轉身再把她推回沙發，大膽放肆的吻她腿間的凹窪。

香弟可以拒絕；但是，她沒有，她只是焦渴、乾燥、惱怒又不知所以。她需要一個立場，一個讓自己逃脫的理由，可是，身體像一個背叛她的逃兵，一路往那誘惑奔馳而去，內心卻有個聲音狂喊著說不不不不。

「你上一次做愛是多久以前？」香弟想探測他和女人的某些關係。

「兩天前！」費洛斯毫不隱瞞。香弟像被人重重的擊了一拳，頓時七零八落。

「傻瓜！妳不喜歡的事我不會勉強！」費洛斯瞧見香弟沮喪的臉；不乾不脆的事他也缺乏興致；於是，識趣的起身整衣，丟下香弟，兀自去廚房煮咖啡。

香弟悵然失落，因為在乎，所以計較，她無法像費洛斯那樣清楚劃分靈肉愛欲，那是未經開發的混沌太初。

費洛斯給她遞了一杯咖啡，請她在窗邊的沙發坐下，他去給她放了西貝柳斯的第三號交響曲。

雄偉壯麗的樂曲，頓時充塞整個畫室，時而深沉靜默，時而跳躍奔騰，有如群馬飛越冬季下雪的森林，橫過悠遠遼闊的時空，抵達恆久的孤獨與靜謐。

在哈德遜河畔的夜色裡，在孤獨的靜謐中，兩個寂寞的靈魂遇到了彼此的身體；欲望夾著愛意從地平線上冉冉升起……，香弟看到火焰漫天燃燒，直到世界變成一片灰燼。

事後，兩人都饑腸骨碌，費洛斯體貼的給香弟做煙燻鮭魚三明治，加了芥末和切碎的洋蔥，他說自己都難得給自己做這麼好吃的食物，平常餓了就啃黑麵包，嚼幾口硬乳酪，吃個蘋果，喝一杯咖啡就算數。

「感謝你大恩大德！」香弟說。

「希望妳開心、滿意我的服務！」

「非常開心，非常滿意！」

「我不是指三明治，我是說剛才的 love making ！」

這麼赤裸的私密話語讓香弟羞怯臉紅；費洛斯說：「我要妳快樂！真心要妳快樂！做愛的時候我全心全意奉獻自己。妳一定能感受到！」

香弟迷惘了！愛情的快樂來自心靈還是肉體？兩者本來應該協和同體，何以自己的靈肉老要分家？彼此抵觸？

相較於良飛，費洛斯毋寧是個追求官感的享樂派，不談抽象的愛情，也不談理論的藝術，他喜歡新鮮、刺激、坦率、直接；良飛含蓄內斂、做愛如修禪；對他來說，靈在欲之上，他不會任由欲望駕馭自己，那是香弟所仰慕的境界和能耐。良飛給香弟很大的安全感，很深的信賴，彼此真心關懷，不隨時地改變；也許，那正是香弟內心所需要的穩定和深沉？

她既需要良飛也渴望著費洛斯。

良飛長時間工作勞累，兩人的作息互相錯開，生活難有交集，久了就像室友在同一個屋頂之下各忙各的，偶爾碰面總是匆匆。香弟愛惜良飛，也貪戀費洛斯陌生又熱烈的肉體，一個火山一樣充滿激情飽含生命力的身軀，一碰觸就澎湃翻湧，撩起她對生命的熱望，那是內在隱藏壓抑的自我突然被揭釋，一個人需要被成全的原始孤獨！

惆悵的是，告別費洛斯她一直感到若有所失，好像那愛欲僅是煙花一場，燦爛美好瞬間幻滅！她需要抓住一點什麼確定而可信賴的東西，費洛斯無法給她這樣的安全感。

費洛斯給了香弟畫室的密碼，一長串字母加數字。他說：那是對她最大的信任，除了少數特定的幾個人，沒有任何人擁有過他畫室的密碼，想一窺費洛斯的畫室都需要經過他特別的允許。

「為什麼你這麼神秘？」香弟不解的問。

「不是神秘，這是最起碼的安全措施！」

又是一個安全措施，如茶几上小盒子裡的安全套？費洛斯解釋：在開展之前，沒有任何人被允許看到他的作品，為了避免別人偷去自己的創意，紐約是個競爭激烈而又冷酷無情的城市，藝術家需要有自己獨特的創見，也需要保護自己的原始創意，一不小心就會被人抄襲！一切心血都將白費。

「畫展前，只有我的代理人或策展人能來我的畫室，還有一個瑞士銀行家，他長期收藏我的作品……。其他，沒有人看過這些作品，所以，妳有絕對的責任保守秘密……。」

香弟到此才明白費洛斯的國際聲譽以及他在繪畫世界的地位，他的作品不僅每年要在世界上重要的美術館展覽，也廣被博物館、美術館和私人所收藏。

農曆春節前夕，香弟去中國城附近運河街郵局給鄉下母親寄包裹，就在郵局大廳赫然看見一副巨大的裝置作品，框在玻璃裡的霓虹電路圖，裡邊有曲折複雜的電路，不斷閃爍著星星一樣的光點，充滿科技與外太空的未來幻想，費洛斯的名字就列在作品右下角的牌示上。

香弟在那幅作品前佇立良久，心裡有著奇妙的歡喜，像孩子偷偷擁有了寶貝玩具，私自珍藏著獨享，心裡飄飄然帶點自得。

英雄

良飛在大學選修的成績表現優異，三所他申請的大學都接受了他，哥倫比亞大學就在紐約，最方便；哈佛歷史悠久名聲也高；耶魯大學願意提供他全年獎學金，三所大學各有特色，都有吸引他就讀的不同理由；三種選擇一時難以定奪。留在紐約，生活不會有太大改變，和香弟一起，他上學，她工作；去哈佛或耶魯，意味著工作和環境的變遷，不知道香弟是否願意跟他去波士頓或康乃狄克州過小城鎮的學生生活？

兩個人討論幾回，都不知道該如何做決定？良飛不想讓香弟一個人留在紐約，他對她有責任感，也真的關心她的生活和未來；但是，他有四年的時間要做全職的學生，建築系的課業特別繁重，他也擔心自己是否有餘力照顧香弟的生活？

良飛抽空分別探訪了三個學校，比較分析之後選擇了哈佛，因為那裡是強迫式的教學方式，要學生盡所有可能在學校裡學習吸收，而非開放式的讓學生自由發揮；學校的政策認為上學的目的就是要全面學習吸收，充實能力打好根基，將來畢業走出校門，海闊天空，多的是自由發揮的天地，那是良飛認同的教學方式。

良飛要香弟一起到波士頓，他說兩個人可以省吃儉用過日子，不會增加太多開支，房租一個人兩個人都一樣，只需要一張大一點的雙人床；如果願意，香弟可以半工半讀，四年時間，說不定可以修成一張文憑或什麼證書之類。

良飛收集了好些業餘進修課程資料：語言、電腦、護理、平面設計……，讓香弟參考選擇。香弟覺得以一個外來者，在波士頓那樣的小城未必能找到合適的工作，較大的可能是做保母或在餐館打工，小城的生活也比較單調，紐約相對來說包容性大，也豐富多元、即使走在街上，隨時也有故事發生，到處是生活，一個人可以在這樣的城市孤單而不致貧乏。

想了又想，香弟似乎欠缺強烈的意願離開紐約，也許是自私，也可能愛良飛不夠徹底，或是年輕無知，貪戀紐約的五光十色，以為這樣臥虎藏龍的城市什麼都可能，這麼多年輕人從世界各地、四面八方來到這個獨一無二的國際都會，不都在尋找機會，等待夢想實踐的一天？

香弟自問沒什麼偉大的夢想，對生活、未來並沒有什麼野心，關鍵在於是否要和良飛繼續生活在一起？如果要，就一起去波士頓，一起面對生活，一路相互扶持下去。如果不去，就是兩地相隔，誰也無法預測可能的未來。

當初良飛一句：帶妳滑雪過大湖去看尼加拉大瀑布，就讓她不假思索的離家遠走，如今，是什麼讓她的腳步遲疑困惑？難道是因為費洛斯？因為他的熱情、孤僻、古怪和瘋狂？那些她所渴望擁有而在生命中一直欠缺的、壓抑著的真實自我？

良飛對香弟一貫尊重，他不願要求香弟為他做任何改變或犧牲，他要她做自己真正想做，也讓自己快樂的事。

最後，兩個人決定各自在不同的城市做自己的事，繼續維持原來的關係，有空的時候彼此互相探望，不分手，也不允諾未來。

「波士頓不遠，妳隨時有空就可以過來！」良飛說。

「不，你有車，你方便來！」四小時車程，說遠不遠說近不近，有熱情就不怕天高地遠，沒意願就是長路漫漫千里迢迢。兩個人似乎都把未來寄放在時間、空間的天平上，讓命運去衡量計決，最後會是什麼結果，他們都留給彼此一個完全開放的未知數。

離開紐約前，良飛開車和香弟去了尼加拉大瀑布，當初允諾帶她滑雪橫過大湖區，時間一晃即過。

初秋的北美，一路已見楓紅處處，過了加拿大邊境，在湖畔一家歐式風格的典雅小旅館過夜。這一路戀戀難捨，好像離別就在眼前，每一刻都想牢牢抓住。

「記不記得，我是世界上最了不起的造詞家？」良飛問。

「當然記得。」那首颱風過後寫給香弟的詩，最後的空白是沒寫出的三個字。

「I love you!!」良飛終於說出心底的話。就這一次，從相識到眼前即將道別。他是那麼含蓄、那麼持重的一個人，以致說出口的話，一字一句敲在心坎上。香弟的心觸動了一下，那微微傷痛的愛，為什麼不曾發光發熱，而又如此細膩幽微，綿延不絕？

隔日早餐後，沿著湖邊公路開車去瀑布，到處都是人頭攢動，好不容易來到瀑布邊上，氣勢恢宏的水幕匯流而下，如千軍萬馬奔騰，整個瀑布區如在暴風圈裡，必須穿上雨衣才能靠近觀賞，走進了只聽轟隆巨響，水氣瀰漫難以看清瀑布全貌，真的是只緣身在瀑布中，不知瀑布真面目。

當晚在旅店，倚著湖畔聽遠處野雁啼叫，天地一片靜默，露台上兩人依偎著看月色映著湖水，良飛摟著香弟深情款款：「看，好寧靜好遼闊的世界，只有我和妳！」

無邊無際無所不在的寂寞卻隨著湖面的風，一陣陣襲上香弟心頭，天地寂寥只有她和他，宛如被世界遺忘的淒零，她不明白：為什麼兩個人這麼貼近，她的心卻依舊是一片荒寂？有時懷疑自己是不是來自外星球的異類，難以跟人類親近，即使愛一個人，還是像隔著不同的磁場、頻道或不同屬性而無法傳遞溝通？還是，她從來不懂得如何愛人？潛意識裡怕受傷而不敢輕易言愛？

「去找妳心目中的英雄吧！」良飛看到香弟眼底的落寞，心裡悵然，他無法捉摸香弟的心思，不知道如何讓她快樂？從認識之始，就一直感覺她的心思總在縹緲的遠方，在他所無法窺探的虛無地帶。

香弟也不明白自己在追索什麼？為何總有一種空虛無法填補？那空虛彷如根植於基因，與生俱來，深不見底，她亦惶惶然不知英雄在哪裡？要怎樣的愛才能填補那虛空？

生命裡也許有一個叫「原鄉」的地方，在那裡，人會有真正的歸屬感。靈魂有沒有原鄉？一個人到底需要怎樣的愛才得圓滿？抑或，人終究是孤獨的？

一個人的日子

告別的日子，想說的都說了，該說的也說了，剩下還沒說的也已經沒有必要說。

良飛特地陪香弟做了最後一次採購，買回二十公斤一大袋米、五公斤洗衣粉、一大袋洋蔥、一大袋馬鈴薯，足夠她一個人吃上一陣子，只因為不忍心看香弟細細瘦瘦一個人上街購物，大包小包停停歇歇的獨自回家，沒人陪伴。

「其實不必！」香弟心想：遲早要面對一個人的日子，遲早要一個人買，一個人提，一個人吃。

良飛忍不住上前緊緊擁抱住她，並非他負情離棄了她，生活有時到了一個路口，不得不做選擇，他們各自都做了決定，以後的路誰也無法預知，或許，這就叫命運？

買完菜，一起又去了銀行，香弟第一次練習用銀行卡在自動提款機提款、存款，以及如何使用支票、信用卡，那些來到紐約之後一直就由良飛管理的財務收支，他留下十幾頁，五十多條項目，關於如何上醫院、報警、打急救電話等等所有生活裡可能遭遇到的緊急狀況，巨細靡遺。

最後，分別向左右相識的鄰居道別，一一交代：在他不在的日子裡，請對香弟多加照顧。

忙完一切，只剩一點力氣彼此擁抱說再見。看著良飛紅色的HYUNDAI車身消逝在街底，朝北面的公路急駛而去，香弟才意識到日後就將是一個人的日子了，每天回家，打開門面對的就將是一個人的世界。

良飛一直愛吃香弟做的紅燒肉，煎香的小塊五花肉裡放八角、薑、蔥、蒜、幾粒棗子、一點紅酒、一些醬油，慢火細燜，直到肥油出盡，肉汁收乾，入口即化，餘香盈溢，三日繞樑。走前，香弟特別寫下食譜，讓他帶在身邊，好像自己的一份關懷能隨著那份菜單伴著他的日常！

「寶貝，我會想念妳！」良飛在冰箱的門上留下貼紙，每天一早醒來開冰箱拿橙汁，就會想到已經不在身邊的他。

香弟在衣櫃裡留著良飛沒帶走的衣襪，茶杯一直安放在書桌他習慣的位子，好像隨時只要他回來，一起吃頓紅燒肉，日子就會回到過去。

天造地設

聖誕前夕，香弟意外接到艾麗婭從紐澤西打來的電話，她懷著七個月身孕隨 D 來到美國，暫時住 D 所在的大學附近的侯伯根小鎮，她說走得很倉促，再晚肚子太大就上不了飛機了。

她和 D 在學校附近租了兩房一廳帶陽台的公寓，D 繼續研究所的課程，艾麗婭在家待產。

通過電話，香弟等不及就搭巴士去看他們，過了河的另一邊，天際線頓時低了下來，天空遼闊，街道清寂，和紐約摩天大樓聳立雲霄的繁華瑰麗完全不同。

兩房一廳帶家具的公寓明亮寬敞，可以看到哈德遜河對面燈火輝煌的曼哈頓，艾麗婭說她堅持要住得舒適，尤其在人家的土地上更需要過體面的日子，不想讓人看低了是外來的次等人種。

艾麗婭又恢復本名叫明月，她改變名字像轉換人生軌道，外貌也變了，頭髮、眉毛都染成棕褐色，長期抽菸、酗酒讓她聲音沙啞，皮膚粗糙，沒了昔日的光豔與風采，加上懷孕身材臃腫，與喬董時代的艾麗婭判若兩人；香弟見了大吃一驚，難以想像一個妖冶明豔的女子怎麼就變成一個臃腫的孕婦？

明月說：害喜的時候吃了太多甜食，一下就把腰圍吃出一大圈。

神秘的D終於現身了，完全不是香弟想像的：隨時可以上床大幹一場的猛男，他的名字叫杜安Duane，體格雖然健碩，聲音卻輕細柔和，說起話來條理分明，卻又不失含蓄謙虛，看起來是知情達理的性情中人，並非香弟以為的浪蕩不羈的花花公子，讓香弟相信：他之所以堅決不與明月結婚，一定有他的理由，並非始亂終棄不負責任的人。

杜安陪她們喝完一杯咖啡就趕著出門去研究室，留兩個久別重逢的女人聊天敘舊。

明月說，她之所以對杜安如此著迷，是在酒吧初見時，看他人高馬大，見了女人卻臉紅低頭，讓明月很想吃他豆腐，走到他身邊放肆盯著他看，一隻手大剌剌就伸到他胯下放肆一撈，撈到一條火熱的鐵棍，她芳心大悅，兩人一拍即合，明月從此陷入情慾深淵無法自拔。

「我們之間什麼都不匹配，就是身體天造地設！」明月自己都清楚他們的關係，但還是一廂情願，幾乎讓香弟覺得對杜安不公平。

明月說杜安要先讀完研究所，不想要孩子，也不會考慮結婚。

香弟聽了很震驚：「妳瘋了？這不是自找麻煩？」香弟不明白這麼機靈幹練的明月會

做這麼糊塗的事？心裡怪明月固執、任性，生孩子可不是扮家家酒，一旦生下來就是一輩子的責任，沒法後悔。

「我喜歡他，不在乎其他的，孩子生下來可以自己養，我一直就想要一個混血兒！」明月說：她從小不喜歡自己暗沉的膚色，總是髒兮兮洗不乾淨的感覺，羨慕那些皮膚白皙細嫩的女人。她也不喜歡自己的出生，說到底，她根本就不喜歡自己的一切，她渴望離開，到一個新地方過全新的生活，她以為生個混血兒，住到外國，就可以斬斷過去、改頭換面成為另一個人，展開全新的人生。

明月說：第一次墮胎杜安一直感到內疚，第二次明月堅持要生，杜安不忍心明月為了他又要折騰一次，所以答應了：如果孩子生下來，他會負經濟上的責任。但是，他繼續堅持不會跟明月結婚，日後也不可能一起生活。杜安承認喜歡明月，Fond，不是Love，他一再跟明月解釋那兩個字的區別，明月就是一意孤行，不管他要不要，她就是跟定了他。

作為一個女人，明月以為孩子生下之後，做父親的不可能無動於衷，她靠的就是那一點盲目的自信。結不結婚不是她最在意的事，關鍵是：杜安是未來孩子的父親，那一道血緣關係一生一世無法割斷；明月以為那是一條拴住杜安的繩索，他一輩子也無法脫離的關係，那就夠了！她需要的就是內心不會孤單的一種安慰，不管這種安慰來自實質的人或只是一個名稱，一種說法；她終極害怕的是一個人一無所有、孤苦無依。

明月說：喬董給了她一筆費用，讓她到美國學習現代舞，數目足夠供她在美國無憂無慮生活幾年。她還說：當她告訴喬董懷了他的孩子，喬董第一個反應是給她一張醫生朋友的名片；第二個動作是拿出支票本，讓明月自己在支票簿上填寫需要的數字。

「馬上去辦妥這事！外人不必知道，以後也不要再提起。」明月形容喬董果斷無情，讓人不寒而顫，絲毫沒有一絲溫暖。

「是他那一張臉，堅定了我離開的意志以及支票的數字！」明月不無傷感的說，她原本沒有期望喬董愛她，但起碼要關心她、尊重她。結果，一旦涉及他的身分、名譽、所謂的社會地位，他的自私冷酷就徹底顯露無遺。

「所以，事實上，兩次懷的都是杜安的孩子？」香弟盯著明月問她真相，明月點了點頭。

「妳不擔心萬一事實被揭發？」香弟試探的問，她沒忘記出國前見過喬董以及他所說的關於明月的話，很驚訝明月說謊的鎮定和嫻熟。

「喬董從來都不肯用套，所以，大有理由把責任推給他。檢驗胎兒ＤＮＡ這碼子事在台灣還太少見，他也不知道我有男朋友，我一直小心保密，以後可以說是到美國才認識。他總之完全同意我離開台北的決定，免得節外生枝。」

好厲害的女子，老少通吃，運用自如，一次懷孕用來向喬董籌備出國資本，二次懷孕用來向杜安投資愛情，香弟只能自嘆不如！

明月一直以為杜安不忍她再次墮胎是因為愛，到了美國之後才明白那是杜安的善良，也是一種愛，但非關男女；明月則是欺壓善良，她有謀略的讓自己再度懷孕，為的就是要套牢杜安；否則，以她的精明幹練，不可能一再糟蹋自己的身體。

想到不相愛的兩個人卻要一起生活，不結婚還要生孩子的複雜關係，香弟就為明月的未來憂心不已。

明月說：事實上杜安過著極其簡樸的學生生活，大多數時間都在學校，精力也都耗費在課業，兩個人根本沒有什麼共同生活，杜安只是在陪伴她把孩子生下，做自己良心要他做的事而已。

香弟不明白：孩子都已經快要出生的一對男女，為什麼無法經營一段正常的男女關係，做一對尋常夫妻？跟天下所有的父母一樣：幸福快樂的期待孩子的降臨？

「他沒讓我見他的家人，也沒告訴家裡我懷孕的事。」明月口氣帶著怨尤和無奈。她甚至不太清楚他的家庭背景，出生環境、父母職業等等。明月早知道杜安無心要跟她長久，他從一開始就這麼告訴她；但她執迷不悟，不相信杜安不會改變心意，她以為憑她那一身本事一定可以留住杜安，擁有胸前那對大奶，從小男人對她的注意就集中在她的身體，讓她以為男人要的就是性，她自信的以為：只要在床上駕馭了男人，就能掌握他們。她忽略了喬董和杜安不同，喬董什麼都有，就是沒有青春肉體，什麼都不需要，就是渴望女性的慰藉；而杜安才二十三歲，婚姻和孩子都不是他眼前想要的負擔。

「那妳打算怎麼辦？」香弟都替明月著急。

「安心養胎吧！我到底還是渴望生個孩子！一個自己可以愛，可以寵的完全屬於我的寶貝，就為了這個，來這趟美國已經值回票價了！」

明月透露：杜安有四分之一愛爾蘭血統，她說不定能生出一個夢想中的金髮男孩。她以為生下一個混血品種就可以脫胎換骨，改變自己的身世。

明月說她從小就不喜歡自己，因為母親嫌棄女孩養大就嫁人是蝕本生意，在家裡就是多出來消耗資源的一張嘴。她也不喜歡母親，不喜歡她身上的氣味，母親從不在乎她，別看她外表活潑樂天，內心其實空虛不安自卑又自棄！

如今，人在美國，明月之前所夢想的洋房、別墅、院前攀爬的玫瑰、客廳裡的白色鋼琴、美麗如天使的孩子，依然只是夢想；現實世界裡，他們住大學附近一棟兩房一廳的公寓，她每天坐在電視機前看連續劇，一邊吃零食、偶爾讀讀孕婦須知、生育大全，累的時候挺著肚子走來走去，走不出自家廚房客廳，周圍沒有認識的朋友，日子單調乏味，心情抑鬱寡歡，完全不是她原先以為的美麗願景。

「忍耐些吧！生下孩子就有得忙了！懷孕的女人最幸福！」除了祝福，香弟不知道還能說什麼？

群魔

一九九〇年除夕夜，香弟去了費洛斯在上城濱河街住處的晚會，一屋子說著不同語言的時髦男女，空氣中瀰漫著辛香的煙草味，客廳一角的長桌上有魚子醬、鵝肝醬、燻鮭魚、義大利香腸、火腿、各式軟硬乳酪、銀盤盛著的五顏六色的水果；浴室的浴缸鋪著碎冰裝滿葡萄酒、啤酒、香檳、伏特加……。

費洛斯說：妳一定要來，畢卡索的孫女、尤伯連納的亞裔遺孀，還有銀行家、評論家，還有一些讓妳驚奇的人。

那些濃妝豔抹爭奇鬥豔的男男女女，讓香弟眼花撩亂，舞池中晃動的身姿如群魔亂舞，屋裡燈光如酒吧夜店；鬼魅幻麗的光影中，一雙雙搜索的眼睛，像饑餓覓食的動物。

費洛斯的新管家，義大利來紐約學電影的十九歲娜塔麗，替他打掃也做他秘書，必要的時候，大概也上床客串他的情婦，也許是初嘗大麻不勝藥力，整個人渾然失態斜倚客廳沙發，一隻手伸進胸前自摸，一路摸到裙襬下，癡迷的醉眼蕩漾著春情，挑逗著周遭人群。

經常出現在畫展開幕酒會的上海女子妮可楊，模特兒身材，貼身皮製黑裙緊裹翹臀露出修長美腿，踩著高跟鞋睥睨全場。

妮可直來直往，毫無心機，問她近況，開心的說：綠卡到手了，剛跟老頭離了婚，現在身分很自由。然後跟香弟說：你們這些島國女子，都太溫良恭儉讓了！

香弟點頭稱是，假裝同意，相較於港台女性，她們的確大膽豪放多了。

眼前晃過來留著卓別林八字鬍的男子，妮可親熱叫著「邁可」，兩人搭檔在客廳中狂野熱舞，性感火辣，有人瘋狂的吹口哨叫好，她忘情的飆舞下去，像隻發情的孔雀，極力展現自己的妖嬈與魅力。

全場的人幾乎都醉醺醺，要不 high 得恍恍惚惚，沙發裡的男女肆無忌憚的熱吻，手在彼此的身上摩挲；廚房冰箱門上貼著被男人壓身的女人，男人一隻手抓著女人臀部，女人的大腿勾纏著男子腰身，兩張嘴貼在一起熱吻；房間門縫傳出陣陣淫聲浪語……不知道誰把燈光調暗，瞬間看不清彼此的臉，昏暗中，每個人都像饑餓的獸，互相嗅聞著彼此身上的氣味，舔舐彼此的唾液……，整個晚會變成蠻荒的欲望叢林，輝煌燦爛城市裡，一顆顆寂寞的心。

費洛斯在哪裡？香弟走遍客廳、廚房都看不到他身影。

屋裡菸酒大麻空氣混濁窒悶，香弟喝了些紅酒，身體輕飄飄的步伐有點騰空，她想該跟費洛斯打個招呼，說幾句話，趕在腦子還清醒之前回家去。廁所、陽台也不見費洛斯，書房的門開了一道縫隙沒關緊，裡面黑漆漆隱約可以聽見低低的喘氣呻吟。

「費洛斯，是你嗎？」香弟輕叩房門。

「誰呀！」費洛斯毫不避諱的應著，如他一貫的坦蕩作風。

「是我，香弟，我想我該走了！」

費洛斯沒耽擱多久就出來，隨手把身後的門帶上，神情恍惚的摟著香弟的肩親暱的問：「玩得開心？有沒遇見有意思的人？」

香弟忍著怒氣沒問他房裡女人是誰？恨恨的咬著牙只想盡快離開。

費洛斯跟到門口，捏了捏她的手掌心，表示他的歉意和疼惜，卻也沒有要留下她，香弟忍著在淚水崩落之前迅速轉身離去！

十二月的寒風迎面襲來，走入百老匯大道迷離的雨霧中。迷信的人都不肯在午夜的新年乘坐地下鐵，不願在地底聽不到新年的鐘聲。香弟執意在最後一分鐘鑽進地鐵車站裡。

「進來吧！外頭下著雨呢！親愛的伙伴！」除夕夜當班的地鐵播報員特別幽默。「我們要往下城去了，剛上車的乘客是否同路？」

車過五十九街，廣播器傳來一句：「現在是午夜零時！新年快樂！母親們，可知道妳的寶貝孩子在哪裡？」車上不多的乘客都會意的笑著。

四十二街到了，穿著魚網襪的妓女高聲叫喊著：「我的站到了，我所屬的輝煌的四十二街！來吧！伙伴們！跟隨我尋樂去！」

香弟對面的老先生激動的抓起身邊女乘客的手背，熱情的吻了一下，拘謹而嚴肅的中年女乘客，嫌惡的把手背上的吻漬死命抹去，那動作使人聯想到愛滋病、性病、傳染病，現代人不論靈魂肉體接觸，都難以互相信任的一切文明病。

下東城到了，香弟下車，一個人走入雨霧中，迎接她的是比台北更濕更冷的冬日夜雨。已不知鄉愁，人事景物，天涯海角。

歌劇院裡的流浪漢

年假期間良飛沒空到紐約，接下來學校的寒假，同學結伴要去登山野營，良飛邀香弟同行，走的是著名的洛磯山道，一路有小木屋讓登山者沿途住宿，木屋裡沒水沒電，只有火柴、乾糧，每個人都要練習野地求生的技能，找水源取水、砍柴、生火、煮食⋯⋯。一切從最原始的生火取暖開始。

香弟畫廊有新的展覽要準備，一時無法排出十天的長假期。良飛問：可不可以邀Julia？就是那個在哥大一起製圖做模型的女同學，兩人一起都上了哈佛，同一個良飛有天醒來無意叫出的 Julia。

香弟沒理由說不好，自己不去，總不能不讓別人去，心裡感謝良飛事先徵詢她的意見，然而，也是因為同學相邀沒什麼不妥，良飛這一問，反而多了玄機暗藏寓意。

香弟不願多想，兩地相隔，親密關係本不易維持，兩個人為什麼會在一起，又為什麼不在一起，天時地利之外，總還有許多非關人為的因素。

「等下月妳過生日，去紐約陪妳！」良飛說。香弟暫時也只能如此安慰自己。

生日一晃即到。香弟特地請了假，預訂兩張《阿伊達》歌劇票，一齣好久以來就想看的歌劇，打算跟良飛一起看表演慶祝。

生日當天良飛一早來電話說：通宵做模型，一晚沒睡，模型沒完成，無法離開工作室，答應隔天一早趕來，電話裡祝福香弟生日快樂。

香弟說不出的失望，多出來的一張票臨時不知要找誰看？給費洛斯打了電話，沒人接。香弟便沒想再試，那種找不到人的沮喪，加上良飛不來的失望，讓她情緒低落毫無見人的意願。

最後，香弟決定把票送給無家可歸的流浪漢，以為那些人最值得獲得一張免費的票去林肯中心欣賞歌劇表演，因為平時他們不可能有機會去；而且，那些人並非沒教養，她看過路邊的流浪漢手裡讀著詩集，他們也許被家人拋棄，或者不願意回家，也有可能付不出房租被趕出住處。

香弟提早二十分鐘抵達會場，在把票送個林肯中心噴水池前一個蓬頭垢面的流浪漢時，還以為那是小小的善舉。

當晚，入場之後，才意識到自己惹出的鬧劇，那流浪漢進了場入座後就仰躺在椅背上呼呼大睡，喉嚨發出巨獸般的鼾聲，顯然是外面天冷，歌劇廳裡的暖氣以及舒適的座位讓他沉入夢鄉。

香弟不安的坐下，立刻發現前後左右的人都朝著鼾聲所在的位置指指點點，流浪漢身上發出一股尿騷混著酸腐的惡臭，周圍的人皺著眉頭，遮掩著鼻子嫌惡的詛咒、嘆氣、搖頭……，不明白為什麼一個流浪漢會以這樣的方式出現在歌劇院裡？是什麼人開的玩笑？睡覺不需要浪費一張那麼高檔的票位，看表演也不可能還沒開始就渾然入夢。

香弟的座位緊鄰流浪漢，她屏住呼吸忍受他渾身臭氣，才知好心也可以做壞事！提心吊膽就怕那流浪漢萬一醒來，開口跟她說話，當時真希望有個地洞可以立刻鑽進去。

隨即，有人叫來劇場的服務員，詢問是否有人認識座位上睡覺打鼾的人？香弟膽怯羞愧未敢出聲。服務員叫醒流浪漢，查了他的票，請他安靜，不准出聲。他有票，服務員無法趕人。

整場歌劇，就在流浪漢惡臭的薰罩下折磨到劇終。表演一結束，趁著謝幕時掌聲熱烈，香弟一溜煙逃離現場，她怕那個流浪漢會跟她握手說謝謝！也怕周圍的觀眾發現是她做的好事。她不認為自己做錯了什麼事，只是明白了：什麼叫事與願違！

香弟一輩子不會忘記她是如何度過荒謬的二十歲生日。

一種叫寂寞的病毒

良飛隔日趕來，到家已近午時，香弟一早醒來就忙著在廚房包餃子、做紅燒肉。

良飛給她帶來很特別的生日禮物，一張時間、空間與速度的素描作品，對開的素描紙上畫著三根巨大的旋轉柱子，在無限遼闊綿邈不絕的時空中如地球繞著太陽一邊自轉，那畫像魔術一般，讓香弟真的看見三根雄偉的天柱在洪荒宇宙中兀自旋轉不停。

良飛說他在做模型的時候經常聽巴哈，巴哈的賦格讓他的腦子進入一種異化的空間幻覺：音樂變成立體而有顏色，賦格成了音樂的迷宮，進去了就無法找到出口，不斷的陷入更深的岔路。他畫給香弟的就是一幅他腦海裡的賦格，繁複衍生的空間和無限綿延的時間，希望香弟會喜歡。

香弟歡喜又慚愧，良飛總是在思考、尋找、創造，做他內心呼喚的事。她看著自己包餃子的雙手，庸庸碌碌，忙的就是柴米油鹽。感覺那是他們日漸生疏的距離，她都不曾關心也無法參與他的課業。

空氣裡漫溢著紅燒肉香，良飛聞到熟悉的氣味，一陣酸楚湧現心頭。洛磯山脈的登山假期裡，一個林中木屋爐火前的雪夜，他和Julia都喝了點威士忌，室友們都睡了，夜深靜好，他們聽見彼此的心跳聲，在爐火邊不自禁的吻了彼此。

那一夜，他們一起擠在小木屋的單人床上，做了他們原先並沒有料到的事。良飛沒有想過要讓事情如此發生，發生了似乎也沒覺得不自然，唯一的難處是如何面對香弟？

香弟在廚房裡一邊準備飯菜，一邊問學校生活瑣事和家人種種，就像過去當兩個人還在一起時。良飛意外的比往常沉默，看起來心事重重，忍了好久終於面有難色的說：他恐怕無法久留，Julia在等著他。說完就低下頭，認罪似的。

Julia？香弟心頭一驚，Julia在紐約？你們一起來？

良飛低頭默認：「我們還有其他安排。」

「我們？」香弟放下手中捏著的餃子，整顆心倏然墜落，良飛口中的「我們」就是指他和Julia，原來他們不只一起來，還計劃了其他事一起做，自己忽然間成了尷尬的局外人，驚愕又失魂，愣了好久香弟才冒出一句無關緊要的話：「那，做好的紅燒肉怎麼辦？」

良飛一聽眼眶就濕了，忍不住抱緊香弟，他的心依然念著她，愛著她，他對她的感情一點都沒有減少或改變；變的是生活，他們都必須為了前途各自往前邁進，做他們該做的事。他曾經寄望香弟跟著一起到波士頓，但也知道香弟更合適在紐約，她對世界有好奇心，對生活有熱情，紐約是包容萬象的國際都會，人才濟濟，能擴展她生活的視野，豐富她的閱歷，磨練她的能耐；他當初是如此為香弟設想，也為自己做了設想，那就是他們的選擇。

「你們，在一起很快樂？」香弟訥訥的問。

「她很單純，很容易快樂，不會紅燒豬肉，我們一起打棒球，很開心！」

「那就好！」香弟哽咽的說不出話來。良飛也難過至極：「好好照顧自己，有事就給我打電話！」

香弟送他到門口，想到另一個等著他的女人，立刻關了門不忍再看他離去的背影。有一個人在她缺席的空隙裡取代了她的位置，他們建立起兩人的新世界，那世界沒有她的立足地！香弟一個人落了單，她曾經擁有過，他給過，期待過，如今一切都遲了！

「It's very hard to please you!」香弟沒有忘記良飛曾經說過的話：去找妳心目中的英雄吧！

「I am sorry! I fail you!」他委婉的自責，是他讓她失望！他曾經想讓她快樂！想和她一起看生活的大世界，那是為什麼在一無所有的時候，冒著極大的風險帶她離開家園，一起回紐約，他也曾有過憧憬；然而，這一切亦如他當時寫給香弟的詩句：她是他窗前乍現的一朵曇花！他從未敢奢望真正去擁有她。

當初香弟決定留在紐約，兩人沒說分手，也沒想到分手，如果香弟愛得夠深，斷然沒有不跟著他去波士頓的道理，早知如此，何必當初？怨不得天尤不得人。香弟不知道自己在尋找怎樣的愛？她沒有歸屬感，甚至沒有鄉愁，像一個來自外星球的孤獨子民，在陌生的道路上踽踽獨行，尋尋覓覓……，不明所以，不知所終！

成長的環境裡，家中女性總是孤寡無依，香弟從小就體驗了寂寞的滋味，那寂寞根深抵固，如基因遺傳，深植在身體細胞中如一種病毒，發作的時候，全世界的溫暖和愛都無法化解那頑固的荒蕪淒冷。

夜裡很晚，良飛打來電話，說到見面的歡喜和告別的傷情，說他一離開心裡就一直惦記著她，生活裡有任何需要，他隨時都會在……。

香弟已經上床，一個人窩在被子裡聽電話，淚水落個不停，無法言語。

「將來，老了，如果都還是單身一人，我們就再在一起吧！」良飛在電話裡說。

「為什麼不是現在？」香弟心裡吶喊著，其實都明白，那是當初自己的選擇，也是自己錯失的機會，良飛曾邀她一起去波士頓，要她學習進修跟他一起生活；如今回想：她從來都沒讓良飛覺得她需要他，願意跟隨他。

會有將來嗎？香弟自問。她會在他心裡一直到老，即使那是自我欺騙，她還是寧願如此相信。

藍色夏威夷

費洛斯神隱了一段時日，為了準備回希臘在美術館開展覽的畫作。幾個月不見，終於來電話約香弟去他濱河住處小聚，口氣輕鬆愉快，對除夕晚上的事隻字未提。香弟心裡還是疙瘩，但更多的是自覺。她現在明白了：自覺能給她自尊和力量。

學校裡剛修完申請入學所需的全部英語課程，會話與寫作得了A，剩下幾個科目都在中上，足夠香弟在大學選修有學分的課程。她喜歡莎士比亞的戲劇，在中央公園看過露天演出的《仲夏夜之夢》，有興趣了解更多的英國文學；費洛斯說：不必了，自己看就可以；她想學畫，費洛斯說：不必學了，畫畫是自己的事；藝術史也不用讀，理論是創作的障礙。

「不要做人家都做的事！」費洛斯告訴香弟。可是，有什麼事人家沒做過而自己能做的？

「那就要問妳自己，沒人能替妳回答！」典型的費洛斯句法。

香弟喜歡費洛斯的果斷自信，甚至有點霸道專橫，那也是吸引香弟的性格特點，她自己一直都不知道生活要的是什麼？

費洛斯準備了晚餐，有香弟喜歡的葡萄葉捲米飯、酸酪魚子醬配烙餅，菲塔乳酪伴黃瓜番茄沙拉，對平日不下廚的費洛斯，這算是豐富的晚餐，顯示他用了心。

兩人邊吃邊喝酒，餐後，香弟微醺帶醉，想早點回家，夜裡一個人搭地鐵回下東城不是太安全。費洛斯一定要她留下繼續聽完西貝柳斯的第一號Ｅ小調交響樂曲。

「妳要聽出樂章裡的寂靜和死亡，就更能明白我的畫！」

香弟安靜下來聽樂曲，費洛斯在沙發一角熟練的捲了根大麻菸。

「藍色夏威夷，味道很不錯，試一下吧！」費洛斯自己先滿滿吸上一大口再遞給香弟。

香弟未曾接觸過大麻，也沒興趣試。費洛斯說：大麻是藥草，不是毒品，既不毒也不會上癮。

她不信費洛斯，卻又偏執的接過費洛斯手上的大麻，好像受了挑釁，學著費洛斯用力吸，一吸就嗆到，咳得上氣接不了下氣。大麻真難抽，滿嘴辛辣，香弟口乾舌燥，但不死心，既然這麼多人抽，一定有它被人抽的道理，她想知道為什麼大麻吸引人。費洛斯教她：先把菸吸進嘴裡含著，慢慢再吞進肺裡。

這回，舌面感受到大麻的刺激，喉嚨吞進了小口辛辣的煙霧，神經隨即鬆懈下來，不一會就覺得腦袋輕飄飄的，人也輕鬆愉悅起來。

費洛斯輕聲呼喚她：過來！

香弟倚身過去，他就在她耳邊像春風一樣低語著：「聽，大海的呼吸，海面傳來宇宙的梵音，綿長幽深直抵天國秘境……。」一隻手在她衣服底下漫遊。

在大麻的微醺中，整個世界瀰漫著難以言說的溫柔，彼此的身體訴說著無盡的愛意，費洛斯的手指魔術一樣撫弄著她的軀體如樂器，讓它發出天堂夢境的美妙呻吟。

香弟不記得什麼時候睡去，夜裡醒來，模糊的光影中看見客廳沙發費洛斯斜躺的身軀，走上前去，香弟立刻明白費洛斯做了什麼？她在晚會裡見過吸毒的人！

「是什麼？告訴我！為什麼？」香弟又驚又怒。

「海洛因！」費洛斯直言。

「為什麼？」香弟不明白他做的事。

「偶爾用一下而已，解壓，沒什麼！」

「所有吸毒的人都這麼說，都以為自己只是淺嚐一點，都相信自己不會上癮，都那麼清醒，那麼篤定；全都是自欺欺人，有誰真能擺脫毒品的魔力？」香弟總認為健康正常的人不需要接觸那些非法而且有害的藥物，一個人如果酗酒、賭博、吸毒，一定是內心深處有什麼巨大的痛苦，需要藉著自我墮落來逃避現實或自我麻醉；她不明白：一個已經擁有國際聲譽的藝術家，為什麼還需要這個傷害自己的東西？

「你有什麼痛苦需要靠這個來逃避、解脫？」

「沒事，妳放心，我不是天天用，只是偶爾吸食一點放鬆一下，沒什麼大不了，隨時不要隨時就可以停。」

香弟終於明白了：牆上掛著的，那些等待展覽的，一幅幅核子爆炸後的矽力倥天堂，綿渺無盡的靜謐空間，無垢無淨的天國樂土，原子分裂的米粒微光……，原來是亞硝酸異戊酯在他腦子裡創造的虛幻世界，海洛因是他藝術的繆斯。

他的愛也是化學的、物資的愛，在那虛幻縹緲的幻覺裡，神經敏銳愛意深濃，分分秒秒都纏綿抵死；一旦清醒回到現實，一切都幻滅無蹤，無跡可尋。

香弟厭惡那種虛空無力和沮喪頹廢；僅僅一次淺嘗大麻，她已經決定自己不需要那種短暫的藥物迷幻，正常健康的人都不需要。

「把剩下的給我！以後別再讓我看見這個東西！」她語帶關切。

「不關妳的事！」費洛斯冷漠決絕，讓香弟失望至極。

費洛斯神情呆滯、手指顫抖，他需要海洛因，但是不肯承認也拒絕面對上癮的事實。他堅持有權擁有個人隱私，沒必要跟任何人交代任何事；那是香弟最難接受的部分，也是她無法真正理解和信任他的原因。她渴望一個人的坦誠相對，不要有心事或秘密隱瞞在心。隱私對她而言只是掩飾真相的藉口，逃避現實方便又高尚的手段；香弟對吸毒的事耿耿於懷，跟女人的關係也讓她懊惱，這一切都關他的隱私，他所堅持的：一個人的權利和自由。

「任何人都有隱私，也需要保有隱私，沒有隱私就難以保持完整的自我！這是對人起碼的尊重！也是人格獨立的基本條件。」費洛斯堅持。

「你是不想放棄？還是放棄不了？」香弟無法在言語上爭贏費洛斯，只能問簡單的是非題。

「妳一點都不理解我！我在創作上的壓力很大，四面八方日日夜夜，我需要一點break，我沒有對妳隱瞞是因為信任妳，所以坦白吸毒的事，妳卻背叛我對妳的信任，聽了我的告白，不但不理解、不同情，還用這種鄙夷與批判的態度對待我，妳讓我失望透了！」

「你有很多選擇，為什麼選擇吸毒？你知道那只是短暫的逃避，根本無法解決問題！」

「妳怎麼知道我的問題？妳沒有成名過，怎麼能理解我的處境？怎麼能理解聲名可能造成的可怕壓力？怎麼知道我內心的感受和痛苦？」

「如果聲名帶來的是壓力和痛苦，那我寧可不要這樣的聲名。你有這麼多朋友，經常開party，隨便睡女人，你還需要什麼？還有什麼寂寞？」

「妳沒資格這樣說我！」

費洛斯的話如一盆冷水，香弟立即覺悟到：生活裡大部分的人都像自己這樣平凡無奇的度過沒沒無聞的一生，只有少數像費洛斯那樣的人得天獨厚，擁有聲名享受人上人的成功滋味，誰都夢想可以飛黃騰達，受人景仰，受人愛戴，享盡人間榮華富貴，但並不是每個人都有這樣的天賦和際遇！

即使如此，香弟還是堅持：功名利祿不是她的人生目標，她從不想追求聲名！

費洛斯不盡苟同的看著香弟，當她不知天高地厚。「告訴我，親愛的小姐，妳的人生目標是什麼？追求的是什麼？」

「智慧、健康、快樂、還有自由！」香弟想的就這麼多。

「沒有錢妳能自由？沒有自由妳能快樂？沒有快樂妳會健康？沒有健康妳有智慧又有什麼用？」

香弟無言以對，她沒有經歷過費洛斯所經歷的一切，是的，她只是一個沒沒無聞的無名小卒，不會有人注意她的存在，不會有人在乎她的生活，她的喜怒哀樂，她的成功或失敗，她一個人在自己的世界裡吃喝拉撒，像牆角庸庸碌碌的螞蟻，沒有發出任何聲響，也不曾改變世界一點什麼，死了也就銷聲匿跡，這樣的一生有什麼價值？比起費洛斯的狂傲偏激墮落，他起碼熱愛聲名，享受伴隨聲名而來的一切，美麗性感的女人會心甘情願張開雙腿一絲不掛躺在床上等著他的造臨……。

費洛斯是對的，她無法反駁他所說的一切，名聲、財富、那些她從未擁有過的光環與榮耀，自然也無法理解他所經歷的人生。她沒有資格批判他的言行作為！但也不願意變成像他那樣的人！

兩人各持己見，堅持不下，不歡而散。

費洛斯的隱私

兩星期之後，費洛斯悄然出現在畫廊，香弟暗暗自得，以為他會道歉，以為他會同意戒毒。

「我正好在附近，順便過來看看。」費洛斯口氣平淡、毫無熱情。

「哦！」香弟有點掃興，原來只是順路之便，也就懶得答理。

「待會一起回去？」費洛斯提議，看了錶，快到香弟下班時間。

香弟心裡還有委屈，期待聽到一點貼心溫暖的話，費洛斯不說，她也可以掉頭不理，但會顯得任性小氣，費洛斯跟她是平起平坐，沒有誰應該委曲求全，也沒有誰應該取悅誰。費洛斯少的是言語的溫柔，擅長的是肢體的調度，他相信的是真實，他要把握的是當下，語言是不可信任的，身體從來不說謊，那是費洛斯的風格。

想了想，香弟開始收拾辦公桌。

一起搭地鐵回到費洛斯在上城的住處。門一開，從客廳就可以望見臥室開著門，床上躺著一個裸體女人，紅棕色的鬈髮披散在枕頭上，像西洋油畫中的美女。

「你什麼意思？」香弟一臉震驚，覺得自己再一次受到侮辱和傷害。上回晚會裡的事件在腦子裡又清晰起來。

「卡米拉，妳怎麼還在這裡？」費洛斯責問床上的女人。

那個叫卡米拉的女人赤裸裸的從床上起身，懶洋洋的盤起長髮，一件件不慌不忙的把衣服穿上，踩上高跟鞋，背袋往肩上一甩，嬌嗲的一聲拜拜，瀟瀟灑灑的離開，毫無羞赧或歉意，豐乳肥臀伴著結實響亮的高跟鞋嗒嗒響到電梯口。

費洛斯沒道歉，沒解釋，兀自坐在一旁等著卡米拉離去，好像等著舞台上的劇終散場，觀眾與演員保持現實與虛構的安全距離。

香弟忍氣吞聲的問：「這個女人又是誰？」

「鳳凰城來的話劇演員，在酒吧打臨時工，到處表演試機會。」紐約外外百老匯在晚上九點之前，有些酒吧會讓戲劇學院學生去表演，觀眾可以免費進場，演員有機會被發掘，卡米拉就是眾多來到紐約尋夢的年輕人之一。

費洛斯說，他去街角酒吧喝了一杯，她就跟著他一起回家，剛到紐約兩星期，居無定所，基本上，有誰願意收容，她就跟誰回家。

「她在這裡多久了？」

「她早該走了！」費洛斯語帶抱怨。

香弟到此才明白過來：兩個星期沒見面也不聯絡，原來他在享齊人豔福，這就是他說的隱私，自由，獨立人格，香弟覺得自己的天真愚蠢讓自己受了傷害。

「再見！」她轉身就離開，消受不起這麼風流瀟灑又絕對隱私的男人。

費洛斯任由香弟離去，那是她的選擇，他也沒打算解釋太多的自己。

冷漠和憤怒給了香弟一時的力量和尊嚴；她要像冰一樣把自己的情緒凍結起來，讓自己冰潔美麗，不受污損。

「妳知道，我在乎妳！」費洛斯在她回家以後打來電話，他的口氣聽起來並無誠意，香弟不相信他真的在乎她，即使真的在乎又如何？她無法改變他，還會繼續傷她的心。

「我只是在幫她！」費洛斯第一次主動說了卡米拉的事，香弟沒問，不想問，都是他的話，知道他習慣自由自在，一切快活都在當下，想要就要，沒有什麼理由；在男女關係裡，他需要的性，像日食三餐那樣；他出門買一杯咖啡，上酒吧喝個飲料，回來的路上外賣似的順便就帶回來一個女子，他們脫光衣服做愛，激烈爽快，過後洗澡穿衣，bye bye 一聲，兩不相欠。他不會記住她們的臉孔，甚至沒問過她們的姓名，這未必是費洛斯的濫情，這城市到處都是寂寞而饑渴的男女，一座摩登的原始叢林！男男女女隨時隨地都在尋找慰藉，像黑暗裡交媾的動物，彼此需索身體的溫暖，白天戴帶著一副人格面具，返回社會常軌過各自的生活，互不牽扯，不必負責。

香弟想念邦埤的黑尼馬克，他會為香弟做她喜歡，讓她開心的事；黑尼馬克沒有自己，香弟的笑容就是他的快樂！她也念著良飛，那段單純美麗又憂傷的含蓄戀情，兩個人為什麼不能大聲說愛？用力去愛？為什麼那麼輕易就別離？

她想離開！不管去哪裡？不論前面是什麼？那是她從小就慣用的伎倆，一種自欺的方式，一遇到困難障礙就逃離，逃得夠遠就能擺脫她不想再面對的現實，以為逃到一個沒有人知道的地方，一切就都可以重新開始，她以逃離來壯大自己更深的孤獨，那孤獨使她更冷更堅硬，如鐵似鋼，再也無法融化去愛人，也難以被人所愛。那是她保護自己免受傷害的方式；也是良飛從來沒有理解到的她最深的寂寞。

下一個輪迴

家裡留話機壞了。香弟給植物澆水沒留意，過量的水漫溢出來沿著窗檯流到下面的留話機，機器浸了水，嗤嗤嗤幾下就失靈暴斃。

拿著留話機去附近一家印度人開的電氣行裡修理，那個裹著頭巾鬍子眉毛都烏漆麻黑的老闆說：三天後回去拿，他要打開來看情況，可以修理就修理，修理費另計，不能修理就收開機費二十美元。

三天後香弟去拿留話機，老闆看了旁邊一堆等待修理的電器說：「還沒修理好，過兩天再來。」

香弟心裡惱怒，本來情緒就低落，那傢伙既不守信態度又無理，香弟忍不住抱怨：「你說三天後來拿，我特地趕來，你東西沒修也沒有歉意，隨便打發人過兩天再來！我也很忙，沒時間跑來跑去。」

「不高興妳就拿走！」老闆冷淡丟下一句話，看都沒看她一眼。

香弟愣在那裡說不出話來，她需要留話機，她整天不在家，畫廊、學校、銀行、郵局、朋友……隨時都有可能找她；最重要的是明月待產，隨時可能臨盆，她在美國沒有其他朋友；沒留話機就像跟世界斷了聯繫，這店家沒信用已經夠懊惱，浪費時間力氣也煩人，另找別家一樣耽誤時日又麻煩，只能忍氣吞聲請他修理……。

本來，這種生活裡難以避免的小小不順遂，一下過去就算了，了不起下次不去就是；香弟卻一直悶悶不樂，上完課接著去畫廊，晚上下班回到家，一開燈電路就燒掉，也不知哪裡出了問題，摸黑找手電筒，踢到自己亂扔的鞋子，摔了一跤，把外賣帶回來的墨西哥捲餅撒翻一地，饑腸咕嚕，晚餐又泡湯，一個人坐在散落一地的番茄洋蔥烤肉碎片中，突然情緒崩潰放聲大哭，把所有的委屈憤怒稀里嘩啦痛快宣泄出來。

哭了一會，起身找了蠟燭點亮屋子，想打電話給良飛；又想他大概正忙，即使不忙，身邊會有一個 Julia；費洛斯正準備美術館的展覽，不想隨便騷擾他，也不是真的想跟他說話，明月大腹便便，不該跟她亂發牢騷添加她的情緒負擔……。

最後，還是給良飛打了電話，她最需要的還是他，離開時良飛留下各種生活中需要知道的問題處理守則，就是沒告訴她停電時該怎麼辦？她可以找房東，或試著去查電表，看保險絲，但已經晚了，而且累了，她沒力氣去管斷電的事。

良飛在電話一頭聽見香弟聲音哽咽，著急的問：發生什麼事？香弟本來沒有打算訴苦，一聽到良飛的聲音就無法控制的激動起來。

「寶貝！不要難過！告訴我發生什麼事？」

一聽良飛叫她寶貝，忍不住更傷心，真希望他真的就在身邊，她還是他的寶貝，她那麼需要一個聽她牢騷，替她解決問題的人。

「電器行的老闆太無理了！」她把留話機的事告訴了良飛，邊說邊啜泣。

「不！一定還有其他的事，留話機這一點小事，不可能讓妳這麼難過，告訴我！到底發生了什麼事？」良飛迫切的想知道香弟何以哭得那麼傷心，這是從來沒發生過的事。

良飛這麼一問，問到香弟的痛處，她一直沒正視良飛的離去，直到 Julia 出現才清楚的意識到：自己徹徹底底就是一個人了，所有寂寞委屈鋪天蓋地襲來。她想見良飛，他學校功課忙得不可開交，忙著設計草稿，無法抽空到紐約，希望香弟可以等兩個星期，如果事情不是那麼緊急。

香弟終於忍住淚水，她有什麼權利把自己的痛苦傾瀉在別人身上？她有什麼權利要求他趕來陪她？良飛在電話一頭焦慮的問著，香弟只能說：「先去喝杯水，回頭再給你電話。」匆匆掛了線，就怕在電話裡失態痛哭。

香弟沒再給良飛電話，厭惡自己的情緒，厭惡自己放不下，最大的厭惡是：繼續騷擾著已經跟別的女人在一起的男人！

過了夜半，半邊臉貼在淚水浸濕的枕頭上，良飛打來電話，先說已經很晚，他就要睡了，不能多說，只想問她是否好過些？

這一問，香弟眼淚又決堤，寧可他沒打來電話，知道他到底無法再給她什麼，是他的慈悲厚道，不是因為他的不捨和深情，明白了這樣的枉然，她的心就沉沉的墜落到無底深淵。

兩個人在電話兩頭各自沉默著，香弟忽然聽見一個模糊而低沉的背景聲音：「你們為什麼要分開，為什麼不索性去結婚？」正是良飛身邊的 Julia。原來，三個人都難過，沒有一個人好受。

良飛愛香弟，卻沒有堅持留住她，香弟也在乎他，卻沒跟他一起去波士頓，兩個人隔著四小時車程的距離在兩個不同的城市裡過不同的生活，淒楚的愛戀著彼此的孤獨？香弟到底要什麼？一個英雄？世間已經沒有英雄，良飛也不是她的英雄！

從小，她心裡的寂寞無法被填補，彷如是與生俱來的病，無法在人世間獲得醫治，也許，她需要的是被臣服的感動？被傷害的痛苦，痛苦產生的快慰？如沙木爾那樣強悍的掠奪霸占？嗜血的甜蜜？

「妳來波士頓好嗎？」良飛說，怕她一個人難受。

「去了住哪裡？」香弟心裡想著他身邊的 Julia。

「住我們這裡，妳可以睡客廳的沙發床！」

聽到「我們」，香弟的心又針扎的痛了一下，原來，他們已經生活在一起，想到去了他們住處，香弟一個人在客廳，臥房裡良飛和 Julia 同床共枕，她還能一夜安睡到天亮？

「不去，太打擾了——也許，再過一段時間？」

幾天後，香弟收到良飛寄來一張圖畫，畫裡有長如海帶的煙斗魚，旁邊寫著一首短詩：

下一個輪迴，
我們將會在一個深海裡，
像煙斗魚，纏繞著彼此細長的身軀
以雙螺旋的姿勢游泳，示愛

為什麼要等到下一個輪迴？誰能期待來世的相會？誰能確定是否還有來生？能否再續前緣？

局外人

上海來了一個畫家章幃，紮著一把細瘦的馬尾，未老先衰的兩撇八字鬍，寫詩，寫書法，畫油畫，還做烤伕、燻魚、也做裁縫，簡直無所不能，個子小小的，人很俐落，抱著大卷大卷的作品來到畫廊，一進門就霍霍解開卷軸，在畫廊地上攤開一張張大幅潑墨山水，狂放恣意、天馬行空，氣勢磅礴；他野心勃勃，立意要在紐約闖出一番天地。

「紐約是世界頂尖的城市，在這裡的成功就是在世界的成功。」章幃夢想著一舉成名天下知。「上海可以成就我，紐約就可以成就我。」他人小口氣大。

來到紐約已經半年的章幃卻一直沒有好機運，找不到畫廊願意替他開展覽，早些年中國門戶剛開放，來了一批又一批的中國畫家，個個都有相當的寫實根柢，畫壇風行了一陣照相寫實作品；到章幃的年頭風潮已至尾聲，新的流派尚未興起，藝術世界有點群龍無首，評論家無所適從，藝術史到了一個莫衷一是的混亂局面，新的畫風千奇百怪，原始創意成了每個人表現自己的方式，每個人都想標新立異，甚至譁眾取寵，故作姿態，發表驚世駭俗的新證言。

章嶂說：華盛頓廣場上畫肖像的中國畫家告訴他：下東城葉戈爾的畫廊有個華人助理，也許可以幫上忙，他迫不及待就趕來見香弟。

「我的畫在紐約絕對是獨一無二的，一定可以一鳴驚人，只要妳給我一次機會！」這麼大的口氣，從這麼小的人嘴裡說出，著實讓人另眼相看。

「我是真有實力的畫家，不是那些趕潮流、迎合市場的機會主義份子。」他列舉了幾個畫美女吹簫或少數民族撿牛糞的小孩等等的知名中國畫家，他們都有上城著名畫廊做代理，那些畫廊有固定的賣家、收藏家、也有自己專屬的銷售管道，也非常商業化，不好賣的作品，沒可能成氣候的作品，基本上就沒機會在那些地方開展覽。

葉戈爾的畫廊基本上展的是一些年輕有創意的藝術家的作品，對藝術的熱情高過利益的追逐，主要展覽油畫作品和裝置藝術，章嶂那種畫在宣紙上的大潑墨，完全不同畫廊過去展出的作品。香弟嘗試遊說葉戈爾試試不同的展覽，但葉戈爾有他多年堅持的一貫風格，那是為什麼畫廊雖小，卻還能獲得繪畫界的肯定與年輕藝術家的重視。

章嶂沒有放棄，每隔兩三個星期就帶來風格全新的畫作，把藝術作品當成流行服飾，這款不行就換另一款，有點饑不擇食的迫切，完全忘了自己說過：不是迎合市場的投機份子。

「生存很現實！」他坦白跟香弟說，在國內缺少的是政治自由，出來後有了政治自由卻少了經濟自由，一樣的窘困。香弟安慰他：紐約到處都是跟他一樣的藝術家，繼續保持戰鬥精神！不要放棄希望。

窮則變，變則通，章幃為生存折腰，什麼事都肯做，在地鐵賣扇子，達拉，達拉（dollar），一元錢，叫得起勁又富節奏感，老遠就可以聽見他偏高的細嗓門。之後，又去標了一批草綠色毛呢軍褲，一條五元美金，在中國城運河街口叫賣，不時被警察追趕；最後跟一個賣汗衫的女攤主打情罵俏，那女攤主同意每天收他租金，借給他一個空位擺賣軍褲。

冬天很冷，軍褲保暖又耐穿，章幃把過長的褲管剪短，剩下的布頭拿來做成細帶紮在褲管上，變成時髦的款式，居然賺了一筆。軍褲賣完又賣起電話卡，一個很長很長的號碼，打通了可以說上好幾個小時的國際長途電話，每個月都有新號碼，都是偷來的私人用戶號碼，因此必須時時更換新號碼，避免被查到。

這是他在紐約七個月所經歷的事，他說的時候口沫橫飛，精彩生動有如述說英雄事蹟。

不幸，沒過多少星期，章幃在皇后區傑克森高地的地鐵站遭人打劫，那是他每天出入的地鐵站，周圍很多不同族裔的移民，那些高頭大馬的黑人，兩條腿像樹幹粗壯，章幃只能仰頭看他們的下巴和門牙，他們搶了章幃的皮夾，裡邊有他一天賣電話卡的全部收入，他越想越不甘心，回頭去追搶匪，跟他們討價還價，居然要回來一半的錢；他得寸進尺，以為還可以要回來剩下的錢，就又回頭去跟他們商量，說他有房租要付有學費要繳上海老家有病老的父母要養……。

搶匪聽了他一連串說辭大發牢騷，說還他錢可以，故事起碼要編得動聽一些，陳腔濫調，壞了他們興致，說完就狠狠賞他一頓飽拳，叫他滾遠些，以後別再讓他們看見。

章嶂下巴脫臼，門牙斷了一截，合不攏嘴也說不了話，鮮血混著口水從嘴角一路流著，他捣著嘴捧著下巴回到住處，不敢報警也不敢看醫生，因為沒有合法的居留身分。

他給香弟打電話，口齒不清，就說病了躺床上。香弟因開展事沒能幫上忙一直心懷歉意，隔天就找了空搭地鐵去皇后區探望他。

下車後出了傑克森地鐵站，滿街飄著濃濃的咖哩香，印度雜貨店裡青椒紅椒芭蕉五顏六色的蔬果琳琅滿目，幾家繽紛耀眼的紗麗布行、什麼都賣的電器行……。章嶂住的地方在地鐵附近一棟連座洋房裡的半土庫，紐約當地華人對地下室的港式說法，因為高出地面幾尺，也有窗戶，是半截在地下的地基層。

那天陰陰的沒太陽，土庫裡空氣窒悶，光線昏暗，曲著膝蓋坐在床沿的章嶂看起來特別潦倒落魄，嘴唇烏青腫脹，用缺了半截門牙的歪嘴捧著下巴抽菸，憤憤的吐菸，都不管香弟就在眼前忍受著他噴出的二手煙霧。

「他媽的！」章嶂用漏風的牙縫洩氣的罵著。

香弟心生同情，這種事不是只發生在他一人身上，也不只發生在華人身上，這麼大的城市，龍蛇雜處的地鐵站，什麼事都可能發生。

「為什麼是我？」章嶂指著自己鼻子語音含糊的說著，強調自己是受害人的特殊身分。聽他自誇過：之前在上海也混過街頭，不相信到了紐約居然被人欺負。

「天天都有人被偷、被搶，人沒大礙算不幸裡的大幸了！」香弟摟摟他肩頭，試圖給他一點安慰；這麼小個子挨人揍，只斷了門牙，掉了下巴，算是幸運的了。竟然還膽敢反覆跟劫匪討價還價，也很張狂。

香弟陪章嶂搭地鐵去幾站外的皇后區看中醫，那裡已經是華人聚集的城鎮，從醫生、律師、餐廳、地產以至政府的社會福利部門，都有不需說英文的華人服務。

章嶂的傷勢不嚴重，斷牙沒傷到牙根，補牙需要一大筆花費，他說不用補，反正不礙事，將就用著；下巴在推拿師傅那裡，兩下就喬妥。只是受打擊的自尊和挨揍的憤怒一直在他心頭翻騰，難以平復。

送章嶂回住處，香弟打算就此告辭，章嶂說有東西給她看，請她進屋稍坐。香弟有點遲疑，那屋裡實在沒個舒適的地方容人安然坐下，空間低矮窄小，只能面對面緊靠床沿非常尷尬。

進了屋，關了門，章嶂一把就將香弟推往床上，順勢就欺身過來，香弟完全沒料到對方突發的舉動，本能的彈跳起來，用力推開章嶂，章嶂趁勢抓住她的手臂，再把她逼回床上，伸腿迅速跨過她腰間，騎在她腰腹上，用力扣住她左右手腕，讓她無法動彈。

香弟完全沒設防，以為他挨了揍，帶著傷，沒想到他兇猛如狼；香弟使勁踢腿，但騰空踢不著目標，平白浪費力氣，只能怒視著章幃，看他到底要做什麼？

章幃動也不動，用奇特的眼神搜索著香弟的臉，心裡不知算計著什麼？既不像危險的攻擊意圖，也沒有求愛的熱烈激情，四眼相對互相猜忌，詭異唐突的氣氛。

香弟努力保持冷靜，希望章幃能明白自己正在做著的糊塗事；然而，章幃心裡有太多憤怒和委屈無處申訴，又不甘示弱，只能採取暴烈的手段拿香弟洩憤，他必須用掠奪的方式換回自己在人前所損毀的自尊。

他俯身強吻香弟，強烈的厭惡感讓香弟立刻把臉轉開。章幃向下移動，用力扯開她上衣的釦子，整張臉埋進她胸脯裡，兩腿膝蓋緊緊夾住香弟身體，讓她無法反抗。

看到他那張瘦小的臉上兩撇倒八字鬍子，烏青腫脹的唇，香弟突然覺得眼前的男子可恨又可悲，她痛恨這樣的感覺，痛恨一個人在她面前失去尊嚴；她不想同情他，也不想讓他難堪，索性咬緊牙根閉緊嘴唇，夾緊雙腿，全身僵硬堅決像一塊木頭那樣消極抵抗。

章幃發現香弟像個死人，毫無反應，困惑的抬起頭來看了她一眼，不理解怎麼回事？香弟用不在現場的冷漠眼神看著章幃，那冷漠犀利如刀，受了挑釁的章幃像被激怒的動物，欺過身去狠狠吻住她的唇，舌頭伸進她嘴裡粗暴的探索，香弟嘗到他嘴裡香菸的辛辣，卻也沒有拒絕排斥，是顧及他的自尊？還是身體也渴望一點傷痛？她一時難以確定，思維停駐在自己感官的困境裡。

「不相信妳不要！」章幃以雄性的魯莽和動物的本能擄掠被他當成獵物征服的香弟。

香弟突然放棄掙扎，任章嶂一路肆虐下去，她把自己當成一個容器，容納一個瘦小男子的狂妄和自卑，憤怒和饑渴；她想起邦埤的沙木爾，想起她的童貞，猛然覺得自己的身體遼闊如大地，風來，雨來，什麼都可以承受，她看著天花板想像自己在春天開滿油菜花的田野，在海鳥飛翔的沙灘，在冬日公園的雪地……，在任何可能的地方，就是不在現場。

章嶂渾身像一團火，燃燒著積久未得宣泄的欲望，狼吞虎嚥的吻著，額頭、眼瞼、頸項、胸脯、肚臍……，香弟分裂成兩個自己，一個沒有靈魂的身體在下面，一個沒有身體的靈魂在上面，彼此隔岸對望，不動聲色。

章嶂變成一頭貪婪的獸，發出一陣陣獸類的呻吟和低吼。

然後，一切驟然而止，風平浪靜。

香弟起身去屋角沒有窗戶的浴室，在幽暗中拿肥皂用力清洗自己，就像清洗一個沒有知覺的異物，一點也沒有感覺創傷或痛楚。

「我沒有參與！也沒被屈服，我的靈魂早就逃離現場！」香弟用旁觀者的角度看待發生的事。如果一個人不自憐、自卑，就會擁有自尊。她以為可以這樣保護自己。那是她的自覺與驕傲。她是無法被傷害的完整的一個人！

「妳不喜歡？」章嶂還是以征服者的姿態問著從浴室出來的香弟。

香弟不想回答，不願回答，她的靈魂和身體各自相安，不受外人侵犯，一點肢體的暴力，也沒什麼大不了，關鍵是如何看待自己，如何看待那個施暴的人，那個斷了門牙，脫了下巴、還有力氣像牛一樣報復的人。不幸的是：他找錯了對象，以致那些屈辱傷痛只會加深加厚！

「妳是不是有病？還是性冷感？」章幃有點惱羞成怒，感覺自己被戲弄了，被消遣了，還遭嫌棄了？

香弟想起小時候在鄉下逗弄氣急敗壞的公雞，於是就像叫自己心愛的寵物那樣，叫一聲：「過來！」

章幃不解，但也沒有拒絕，帶著疑惑倚靠過去。

香弟咬他、啃他，心裡有風暴雷雨烈焰噴發，她意識到危險，但有更強大的意念在引誘她，一個嘗試和魔鬼打交道的自己，這著魔的刺激，痛的饑渴，像蛇一樣以邪惡的溫柔在蠱惑她，蜜汁和毒液同時鑽入她血液裡，她用舌尖開啟罪惡，讓報復的快感從喉嚨釋放而出……。

命運冷眼，隔岸觀火，香弟不再害怕什麼，如果自己是魔鬼，為什麼還怕命運？

兩個人終於在彼此的傷害與痛楚中疲憊的睡去。月光清冽，夜冷如冰。

在侯伯根的日子

明月帶著出生不久的嬰兒，突然來到紐約，一件寬鬆連身洋裝，一進門就扔下一個大背包，裡面塞滿孩子的尿布奶瓶，粗壯的手臂抱著襁褓中的孩子，讓香弟記起喬董時期的艾麗婭，她塗著指甲油的纖纖玉指，臥室抽屜裡一對對並列的蕾絲鏤花胸罩和她的豐胸美臀；如今的明月一臉憔悴，見了面就抱怨：無法繼續在侯伯根和杜安過單調乏味的日子，她要到紐約開創自己的事業。

孩子出生時，香弟過河去醫院看過明月母子，明月疲倦而安靜，沒有初為人母的喜悅、滿足和驕傲；杜安在旁邊，表情好奇勝過歡喜，兩個不像父母的父母。香弟看著嬰兒無辜的臉龐，禁不住傷感，一個漂亮而無辜的小生命，眼睛那麼亮，也看不清眼前的父母心。

明月說孩子不像杜安，頭髮是黑的，眼睛也不藍，皮膚紅咚咚的；她說生完孩子一直不開心，不喜歡孩子身上的味道，不喜歡孩子日夜啼哭，也不愛餵奶、換尿布的工作，不習慣忽然變成母親的角色，心裡還是一個單身的自己；醫生擔心她得了產後憂鬱症，一個她從來都沒聽說過的名詞。

從醫院回家之後，沒有傳統的坐月子，沒有麻油雞酒，只有飽脹的奶和時時饑餓的嬰兒，孩子夜裡的啼哭讓她無法安睡，天天面對的不是哭就是吃要不然就是尿和屎，明月說她受夠了。

而且，每天出門面對一條大街，街上只有一家超市，門口總是一堆廉價的過期蔬果，去郵局就見窗口東倒西歪的老人隊伍，坐輪椅的、拄拐杖的、耳背的、口齒不清的……，唯一的一家咖啡廳，都是廉價塑膠椅，蘋果派甜膩大塊，都是人造奶油和化學糖精，吃一次膩死不敢再去，唯一的一家服飾店，賣的都是大量生產的成衣，寬大無型，醜陋無比，套在身上像布袋；她懷念那些受男人寵著，隨意花錢Shopping，還有愛慕者不時贈送手錶耳環黃金首飾的奢侈糜爛的物質生活，更懷念她的姐妹淘，那些非常義氣愛恨分明又彼此照顧的姐妹們。她也無時不想念在台北的日子，想吃巷口的蚵仔麵線、夜市的豬肝湯，想念在喬董的香居，想念她滿衣櫃分門別類的各式衣服、鞋子、圍巾、提包……；甚至惦記楓林小館的服務生，那種賓至如歸的貼切與周到，受人服侍照顧的尊榮與愉悅；到了小鎮侯伯根就一切都沒了，這裡是個人本位主義，侍應生也是一份服務社會的職業，不必矮人一等，不必卑躬屈膝，誰也不比誰高等優越，在在都讓明月不適應，她已經習慣擺架勢，做姿態，小市鎮裡小市民的生活怎麼也無法暢快適意。

最關鍵是得不到杜安的愛，那才是一切問題的根源，讓她心裡空虛、生活失去目標，喪失熱情；她後悔當初孤注一擲的懷孕，也不想將來做個單身母親，更矛盾自己身為人母的角色，身邊二十四小時黏著一個軟趴趴不時啼哭要奶吃的小東西。

她說孩子剛生下來，護士把孩子抱過來放她懷裡，她愣愣的看著孩子皺巴巴的臉，竟然無法開口說：來！媽媽抱抱！媽媽那兩個字好陌生、好尷尬；怎麼就成了一個會哭會餓的小生命的母親？

香弟聽了明月的牢騷，不免替母子的未來憂心忡忡。明月換個口氣安慰她：「放心，我也不是這麼容易就被生活打垮的！」孩子笑的時候，偶爾也會有一絲幸福感，到底，那是來自她生命的親生骨肉。

明月打算請個像阿碧那樣的女孩當保母，幫忙家務和照顧孩子，她不知道在美國請保母的困難，昂貴是一件事，能不能信賴是更關鍵的事，會不會說標準的英語又是另一件事，還有保母心不在焉，用妳家電話煲長途電話粥，把男朋友帶到家裡，餵孩子安眠藥等等等等問題一大堆，不時也有虐待和疏職的狀況。

總之，明月堅決要在紐約找房子，請香弟讓她和孩子暫住，找好房子就會搬家。明月打算在紐約上城開一家美甲沙龍，專門替人修指甲、彩繪指甲；她會先到一家店裡找個工作，一邊學習，一邊籌劃，她相信紐約這樣時髦的城市，有錢有閒的資產階級一定會喜歡這類富東方情調的貼身服務。

開店需要很大的資本，紐約租金貴得嚇人，明月打算用喬董給她來美國學習的錢支付開店的費用。明月還是明月，總是知道自己要什麼，也總能得到她想得到的，除了愛情。

肖婆

早春的寒意裡，郵差送來一封航空信，生硬粗陋的筆跡，來自家鄉的地址。香弟一年多沒家裡消息，每月固定一封家書報平安，其實是安撫自己。她知道母親認識的字遠遠不足以表達內心的意思，無法給她回信，香弟也沒寄望收到母親的隻字片語，偶爾打個長途電話回家，聽聽她聲音，簡單說幾句報平安，知道一切如常也就安了心。

信裡的字跡粗獷笨拙，信末署名：田水伯，甘那坎老家的村長。

香弟如晤：

收信平安！有件事考慮很久，還是決定告訴妳，關於令堂……，妳母親的腦子不行了，記不住自己是誰，出了門就回不了家，幾次都被好心的村人帶回來，她也不記得妳在美國，見人就說女兒跟人私奔去了城裡。很不願意讓妳老遠擔心家裡的事，但是，不說心裡也不安；美國台灣路途遙遠，路費昂貴，不敢寄望妳能回來，請自斟酌，妳母親我會盡量就近照顧。妳自己多保重！

田水伯上

讀完信香弟淚流滿面，怪自己自私，從沒關心母親孤寡，還要離家遠走，母親由來認命從不怨天尤人，她逆來順受，將一生的不幸遭遇，怨懟委屈，丈夫失蹤生死不明的折磨，女兒離家一去不回，都用造化一筆勾銷；未料，造化不仁，依舊作弄一個除了信仰之外一無所有的孤苦女人。鴨蛋教相信來生，母親於是寄望於來世的重生，在另一個國度與父親重逢，以為放下眼前現世，就不再有活著的煩惱怨懟；不幸又陷入另一個劫難。

夜裡，時差另一邊的太陽剛升起，香弟迫不及待打長途電話回鄉下老家。里長田水伯在電話裡告訴香弟：事情大約發生在去年中秋，香弟的母親參與的鴨蛋教傳出集體獻身的醜聞，道長借淨靈儀式之名和多位女信徒交媾，事件經報紙揭露，道長被逐出教會，香弟的母親從此關在屋裡避不見人，漸漸的就失了神智……。

田水伯說：失智的母親經常在村裡遊蕩，調皮的孩子們叫她肖婆，她逢人就說：女兒跟照相師傅私奔去了城裡！她一個人經常走到村口的縱貫路，對著來往的車輛引頸企盼；看著看著，經常就忘了回家的路。

香弟在電話裡哽咽著，田水伯幾度停下來不肯多說，香弟一再央求，他才勉為其難，吞吞吐吐，說了又自責不已。

放下電話，香弟泣不成聲，母親的苦就是她的罪，她的痛！她難過背棄孤寡的母親，在她需要的時候遠走他鄉，更難過：母親需要她的時候，她不在身邊。

明月在一旁給香弟遞手巾，讓她哭個痛快，心底卻不自禁滋生一絲邪惡的快意：終於輪到妳了！不相信一個人會幸運一輩子！她一邊安慰香弟：事情總有解決的辦法，一邊卻止不住加油添醋的告訴香弟：全村人其實都知道母親的事，她也是從家人那裡聽來的。

明月說：村裡患哮喘的羅漢腳黑狗仔，經常給香弟的母親飯吃，也常把她帶回鐵皮屋裡。

那個整天咳嗽吐痰，一張豬肝色的臉坑坑疤疤，不時哮喘發作要死要活的黑狗仔，住在村尾一間矮小的鐵皮屋，一輩子沒有過女人，四十多歲的單身男人。香弟很少接近他，因為他身上的菸味和被菸燻黃的指甲。

明月說：田水伯沒說的還多著：有天下雨，黑狗仔看見香弟母親蓬頭垢面，渾身被雨淋得濕答答的，見了黑狗仔就張嘴傻笑；黑狗仔把她帶回家，替她換了衣服，做了飯吃。那之後，香弟的母親就經常出現在黑狗仔的住處。

村人私語：黑狗仔夜裡掰開香弟母親的腿，香弟的母親任人擺布還癡癡傻笑。無知的孩子們經常跟在她後面笑鬧，故意撩她裙子，擋她去路，存心要看瘋婆著急無告的狼狽狀！

明月繼續說：村子外種花生的老榮民，偶爾也給香弟母親花生吃，吃了花生的母親就跟著人家走。事後老榮民還用他的陝北腔高歌信天游：我的好妹妹！我的寶貝心肝，哎哎，風也香，吻也甜！

明月將這些鄉下老家聽來的傳言，一五一十的告訴了香弟，身為子女有必要知道關於自己母親的真相，那是明月所認為的倫理道德。

哭吧！痛快的哭個夠吧！把情緒統統發洩出來，心裡就會好過些！明月一邊輕拍香弟的肩頭安慰著。

遠在地球的另一邊，香弟有分身乏術的無力感：一方面需要工作維持生計，還打算繼續在大學進修，不可能有多餘時間照顧母親；也不可能帶她來美國，紐約這麼複雜的環境，她絕對不能適應，語言不通就像禁錮在城市裡的囚犯，只會被現實折騰吞噬，更何況她隨時需要人照顧，紐約這樣的城市沒有她存活的空間……，她會像街頭的流浪漢一樣流離失所，餐風露宿。

香弟住處附近有說廣東話的老移民夫婦，家裡廁所不通，污水倒溢，一屋子臭氣薰天，兒子媳婦都上班，孫子八歲，等不及他放學回來，好去超市買通廁劑。幸好只是廁所不通，萬一遇到火警、意外、或心臟病發作，需要打緊急求救電話該怎麼辦？兩個不會說半句英語的老人家該怎麼求救？

母親在鄉下，起碼是她生活一輩子的地方，隨處可以自由走動，餓了總有人給她食物，病了左右鄰居會來照應，寒流來了，有人會給她毯子……，她基本上是安全的；紐約這樣的城市，根本沒有她的容身地，香弟心裡明白，紐約街頭那些以撿拾垃圾維生的無家可歸者，冬天用硬紙板、報紙覆蓋著身體睡在牆角屋簷，病了沒人理，死了沒人知……。她絕對不能讓母親淪落到那種境地！

明月說：「回去也幫不了忙，不管妳人在哪裡都需要工作、生活，沒法整天看顧一個失智的老人家！說得坦白：失智的人自己並不知道苦，換個角度當作是放浪形骸的行者，以蒼天為衣，以大地為床，其實是蠻逍遙的，比起那些工作不如意，感情不順遂、失意不得志，失眠、憂鬱、焦慮、高壓生活下的都市人，她起碼是不懂得煩惱的……。」

逍遙？明月的話聽起來非常刺耳也令人震驚；香弟無法忍受母親受盡屈辱而無知無感；她想母親最好能住到養老院或精神療養院，但那肯定需要一筆固定的費用，而且也不確定是否可行？院裡行動作息都受限制，母親習慣了鄉下隨性散漫的日子，很難受約束管制，也一定不會開心；在鄉下左鄰右舍都是認識的村人，即使遭人唾棄、不齒、甚至無知孩童的嘲笑取鬧，起碼是她習慣的環境，整個村子就如她遊走的天然庇護所。她有最起碼的安全和自由。

香弟認為：無論如何需要回家一趟，即使只是看看讓自己安心也好。明月提醒她：長遠說無助於問題的解決，她叫香弟多考慮現實，慢慢再做決定，不要輕易放棄目前的工作和學業！外地人在紐約生存並不容易。

「母親只有一個，工作可以再找，生活也可以重來，我一個人沒有什麼負擔牽累，回去一樣可以找工作。」香弟情緒激動。

明月說：即使回去，也未必就能習慣鄉下生活，年輕人進了城裡謀生有去無回，全村只剩老弱婦孺和貓狗雞鴨……。妳要考慮自己的將來……。

香弟試圖安慰自己：失智的母親也許不再煩惱，不需夜夢驚魂，擔心失蹤父親的魂魄飄蕩在陌生海域變成孤魂野鬼，不需記掛一出走就像斷線風箏的女兒……。

老天爺莫非是為了解放她的愁苦而讓她失智？一個失智的靈魂也許不再受苦；然而，失了神智的人同時也失去對生活的好奇，不再有期待的驚喜，剩下的也許只有肉體原始本能的簡單欲望，再不知存活的意義。

生活到了一個十字路口，沒有一個簡單便利的答案，是否該放棄紐約的生活工作，回鄉下找個糊口的工作，照顧母親養活自己，在鄉下隨著日出日落簡單樸素終老一生？

那會是她要的生活？如果從來沒有離開甘那坎，如果不曾見過北極星空，不曾經歷過五光十色的城市生活，如果不是青春昂揚的二十年歲；也許，香弟會願意回到最初的來路？

如今悟到：生活並非一個人的事，還有一個需要照顧的母親，那是香弟從未意識到的責任，她是甘那坎「肖婆」的女兒！

如果目睹神智不清衣衫不整的母親四處遊蕩，任由無知的孩子掀她的衣裙，隨便被人帶回去消遣洩欲卻還滿面歡喜，食嗟來之食還癡癡傻笑；那是怎樣的人生？

母親的境遇，母親所受的屈辱、嘲弄如藤條日夜鞭笞著香弟的心，夜夢裡醒來，滿臉是淚，痛苦幾乎讓她窒息將她淹沒，而她卻坐困愁城，不知如何解救母親，巨大的悲傷、苦楚與自責，讓香弟瀕臨瘋狂邊緣，混亂的情緒如漩渦亂流，一不小心就要墜落滅頂。

這樣一個女子

五月裡如常的一天，地鐵載著下班的人潮在地底穿梭，方格子的建築物窗口亮起一盞一盞的燈，CBS晚間新聞出現一則香豔刺激的小片斷，一個赤身裸體的年輕女人在下班的尖峰時刻，以女神降臨的凜然姿態，行走漫步於布魯克林橋上，引起路人譁然與騷動，來往車輛紛紛減速慢行，觀看此活色生香的裸體景觀，交通一時為之阻塞，橋上秩序一片混亂。

橋上迎風屹立的香弟，表情肅穆，無視路人的叫囂喧鬧，以頂天立地之姿，朝著眾人好奇驚異的眼光大膽邁步前行。

天大、地大、我亦大，她心裡有一個聲音告訴她：這是為母親也是為自己所必須做的一件事，她必得親身體驗母親所經歷的屈辱，親自感受遭人唾棄、鄙視、剝削、憐憫的滋味，才能化解扛在身上的罪和痛。

她想像著母親在鄉下遭胡鬧的孩童撩起裙子，暴露著沒有遮掩的私處，她伸手解開身上的衣釦，一件一件退下身上的衣褲，如母親之裸露在嘲弄她的人前，她想像著自己就是沒有羞恥的母親，像塵土一樣不知傷痛的母親……。

橋下河水粼粼，橋上來往的車輛行人起了陣陣騷動，有人朝著香弟興奮的尖叫、猛吹口哨鼓譟；香弟赤裸裸迎面走向路人充滿偏見的各色眼光中，她渴望人們以貪婪、淫邪、污穢、同情、憐憫、猥褻的眼光注視她的胸乳、她的私處，她身上每一吋無辜的、脆弱的，欲望的、也被欲望的肉身；歡喜著也痛苦著、絕望著也渴望著的肉身……，她要承受母親所經歷過的一切屈辱、謾罵、傷害來贖自己的愧疚，緩解內心的傷痛……，才能安慰自己的自私和罪過。否則，那些羞辱將會在她體內發炎潰爛溢出惡臭，她必須將自己的靈肉袒露在世人面前曝曬消毒，才能療傷止痛。

橋面上的車輛已經塞得寸步難移，四周聚集的人群黑壓壓一片，此起彼落的叫囂喧鬧亂成一團，有人猛吹口哨、有人頻送飛吻、有人大罵不要臉……，也有人勸她趕快穿上衣服免得著涼……。

此起彼落的叫鬧從四面八方灌進香弟耳膜，讓她清楚感到自身存在世界上的孤單，知道生活就是一個人了，面對這全然的孤獨，她終於意識到真正的成長。

生活再沒有令她害怕的事！

她邁步前行，以一個全無遮攔的女性身軀，對抗整個城市的嘲笑、謾罵、偏見、猥褻與侮辱；她沒有畏縮，並渴望有人朝她吐口水、朝她扔石頭、蹂躪她的肉身、詆毀她的人格，讓她經歷母親所經歷過的一切醜陋和難堪，必須如此才能將傷害苦痛化為生存的力量。

來吧！她越走越放心，越放心越自由，內心有一股向世界吶喊的衝動：看啊！我就只是這樣一個女人！

橋頭橋尾已經塞得水泄不通，有刺耳的警車鳴笛緊迫逼近，喇叭聲四處亂鳴，兩名女警員趕到現場，下了車立刻就用毛毯裹住香弟，她安靜從容的跟隨她們上警車離開現場，感覺渾身閃閃發光，如浴火鳳凰。

自己的主人

根據警方資料：名叫香弟的二十歲女子是來自亞洲的一名兼職進修學生，沒有任何犯罪前科或違規記錄，沒喝醉酒也沒吸食毒品，沒暴露狂，也不是企圖自殺，事發當時神智清醒，說話清晰，邏輯分明，態度冷靜。

她告訴警方：裸行之舉是深思熟慮之後的決定，嚴肅而真誠的自我救贖行動。她必須如此做，才能消滅內心的愧疚和自責。

「我完全清楚自己在做什麼！」香弟堅定的說。然後，又補充了一句：「進一步說，這也是藝術最原始赤裸的實踐。」

做筆錄的警員一邊聽，一邊點頭，一邊納悶，最後和氣的說：「我很同情妳！無論如何，公眾裸體是違反社會秩序的行為，在橋上這麼做還有安全顧慮，不小心就會導離駕駛的注意力，如果因此而釀成交通事故，引起意外傷亡，妳就會吃上官司。當然，這是最壞的假設，如果沒有死人，也還是可能被控上妨礙公共交通秩序或騷擾社會安寧；很幸運，這回沒有發生意外，但我還是要給妳一張罰單，罰妳違反交通規則，我想，妳會同意這是公平的，而且，妳必須明白：我每天最少都必須開出十五張以上的罰單，那是我們每天最起碼的基本業績……！我也有工作壓力，希望妳理解！」警員說得很職業化又不失人性。香弟毫無怨言。

「四十天內要去繳清罰款，如果不服，可以在一個月期限內提出上訴。」警員問了香弟地址、姓名，開出了罰單。

離開時，警察跟香弟揮手再見，「Good luck，如果再見到妳，一定要請妳喝咖啡，但身上必須穿好衣服。」

離開警所，香弟看了罰單，二十五美元，她突然覺得肚餓，加快腳步朝中國城的方向走去，珠江百貨對面有家廣東麵館，她需要一碗熱騰騰的鮮蝦雲吞。

當期的紐約藝文週報《村聲》，刊了香弟在布魯克林大橋上的黑白裸照，她長髮飛揚迎風睥睨，清淨無邪的身體莊嚴俊麗，如希臘神話裡的女神，讓人不敢輕易褻瀆冒犯。

圖片下的說明文字：「她的裸體表達了任何藝術形式所無法替代的悲劇感情。」

明月狠狠的罵了香弟：「妳瘋了！為什麼要這樣糟蹋自己？妳知不知道自己在做什麼？從小就看妳好高騖遠，不切實際，現在到了紐約，果真是譁眾取寵、沽名釣譽，妳到底圖的是什麼？有必要這樣犧牲色相嗎？而且，居然事先還不告訴我！也幸好，妳那可憐的失智母親不會知道女兒如何在世人面前自取其辱！」

明月以為身體是自己的，性是私密的，只要關起門來做什麼、怎麼做都不礙人家什麼！但是公開展示身體就是不知羞恥的敗德行徑。

「所以，妳可以秘密賣身，關著門做齷齪事，以為神不知鬼不覺就當是清白高尚？妳這是虛偽、自欺！」香弟不後悔自己所做的事！每個人用自己的方式探尋生存的意義，沒有人可以告訴妳：什麼是真理對錯！她只是不想在內心深處有一塊見不得人的陰暗角落。她不喜歡隱私和秘密！

「妳的天真只會讓妳自己受到傷害，社會遠比妳想像的複雜、險惡，妳一向幸運，總有一天會明白我說的話，希望到時不會太晚！」明月警告香弟。

費洛斯激賞香弟的膽識，他完全沒料到一個會為安全套惱怒喪氣的女子，能有如此壯烈的行徑，他看到香弟內心的狂野和激情，他向來喜歡刺激和挑戰，平凡的事物讓他很快就厭倦和疲累。

香弟終於明白為什麼自己的內心總是那麼虛空，總是不斷的在尋找，無所依歸，因為沒有自己。生活並不需要英雄！生活需要自己做自己一生的主人！

一方淨土

八月底，費洛斯將去雅典美術館開展覽，邀香弟同行，費洛斯曾經提及：希臘北部西薩隆尼卡有個遠離塵囂的修道院，在深山峽谷裡立於懸崖上，沒有道路可以通達，生活日用需仰賴船隻運到修道院崖下，再用繩索拉上來，一個遺世獨立的修行場所，他年輕時曾在那裡待過一段時日，那一次的經歷在他心裡留下一方永恆淨土；日後，生活裡無論如何紛亂失序煩惱困頓，只要閉上眼睛，就能回到那方淨土而獲得平靜與安寧。

香弟滿懷憧憬，她從小就夢想去到無人之境，遠離塵囂的世界邊緣；即使長大了明白現實，心裡依舊沒有放棄尋找一塊人間淨土，潛意識裡從未消失的逃離意念，永遠將心思寄望在遠處他方。

畫廊正巧來了一個烏克蘭女子阿麗娜（Alina），藝術系學生，計劃打工換宿一個暑假；阿麗娜高䠷白皙，一雙貓眼詭魅神秘；葉戈爾一邊說著話，一邊把手搭貼在阿麗娜臀腰間；阿麗娜挺腰翹臀，葉戈爾的手掌上下摩挲，細長的身軀迎合手掌的韻律，烏黑的馬尾左搖右晃如打拍子。

葉戈爾說：暑假阿麗娜要在畫廊當香弟助理。香弟一聽就明白所謂助理的真正意思；心想：來了阿麗娜正好可以趁機和費洛斯去雅典度假；紐約住處暫由明月託管，她一直沒有脫離產後憂鬱，也不肯吃藥，因為不承認自己有病。對她而言情緒低落並不是病，她對那些動不動就去看心理醫生的人感到不可理解，認為都是小題大作。

費洛斯提前去了雅典，為了布置展覽場地安排畫作等等事宜，行前給了雅典旅館地址電話，要香弟下了飛機搭計程車直接去旅館。費洛斯從不接送人也不被人接送，他習慣獨來獨往，理所當然認為香弟沒有理由不能一個人搭飛機出遠門。

臨行，良飛特地開車從波士頓來送香弟去機場，他對她有份天命式的責任感，彷彿她的歡喜憂愁悲傷快樂都和他的生命有份牽連，不管她在哪裡？跟誰一起，做什麼事，良飛始終以自己的方式關心她，她永遠是他生命中可遇不可求的曇花，他珍惜她在他生命中的緣。

往甘迺迪機場一路上良飛囑咐香弟在外面要小心，不要喝來路不明的飲料，不要替陌生人帶東西，不要晚歸，他事先已經替她閱讀了些旅行希臘相關的資訊，替她換好旅行支票，還有五百美元現金作為緊急備用。

「有事，隨時給我打電話！promise？」良飛給她一個信封，裡面有他工作室和家裡電話、地址，雅典美國領事館電話、緊急醫療救助電話。

香弟沒告訴良飛關於費洛斯和自己的關係，也沒提費洛斯在雅典等她的事，良飛也沒問香弟為什麼去希臘？表面上都是彼此尊重的隱私，真正的原因是彼此的敏感和忌諱，自從 Julia 出現之後，兩人之間的距離自然而然就發生了；那種表面上是禮貌客氣為對方設想的細心周到，實際上是一種令人惆悵又無奈的疏離；他不再是她最親最愛的人了！

過海關之前，良飛在機場商店買了本時尚雜誌、一盒巧克力，讓香弟帶上飛機打發時間。香弟嫌銅版彩色印刷的雜誌太重，巧克力吃了會口渴，都不是她在旅途中想要的額外負擔……。牢騷才發完心裡就懊悔萬分：怪自己自私，一向就為自己著想，辜負良飛的善心美意。

「沒關係！雜誌翻翻就可以扔了！巧克力不重，帶在身邊慢慢吃。」良飛體諒的說。

「小心壞人！小心照顧自己！有事隨時打 collect call（指名收話人付費的電話）promise！回來就給我電話！」良飛一再叮嚀，香弟已經過了海關還見他頻頻揮手，直到一抹藍色的影子消失在人群中。

銷魂

飛機在雅典降落，迎接香弟的是傾盆大雨，天色晦暗烏雲密布，下班時刻，馬路積水又塞車，等了好久才搭上計程車，滂沱大雨中一路濕答答來到市中心的旅館。一棟典雅華麗的舊建築，經典的黑白格子地磚，高挑的屋頂和銅綠的吊燈，歲月在此悠然流逝的古老痕跡。

費洛斯從美術館回來接香弟去餐廳吃飯，白襯衣低低的露出胸膛，見了面就歡喜的抱住香弟熱烈的親吻，開心得像孩子；那是香弟最喜歡的費洛斯，他快樂的時候充滿感染力，眼眸湛藍如海，閃爍著愛的光芒。

雨終於停了，搭車去衛城巴特農神殿山腳下的餐廳晚餐，在花園裡的露天座位，眺望山頭的神殿，在燈火的照射下，神秘、悠遠、滄桑又壯麗，一座遠古的文明廢墟，讓時空顯得深邃而遙遠；在神話的國度裡，即使尋常的夜晚，也充滿無盡的遐思。

費洛斯費心為香弟點了好些經典的希臘菜：慕薩卡、菠菜燉飯，烤肉串，開胃小菜，配著八角味的烏佐酒（ouzo），最後還吃了甜點米布丁。看著香弟饑腸咕嚕，每一樣菜都吃得津津有味，費洛斯握著香弟的手輕輕的搓揉著，那是他歡喜的關愛方式，眼眸散發著溫柔的光澤。

晚餐一直吃到夜裡十二點，還有人繼續吃著喝著，鄰桌有老人家圍坐即興彈奏傳統樂器，高亢激昂淋漓歡暢。費洛斯說：這就是希臘人的生活方式，希臘人是快樂又有智慧的民族！說的時候，臉上露出自得的笑容；和紐約城裡那個陰晴不定莫測高深的費洛斯判若兩人！

餐後搭車回旅館，香弟累得把頭倚在費洛斯肩上，過量的烏佐酒讓她昏昏欲睡。恍惚中，聽見費洛斯跟司機交談，她所不懂的希臘語。

之後，計程車行經夜晚的火車站，停靠在站前右邊的柱子，半夜凌晨站前來去還有一些晃蕩的遊人，眼前閃出一個瘦黑的人影，帽簷壓得低低的遮去半張臉，朝著計程車走來；費洛斯按下車窗，夜色裡兩人伸手交換東西，動作熟練默契十足，毫無一點耽擱或誤差；然後，計程車踩動油門繼續前行一路平安無事回到旅館。

長途飛行加上時差，香弟有點體力不濟，在旅館房間裡累倒床上，費洛斯躲在她的臂彎下，嗅聞她身體隱秘的幽香，一邊撩撥她的衣服，把臉埋進她的胸窩裡小口小口啜著她的乳房，香弟在醺醺然迷醉下，不知不覺睡了過去。

費洛斯了無睡意，渾身每個細胞都饑渴著海洛因，毒癮開始如千萬隻螞蟻集體噬咬全身密布的神經，他等不及香弟睡去，掏出口袋裡的大麻精，掰一小塊塞進骨製小菸斗裡，痛痛快快吸上兩口，渾身的壓力緊張才慢慢鬆懈下來，腦子輕飄飄，身體軟綿綿的舒暢爽快。

香弟夜半裡醒來，聞到空氣中瀰漫著一股薰香味，黑暗中有個懶散的身軀仰臥在沙發上，立刻知覺：那個神秘難解隱私重重的費洛斯又現身了，忍不住開燈下床弄個究竟。

費洛斯顯然正神遊太虛幻境，神情恍惚、眼神渙散，小茶几上橫擺著一根小菸斗，上頭還有殘餘的灰燼，打火機就在菸斗旁。香弟看在眼裡，不用問也知道費洛斯做了什麼，忍不住質問費洛斯：車站那男人是誰？給了你什麼？

「沒什麼！」費洛斯有氣沒力的答。

「是不是毒品？」香弟單刀直入。

「一小丁點大麻精而已，滿街都是到處都有，沒什麼大不了！」

一聽是大麻精，即使不是嚴重的毒品，香弟還是惱怒不已，她不喜歡毒品，更不願意跟一個不吸毒就無法正常過日子的人在一起，何況費洛斯當著她的面表白過：自己沒有毒癮，只是偶爾用來解壓，完全在自己的掌控之內。在她的想法裡：一個真正有志氣、有才情的人，不需要依賴毒品才能創作或是消愁減壓；吸毒是逃避現實、放縱、墮落、自毀的懦弱行為；而最讓香弟惱怒的是：她遠道而來，此時此刻就在他身邊，他所渴念的竟是那個可惡的毒品，讓她深深受到傷害和羞辱，忍不住當面命令費洛斯：「把那個東西給我！」她從來沒用過這種口氣跟任何人這樣說話。

「不關妳事！」費洛斯態度怠慢冷絕，根本不當回事，那是香弟最不喜歡的費洛斯，不高興他不認錯的高姿態，不喜歡他做如此愚蠢的事還理直氣壯。香弟也不服輸，找到他外衣口袋逕自搜索，一點也不怕冒犯他的隱私，而且認為打擊吸毒消滅毒品是正當而且必要的行為。

到了這個地步，費洛斯索性當著香弟的面，拿出一小團褐黑色像貓糞的東西，用手指掰了一小塊，塞進茶几上的小菸斗裡，從容點火，大力吸兩口之後給香弟：試試吧！妳會喜歡的；何況，這也不是真正的毒品。費洛斯一副飄飄欲仙的陶醉狀，完全無視香弟在一旁怒目瞠視；那種固執、蠻橫、傲慢、自大的態度惹惱了香弟，一個箭步上前，想拿他手上的菸斗，沒料到費洛斯猛然揮掃胳膊阻攔；壯碩有力的胳膊掃過香弟的下巴和鼻樑，她幾乎不敢相信：眼前的男人竟然為了那一點點可憎可恨的大麻精與她對峙，震驚和憤怒讓她像被激怒的動物，不顧一切衝上前去奪走他手上的那根菸斗，打開房間窗戶，不管三七二十一就狠狠朝外扔去。

費洛斯先是一愣，繼而看了窗口一眼，然後轉向香弟惡狠狠的瞪著她，齒縫併出一個：操！眼裡幾乎要冒出火來；香弟從沒看過他生這麼大的氣，感覺費洛斯會像地雷那樣突然因誤觸而爆炸傷人。

他已經忍了幾天沒碰毒品，好不容易得到一點大麻精解癮，卻遭香弟無理破壞，一股悶氣如高壓電鍋，隨時會爆裂噴發。

「妳會自食其果！」費洛斯咬牙切齒迸出那句話。

「我是在幫助你！因為我在乎！」香弟理直氣壯的說著：「你真糊塗也真可惡，居然赤裸裸的在公共場所買毒品，當著我面吸毒，你怎麼可能做這種愚蠢自私的事？有沒有想到我們在一起，我是外地人？被抓到怎麼辦？我如果回不去紐約你能負責？」香弟越說越激動聲音越大聲。

費洛斯命令她閉嘴，大嚷大叫隔壁房間的人會聽到。

「聽到最好，我還要打電話叫警察！」香弟拔高聲調。

「妳聽我說，三更半夜，妳不要嚷嚷叫叫！」費洛斯的臉抽搐著，聲音顫抖著，極力在控制自己的情緒，他承認在公共場所買大麻精不是很明智的事；但是，他堅持大麻精不算毒品，是一種根本不會上癮的菸草；本來事情不該如此發生，他原有個安全的私人貨源，但臨時缺貨，他只是順路買點解饞，犯不著大聲嚷嚷。

安全的私人貨源？香弟的耳朵被那幾個字震了一下。這麼說果真是長期吸食的毒蟲，否則何來私人貨源？

費洛斯沒隱瞞，那個藥頭就在他們所住的旅館，酒吧櫃檯穿黑皮褲的高個子就是。費洛斯說：高個子剛從加州回來，在海關被緝毒狗聞出身上異味，被攔下搜身，他聲稱是皮褲發出的怪味吸引了緝毒狗；海關最後沒查到什麼東西，但也信不過他，硬是在電腦檔案裡做了備註；自此，他出入海關一定會受檢查。

高個子自知事出有因，回雅典之後一時不敢輕舉妄動，是以這回沒貨給費洛斯，費洛斯才臨時去火車站買大麻精，費洛斯說那裡是公開的販毒場所，當地人都知道，沒什麼大不了。

「如果妳信任我，就相信我說的話。如果妳關心我，理解我，就不要和我作對！」

香弟不明白費洛斯是要她相信吸點大麻精不犯法？公開買大麻精不是問題？還是要相信他做的不是冒險又愚蠢的行為，或者，要她同情毒癮的艱苦難熬，要她的理解、同情、支持和安慰？香弟認為費洛斯強詞奪理、自欺欺人卻還要自圓其說，簡直混帳無賴！

「我不需要向妳證明什麼，這是我的私事！我也不會再告訴妳什麼，妳曾經背叛我對妳的信任，用自私和偏見回報我的坦誠，即使到現在，妳還是冥頑不靈，我當然沒寄望妳的理解同情，但妳這麼偏執、狹隘、自恃，我們恐怕永遠沒法真正的溝通！」

「你以為我愛管閒事？」香弟滿腹委屈和憤怒，覺得自己的愛心同樣被曲解。

「妳以為我還能相信妳？」

「我也不相信你！」香弟從來就懷疑，一個有這麼多隱私的人，經常還會神隱不接電話，不見人，難道不可疑？

「那我們還有什麼可談？」

兩人都憤怒、沮喪，香弟更是傷心欲絕，飛了這麼遠的路，期待一個美好的假期，一見面就發生這樣的齟齬。整個夜晚，她陷入該不該接受費洛斯吸毒這件事的苦惱中？他是否有難言之隱？初始，她以為如費洛斯所言：他知道自己在做什麼，完全沒有讓毒品影響自己的理智和生活，他只是偶爾需要一點點腦力的刺激，壓力大的時候需要一點紓解，既不會上癮也不是一個濫用毒品的人。如今看來那並非實情，她已經看到一個沒有毒品就失魂落魄焦躁不安的費洛斯。

曾經，她以為他如饑似渴的求愛是熱烈的激情；如今明白了，那不過是毒品一時在身體起的作用而已，那是恍惚飄渺的化學之愛；一個不存在的虛幻世界，一旦清醒過來一切便恢復原狀；那個孤僻、自閉、誰都不信任、誰也不愛的孤單寂寞的費洛斯。

她知道，隔日的他會沉著一張臉，焦慮、煩躁，頹喪，渾身上下都不爽。即使如此，他還是讓自己一次又一次遁入毒品短暫的銷魂裡，生活裡有什麼無法承受的壓力痛苦，讓一個像費洛斯那樣的人甘心吸毒？

顯然，香弟沒有能力拉住他不往下沉淪墮落，她也不想介入一個吸毒者的生活，不想有一個與毒品沾染的假期，她不需要去碰觸一個自己毫無把握的人生課題，沒必要冒這種險，那跟裸體在布魯克林大橋上行走是完全不一樣的兩回事，一個是她完全可以掌握的自己，一個是盲目失控的冒險行徑，生活已有夠多的問題，最不想操心的就是自找的麻煩；費洛斯得對自己的行為負責。

徹夜，香弟一個人躺沙發，腦子裡亂紛紛糾結著重重心事：費洛斯的毒癮、鄉下失智的母親、良飛和他愛打棒球的新女友，自己的工作和未來，生活到底會往哪裡去？

她再一次渴望逃離；然而，離家已經很遠，很遠；她身心疲累，感覺稍稍一闔眼就會在生活裡迷失！

天色將明，費洛斯還睡著，張著嘴像魚一樣呼吸，一副世界發生什麼都無所謂的混沌與麻木。

香弟決定徹底離開費洛斯。

背棄與逃離

旅館酒吧那個穿皮褲的高個子，消瘦的臉頰，灰黯的眼窩，一看就是那種經年被某種隱疾蠶食的病態體質，一早就在大廳翹腳抽菸，一副百無聊賴的頹廢喪志，吸毒的人難道都是這副德性？

「一個人？」他看見香弟便問，一條裹緊的皮褲無法不讓人注意。「來根菸？」他慣性的掏菸點火。

香弟本來不抽菸，也不喜歡菸味，此時卻強烈需要一點刺激或安慰，心裡有種沒來由的躁動需要什麼去平息或填補。

高個子遞上菸，點了火，香弟吸一口就嗆個七葷八素，眼淚直流，但她硬撐著繼續抽下去，淚眼模糊的吸著、吐著、嗆著。高個子看她狼狽的模樣，伸手搭著她的肩問：怎麼了？妳沒事吧？

香弟咳了一陣，終於鎮伏了那根嗆辣的菸，心裡想問高個子關於費洛斯和毒品的事，又擔心話題敏感，跟對方也不熟，不敢貿然出口，再說他們是一丘之貉，不可能問出什麼名堂，說不定還招人嫌厭，何況，即使知道真相也於事無補。

高個子瞄了香弟隨身的行李，問她上哪兒？香弟猛的覺醒：這是雅典，不是紐約，她壓根兒沒想清楚：出了旅館大門該往何處走？

高個子給了她一張希臘旅遊地圖，在愛琴海上圈下幾個小島，告訴她搭船去離島很方便，島上景色也宜人，還有美麗的沙灘。

香弟看過一些關於希臘小島的照片，藍天大海，山崖上的小屋，白色的尖頂教堂、階梯上慵懶的貓、海灘上俊俏的男女，一副人間天堂的歡樂景象。然而，此時最怕見到的是其他人的歡聲笑語，怕見人家成雙成對卿卿我我，彰顯了自己的形單影隻。

她想逃到一個沒有人的所在，躲到天涯海角，思考生活以及未來的道路，要過怎樣的一生？

高個子建議她從雅典派瑞斯港搭船去聖托里尼小島，那裡有火山造成的斷崖，斷崖下有神奇的紅沙灘，往山裡走還有古老的修道院。不過，高個子說船班通常早上七八點啟航，需要起得早些。如果搭下午出發的船，到達目的地已經是三更半夜，沒有預先安排旅館可能有點不便。

高個子在地圖上做記號一邊解說，告訴香弟搭一號綠色地鐵去到終點站派瑞斯港，再換港口巴士去碼頭搭船往聖托里尼島。對香弟來說，那可能是最容易出發前往的一條路線，到了小島再慢慢計劃下一步路；總之，走一步看一步。

旅館到地鐵幾個街口距離。香弟夜裡沒睡好，腦袋有些遲鈍，加上旅途勞累，買票搭車去一個簡單的目的地，竟讓她沒來由的緊張慌亂，擔心買錯票、搭錯車、去錯地方、終至找不到回家的路，像夢境裡一再發生的事：趕不上飛機、錯過了班次、丟失了行李，忘了要帶的證件，受困在陌生的城市，流浪在無名的街道，惶惶然尋不著可以解困的人，直到驚恐慌亂中嚇醒自己。

不知道是上錯了車或者錯過了站，港口碼頭一直沒有出現，地鐵一站一站停了又開，都是她無法辨認的站名，希臘字母看起來都像站立的黑螞蟻，一直到終點站，香弟才發現是雅典火車站。

應該是要搭地鐵的，為什麼上了火車？她一點也不知道在哪個關節出了什麼差錯？一個人又累又懊惱，早餐沒吃，餓得發昏，陳舊簡陋的火車站，周圍沒什麼好看的景色或像樣的店家，想找家咖啡店或餐館，走來走去，只看到路邊一家小館子，幾個老人家正喝著熱騰騰的菜湯，稀爛的黃葉子看起來像久煮的菠菜。

她需要一杯提神的咖啡，還需要理清自己的腦袋，認清自己的方位和去路，此時的香弟困惑迷茫六神無主，火車站人來人往，一張張臉孔逐漸模糊變化成了詭異莫測的抽象圖形；她忽然希望良飛會突然出現在眼前，像過去那樣需要的時候就有他在，她抬頭望向人群深處，都是老人、婦人、還有斷腿的人、被大人牽著手的孩子，一個個疲憊的身影。

沒有良飛的影子。她一個人在火車站大廳徘徊了一會，一個動聽的音節：西—薩—隆—尼—卡，突然在遠方向她伸手召喚：來吧！來吧！我一直都在這兒等著妳！

香弟不記得其他任何希臘的地名，除了雅典和之前去過的巴特農神殿，中學讀過的希臘神話裡，好多都是記不住的又長又怪的翻譯名字；但是，西薩隆尼卡只聽費洛斯提起過一次，卻牢牢記住，就像記憶裡早已貯存的古老地名。她抬頭看火車班次，看板上就有一班經西薩隆尼卡開往土耳其的火車，讓她一時相信：那是命中註定要去的地方，打從開始莫名其妙搭錯車、一直到偶然發現西薩隆尼卡，似乎都是老天爺在暗中指引。

邊境小站

從雅典出發往伊斯坦堡的列車，東行經愛琴海北面的希臘，一路北上經偏遠的山區，沿途人煙稀落，除了希臘土耳其兩地往來的當地乘客，一般旅人鮮少經由此路進入伊斯坦堡；兩個國家打過仗，瓜分了塞浦路斯島，彼此敵對，火車一天一班從希臘過去，隔天從土耳其回來，有時沒理由停開，雙方誰都不負責任。

車輪在軌道滾動的隆隆聲響，沉重、規律、貼著地底和心跳的安穩節奏。走了一天，進入山區已入夜，早過了晚餐時間，沒有餐車，沒有吃食，香弟身邊一瓶礦泉水不知何時不翼而飛；她口渴，饑腸轆轆伴隨著虛脫感席捲而來；那感覺很熟悉，小時大夥兒在曬穀場玩騎馬打仗，殺過來殺過去，她在一旁投入的觀戰，眼前倏忽一陣金星亂閃，身體軟飄飄癱倒在地，臉色泛白四肢顫抖……，就像中邪似的。

黑尼馬克總是最先發現她的異狀，立刻休戰下馬，趴在香弟身邊推著她大叫：香弟！醒醒！香弟！接著狂奔去呼叫香弟母親。

聞訊趕至的母親抱起軟趴趴的香弟在懷裡，緊急塞一塊黑糖進她嘴裡，灌一口水，糖水甜滋滋順著喉嚨流進食道，就如電視卡通大力水手吃了神奇菠菜，香弟整個人頓時回過神來，不一會功夫就睜著斗大的眼睛，搖搖晃晃站了起來，重新活回了世界。

裝死要糖吃，小時候同伴們笑她，都不知道她潛在的腦神經障礙兼有先天的低血糖；反正每一次昏過去一小會兒，吃口糖就又沒事般的醒轉過來，大家都已司空見慣，當是她慣用的伎倆，沒人真在意，只有黑尼馬克每次都膽戰心驚，就怕香弟倒下去再也起不來！

他沒由來的害怕看到叫不醒的香弟，總覺得生死就像遊戲中畫下的界限，不小心踩過界就變成地獄那邊的鬼。他最擔心香弟回不來他所在的世界，他無法忍受沒有香弟的世界！天生下他好像就是為了守護一個叫香弟的女子！

有件事發生在剛上小學那年夏天，香弟一個人沿著浣衣溪往邦埤的方向走，竹林過後有個獨木橋，橋下的水清澈見底，水面泛著天光樹影，香弟忽然看見一條金魚，圓滾滾的肚子是透明的，裡面居然是一幢閃閃發光的黃金屋，輝煌晶耀有如天上人間。

香弟大驚，飛奔回家告訴村裡的孩子們，要大家一起去見證那一幢透明魚肚裡的黃金屋，孩子們興沖沖跟著香弟來到金魚出現的獨木橋下，溪水裡除了碎石與落葉，什麼也沒有。

又是騙人的把戲，放羊的孩子！同伴們唾棄著離去，丟下香弟一個人在那裡百思不得其解，明明就是一條肚子有黃金屋的金魚，到哪裡去了？小水池就這麼一點範圍，之前分明看得清清楚楚，怎麼就不見了？

孩子們不相信她說的話，但，她怎能不相信自己的眼睛？

那年紀不明白的事很多，金魚或許真的曾經出現過，也可能躲起來藏在什麼地方，沒看見並不一定就是不存在；當時委屈萬分，百口莫辯。回家告訴母親發生的事。母親說：小孩子想像力豐富，胡思亂想，不叫說謊！

上了學之後，學校的老師告訴她：那是妄想症，妄想的世界是虛幻不存在的！

香弟滿肚子不平，後來番薯被偷也怪在她頭上，為了無辜背負的惡名，香弟故意去偷了一回，不偷就這麼被冤枉了，不如真偷，她以為這樣就可以把正義要回來，給自己找回公道，不知道世界不是依照她的想法運作的。

黑尼馬克說：香弟是帶著前世記憶投胎到人世的。那是他很少說的話裡，香弟聽了就不曾忘記的一句話。

火車抵達希臘土耳其邊界的 Pithion 車站，已是黃昏時刻，一個山林中杳無人煙的偏僻小站，車裡慘淡的熒光燈，照著旅人疲憊的倦容。全車旅客必須帶著行李下車查驗護照證件，交付四十五元美金現鈔，買簽證郵票過關。

有個女子在關口，說不出自己的名字也不知道自己的國籍？要去什麼地方？海關人員問了幾次，她勉強說出：電話！電話！她要打 collect call！緊急迫切的好像只要打通電話，一切問題就會迎刃而解。

打給誰？打去哪裡？有號碼嗎？海關用英語問。海關給她紙和筆，讓她寫下人名、電話號碼、通話城市，她似乎沒明白過來，繼續重複著：collect call、collect call。

女子眼神呆滯，反應遲鈍，一問三不知；身上也沒旅行證件、沒車票，沒行李，有如憑空降臨到地球的境外客。

長長的隊伍全是等著要過關的旅客，火車只停留十五分鐘，海關不得不將女子帶往站邊的辦公室，裡邊的駐站警察給她水喝，讓她坐下，女子要香菸，手指顫抖著抽菸，慌張的吸兩口就捻熄，馬上又開口要菸，吸兩口，捻熄，再要。菸灰缸很快堆起一疊菸屁股。

兩位駐站警察重複問著：從哪裡來？叫什麼名字？有沒有同伴？要去哪裡，女子茫茫然看著警察，不知道發生什麼事？自己身在什麼地方？讓警方愛莫能助。

十五分鐘通關時限過去，所有的旅客都過了關驗了證件、行李，重回車廂座位。火車緩緩啟動。

女子在站邊房間的窗前，愣愣望著離去的火車。

火車在平行的鐵軌上漸行漸遠，終在視野裡成了三角頂上的黑點。女子突然開口說：火車！

位。

駐站警員不明白她說什麼，以為她內急，開了門，指向站後的小屋，示意她廁所的方位。

女子就此一去不返。那是一九九一年九月十七，在希臘與土耳其邊境的小站，人們最後一次看見那個穿著芥末色外套的女子。

三個保加利亞人

早在火車未抵邊境之前，從保加利亞上來了三個男子，這一路上獨自旅行的年輕女子並不多，當他們發現單身的年輕女性，眼睛啪喳都亮了起來。外號叫長腳的男子，濃密的黑鬍子，深眼窩，消瘦風乾如牧羊人的臉，自恃聰明，總是喜歡賣弄自己的知識閱歷，善良天真的女子最容易被他吸引，也最引起他的興趣，凡他看上的人，喜歡的事，也總能如願得手：好女人，好酒、好貨色，甚至好天氣總也讓他快意。在這班往伊斯坦堡的列車上，他已經是識途老馬，見識多，有謀略。

大頭個子矮，頭大脖子短腿又粗，塊狀型的身材，智商不高，一講話就口水四濺，心性善妒多疑，自知天性不敏，樣貌不濟，習慣了逆來順受任人差遣發落，凡事最怕落單，一個人就心慌意亂手足無措。

黑臉總是不聲不響，不管做好事還是做壞事；他臉黑又長，兩個朝天大鼻孔，看起來有點傻，其實心術不正，詭計多端。

他們是這條通往伊斯坦堡列車上的常客，通曉數國語言，都是偷竊慣犯，販毒老手，也是偽造證件、賣假護照、下毒迷姦的老手，凡是可以賺錢的勾當，只要不死人，不被查獲，他們無所不幹。在伊斯坦堡這樣藏污納垢罪犯活躍的城市，他們如魚得水，活動範圍遠達亞洲曼谷、歐洲倫敦以及西非迦納的首都阿克拉。

三個人都無法確定女子的身分，從身型比例看像東方人，但深眼窩、高顴骨像中亞地方的人種，膚色比白種人多些棕紅，燥黃的髮色看似染髮過度，一個缺乏特色又難以歸類的四不像；大頭開玩笑說她是火星人，就差沒有綠眼珠，尖頭角。

三個男人對女子品頭論足，黑臉認為她是隻聒噪好動的母雞，一點風吹草動就咯咯叫個不休，敗興又敗事，不是他的口味。

長腳說她看起來像是隻兔子：看似溫順乖巧，其實帶點癡狂瘋癲，是他喜歡的貨色。

大頭說她可能是隻烏龜，縮頭縮腦畏首畏尾，費勁搞半天，什麼便宜都占不到。

三人話裡有話，長腳顯然躍躍欲試，也最想證明自己是對的，那是他好勝的個性使然；於是決定上前試試運氣，摸摸底細。

長腳老練的倚近女子座位旁，悠然點菸，瀟灑的噴著煙圈，等女子放鬆戒備，他就掏出菸來若無其事又斯文有禮的邀一句：來一根？

女子看到菸，眼睛亮了一下。她更需要的是水，午餐、晚餐都沒吃，不知道車上沒賣食物，沿途偏僻更無東西可買，口乾舌燥。

長腳遞菸順便點了火：「到伊斯坦堡天就要黑了，旅館訂了吧？」

女子沒回答，不想隨便讓陌生人知道自己的行蹤。

「我常來伊斯坦堡，有家東方旅館，一個晚上十美元，很方便、很安全，可以上網，地點也好……，可以順路帶妳去。」

女子無動於衷，顯然無意願跟陌生人攀談。

長腳以為她聽不懂英文，改口說日文：Moshi Moshi；這些年從日本來了好多年輕女子，伊斯坦堡的咖啡廳、酒吧、夜店隨處可見這些打工遊學的單身女子，一個個如脫韁野馬，豪放不羈。

Water！香弟清清喉嚨，要水，一邊捻熄了沒抽兩口的菸。

長腳很得意，他用保加利亞語威風的對著伙伴說：「我親愛的兄弟，給這美麗的姑娘買杯咖啡來吧，她口渴了！」

黑臉不屑，看多了長腳的把戲，一隻戴面具的狼。長腳如果自知，收斂一點，說話客氣些，黑臉或許會賞臉。不過，很不巧，他黑臉這天心情不爽；因為火車上新來的條子，不識他廬山真面目，也沒當他賞的小費、香菸是回事，拿了就往口袋一塞，還不給好臉色，讓黑臉一路上就很鬱卒。

氣歸氣，黑臉到底不夠膽子當面造次，心不甘情不願的去賣飲料的車廂買回來一杯咖啡，卻趁機在杯裡動手腳，加了些Rohypnol，一種讓人暫時失憶的迷姦藥；平常做這樣的事，三個人都有事先溝通的行動默契；這回黑臉卻自作主張，算是給點臉色讓長腳瞧瞧，讓他知道我黑臉也可以不爽。

女子迫不及待的需要喝水解渴，已經渴到不喝就會消竭死去的絕望地步，接過滿滿一大杯咖啡，咕嚕嚕灌進喉嚨，喘了一口大氣，稍稍緩過神來，就靠著椅背閉眼休息。

過了一會，女子感覺舌頭有點發麻，手指神經也微微顫抖，腦子裡似乎有電流亂竄，視線有些模糊，以為是窗外天色暗下，視線不清，伸手摸摸車窗玻璃，手臂卻如千斤重錘，怎麼也舉不起來，全身發軟無力，眼皮越來越沉重，喉嚨乾燥如火，想叫人卻發不出聲音，意識卻又清醒，知道是在火車裡，卻又恍惚如在夢中，虛實難辨。

三個保加利亞人在她走道隔鄰的座位上擺著西洋棋譜，長腳和大頭對弈，黑臉隔岸觀火；眼見時機成熟，從容拿走女子身上的錢包、護照、手機、相機，回頭若無其事的繼續觀看著棋盤上皇后、城堡和士兵。

女子知覺有人拿走她身邊的東西，想制止卻無力行動，身體四肢不聽使喚，喊也喊不出聲，彷如進入催眠狀態，意識卻又清醒，可以感知周遭動靜。

半小時後，火車抵達邊境小站。所有旅客下車驗證過關。女子已經分不清東西南北，記不得自己姓名來處。

火車消失的遠方

兩條平行的鐵軌在遠距離外看過去就是一個三角形。火車消失的地方就在三角形最高的頂點上。

那是小時候黑尼馬克在曬穀場的泥地上畫給香弟看的火車遠行圖。她瞇著眼睛想像兩條無限延伸到天邊的鐵軌，不理解平行線怎麼變成三角形？

有天放學，黑尼馬克帶香弟一起沿著鐵道走路回家，還沒電氣化的老火車，遠遠就可以聽見車輪在鐵軌上發出隆隆的聲響和鳴動，習慣了火車的速度，少有人當火車是危險的，因為火車只在固定鐵軌內行駛，不像卡車汽車橫衝直撞，險象環生。

兩個人邊走邊玩，鐵道沿途芒草遮蓋的小路，扎著他們的小腿肚，黑尼馬克領頭走進鐵軌裡，兩人踩著枕木一根一根邊走邊數。

數著數著，來到土地公廟前的橋頭，橋看上去很長很長，幾乎沒有盡頭，橋下的水看上去也很深，深得無止盡，他們已經數了五百六十三根枕木，沒遇見一輛火車到來，黑尼馬克說：很快就會有火車出現。萬一火車來了，正在橋上就會很危險。

香弟異想天開的說：比比看，是火車先過橋還是我們先過橋？那是瘋狂的壞主意，不知著了什麼魔，兩人居然為那念頭興奮不已，當下喊了一聲令就邁步跨上枕木過橋。

果真，半途未至，隆隆車輪聲響從身後逼近，尖銳的汽笛死命鳴叫，火車就像一頭兇猛巨獸全速飛奔逼來，兩人死命拔腿狂奔，香弟只覺雙腳如飛輪，整個人似乎騰空飛行，不知道跑了多久，也不知道如何過橋。

事後躺在鐵軌旁，只記得火車在他們頭頂上呼嘯而過，狂風飆起滿頭亂髮打在臉上如藤條生痛，眼淚都被強風吹落眼眶，香弟魂魄已不知飛散何方？

他們只比火車快了一步，回過神來，兩人看著彼此，確定了手腳四肢腦袋都還在，香弟嚇得嚎啕大哭，黑尼馬克心臟幾乎跳出胸口，兩人緊緊抓住對方的手，恐懼著一鬆手就會失去對方。

火車消失的遠處，香弟看到一個黑點正好就在三角形的頂端上。

在伊斯坦堡旅館的房間

最終，是夢境？抑或神遊？女子繼續走在鐵軌的枕木上。身邊的男子說：天黑之前將會抵達。

長腳帶著女子來到公路站 Larissa，從那裡搭夜行巴士過邊境去伊斯坦堡，關口收了他一疊現金過路費，丟個眼神就讓他帶著女子過了關。

長腳和黑臉、大頭在 Pithion 火車站分道揚鑣，他打算帶女子前往伊斯坦堡，他有自己的盤算；大頭認為女子來歷不明，身分未知，不該自找麻煩，最關鍵是：三人都有案底，不該大意行事；黑臉也不想節外生枝。反對長腳帶女子同行，此行還有其他要務。

長腳決定單獨行動，他有一筆在倫敦的交易急需完成，眼前女子正好可以派上用場，也來得正是時候。

清晨的伊斯坦堡，到處流蕩著拜樓傳來的誦禱，整個城市就像在神光的照拂下，清朗而安詳，經過一個圓頂建築，大廳前有男人在長廊下洗腳，大門前成雙成對並列的鞋子，廳裡可見跪地磕頭禮拜的人，遠處看去就是排排並列的背脊色塊。

東方旅館的房間裡，貼壁紙的牆上掛著橙黃的壁燈，女子虛弱疲累的躺下床就昏昏睡去。

長腳像獵人逮到一隻奄奄一息的獵物，審視著眼前沒有絲毫反抗意圖的弱女子，挑起他嗜虐的變態情慾，意欲以他乖僻的方式，通過肉體的折騰抵達欲仙欲死的高潮，一場死亡邊緣遊走的性愛遊戲，他生命裡一個邪惡、黑暗而又無法抵擋的強烈誘惑。

女子在旅館的房間甦醒過來，有如蟬蛹經過地底十七年蟄伏，出土之後掙脫外殼，艱辛孱弱的試探著生存的路徑。

她並沒有死去，醒過來卻不再認識眼前的世界。

茶几上有烤肉夾餅、瓶裝水，女子呆坐床沿，她恍惚、困惑、疼痛而疲憊，不論長腳問她什麼，給她什麼，她都只是瞪著空茫的眼睛無動於衷的看著。

吃吧！長腳帶著善意，耐心的誘勸，女子勉強喝了一小口水。

長腿循循善誘的說：我們可以好好合作，事情就會簡單容易。他手頭有批高純度精品海洛因，需專人送到英格蘭給特定的客戶。他一直認為女子是裝瘋賣傻企圖矇騙，但又覺得女子演技出神入化，幾乎真的就像個失智的白癡，他自己一時也弄不清真假。

女子無論如何不肯開口說話，拒絕回應他不論是好是壞是善意或惡意的要求，不論他有多少的誠意或真心，固執彆扭的讓長腳終於失去耐心，差點就想扔她在大街上，甩掉一個無所用處的包袱。

最後，是女子朦朧無辜的大眼，改變了他的初衷；那眼睛看不到危險、不懂得懷疑，不明白是非善惡；並且和人隔著無以跨越的距離，完全拒絕跟世界打交道；一個封閉在內化世界的孤單靈魂；長腳對人類早已失去憐憫之心，卻被那眼眸無意閃現的明淨無邪所觸動，除了毒品和性虐的刺激之外，他的心並未徹底死去。

看妳的造化吧！長腳給女子一本假護照，一個夾層加密的特製旅行箱，裡邊暗藏黑色膠紙密封的塊狀結晶海洛因，行李箱內幾件二手貨女裝、運動服，毛巾和盥洗用品。

在一個叫伊斯坦堡的城市，汽車行經博斯普魯斯海峽，海鳥在水面上翺翔，夜已降臨，女子看見金碧輝煌的建築矗立在海灣上，海水粼粼，燈火燦爛。

她不知道要去哪裡？沒有人跟她說再見！

莉蓮・卡斯曼

一九九一年，九月二十一日晚上九點四十五分，從伊斯坦堡出發的土耳其廉價航空飛馬（Pegasus Airlines），午夜零時五分抵達倫敦近郊的史坦斯特機場；護照上女乘客的姓名是：莉蓮・卡斯曼，出生於一九七〇年三月二十四日，籍貫英國。

同行的黑臉，長腳身邊一個滿腹牢騷又不敢違命的跟從，當著面不敢反抗，暗地裡一絲不苟的記恨在心。兩個人的兩件行李，總計二千零八十公克的高純度極品海洛因，一起都上了飛機，飛過愛琴海靛藍的星空。

四小時零五分航程，抵達史坦斯特機場已是凌晨時分。一條長腳慣用的路線。他喜歡在夜裡行事，彷彿黑暗能帶給他安全感。名叫莉蓮的女子，一路上既不開口也不迴避任何人注視或質疑的眼光，像一個不存在的隱形人。

黑臉告訴空服人員：下機後需要預備一張輪椅，他懷孕的女友害喜頭暈想吐。

黑臉扶著女子莉蓮步下飛機，坐上輪椅，一起過了海關，他沒有遵照長腿的吩咐，將女子送往機場附近艾克薩斯鎮上朋友的家，過了關就將名叫莉蓮．卡斯曼的女子推往廁所，拿走行李證件，頭也不回的一走了之，將他與長腳共事多年積累下來的怨懟不平委屈牢騷，一併拋在身後。

走失

良飛一直沒有香弟消息，約好到雅典旅館安頓下來就給他電話，卻一直沒有音訊，打她手機總是占線，打到雅典住宿的旅館，說她已經退房離開，紐約工作的畫廊也不知她去向，住處也沒任何消息，明月說：香弟是那種遇到問題就想逃離的人，眼不見為淨；小時候就經常走失。

良飛聯絡雅典的美國大使館，留下香弟的姓名、出生年月、護照資料、身型特徵、出發抵達日期、住宿等等相關訊息，傳真了她的近照，請求領事館協助尋找香弟下落。之後，又補充一些關於香弟個人健康的資訊，擔心她萬一身體不適，特別是長途旅行缺水再加上血糖低落。

良飛從未料到香弟會在生活中消失；惶然、焦慮、失魂落魄；每天醒來第一件事是翻開報紙，查看有無任何年輕女性在行旅中遭遇意外的消息；一方面又自我安慰：香弟是個聰慧的女子，一定不會讓自己落入危險的境地；但人心險惡，世態炎涼，香弟的天真良善缺乏歷練還是令他放不下心；他還不時擔心她偶爾的突發性昏眩；即使已經很久沒有發生，誰能保證一定沒事？良飛幾乎不敢想像香弟如果遭遇不測。

約莫兩星期，雅典警方根據資料，找到香弟住宿的旅館，旅館酒吧服務生米羅，那個穿皮褲的高個子，告訴警方：之前有個年輕女子，名字他不記得，跟他們描述的身高、體型很接近，她來的時候一個人，走的時候也是一個人，看起來沒什麼異樣，只是有點疲倦和孤單，提到要去聖托里尼島，也說到一個遺世獨立的修道院；不知道是否去到那些地方？

米羅小心迴避有關費洛斯的一切，一個藥頭，一個毒蟲。警方其實知道他的底細，只因沒有確鑿證據在手，一時也奈何不了他。

聖托里尼島那幾日來了颱風，往返的船隻停駛，被狂風暴雨困在島上的旅客，沒有一個叫香弟的女子。

我不再是我自己

露西亞：

我怎麼也睜不開眼睛，不知道是醒著睡著？還是在夢中？空氣那麼潮濕悶熱，帶著尼古丁的氣味和喘息。

我渴望著光，可是，世界好黑，從來沒有那麼黑的黑，身體那麼沉重，還不停的往下墜落，都不聽使喚，彷彿那不再是我自己的身體。

有一個房間，牆上一盞昏黃的壁燈；我看見沙發上斜躺著一個女人，天花板上有個操縱她的男人，像傀儡戲那樣，一條繩子套在女人的頸子上。男人開始行動的時候，我就驚醒過來，看見繩子勒住女人的脖子，越來越緊，女人發出間斷的喘息，逐漸變成興奮的叫喊，不久就進入高潮狀態，拱起上半身，喉嚨發出快意的呻吟，然後，全身抽搐抖動，陷入狂喜之中。

男人早該鬆開手上的繩索，卻因癲狂而繼續收緊，女人的臉孔因痛苦而曲扭，眼球凸爆布滿血絲，乾咳幾聲漸漸嘶啞終至無聲。

我失聲尖叫，被自己的叫聲嚇醒！發生了什麼事？我在哪裡？

露西亞，如果沒人目睹這一切，如何知道這一切曾經發生？

送別的隊伍

西北歐的冬日晝短夜長，三點不到天色已沉，整個冬季，倫敦籠罩在酷寒中，地鐵不時發生故障，愛爾蘭恐怖組織在國會代表住宅放炸彈，中東的戰火不熄，電視廣告教人在中國春節吃班斯叔叔米飯（Uncle Ben's，美國品種米），超級市場推出特價鴨子共襄盛舉，泰德美術館前的新橋上有中國藝術家所設計的煙火巨龍……。

早晨的新聞報導：倫敦意外下了一場三十年難得一見的大雪，學校停課，孩子們興奮的在街邊堆雪人，擲雪球打雪仗。

大雪過後的週日，晨霧瀰漫的街道，一輛古樸的馬車停在教堂側門，黑衣男女魚貫而出，教堂裡的彌撒剛剛結束，綴著玫瑰百合的馬車拖著棺木，領著黑衣男女緩緩前行，寧靜哀傷的告別隊伍。

那是崔柏的葬禮，小鎮上拾荒的孤單老人，他在大雪天夜裡氣喘發作辭世，郵差發現他的時候，身體已經僵硬，躺在廚房邊的搖椅上，旁邊的桌子有蔬菜罐頭湯的空罐，饑餓的貓在屋裡橫衝直撞，主人死了，沒人餵牠餐飯，肚皮貼著脊梁，看見人就哀號哭叫。

崔柏的屍體被救護車送進殮房，沒有親人出面認領，郡政府通過領事館、紅十字會、移民局……，各種管道，設法尋找可能離散在世界各地的親人。顯然，在這個世界上已經沒有親人記得他，沒有人在他生命最後的時刻呼喚一次他的名字，跟他說再見，愛德蒙・崔柏的一生就剩下郡公所裡的一個數字檔案記錄！他活過的一生，經歷過的戰爭流離，悲傷或歡樂，到頭來就是郡公所生死登記處的一個檔案記錄。

伊賽貝德最後一次和崔柏一起同坐在往亞歷山卓皇宮路上的長板凳上，那張以史考特逝去的妻子名義所捐贈的柚木椅，椅背上刻著：「這裡是我妻瓊芮至愛的景點，希望您也喜歡」。

他們各坐一端，彼此可以聞嗅對方身上陳舊的被遺忘的氣味，因而感到親近而熟稔。最後一次，崔柏用細小而專注的眼神望著伊賽貝德，彷彿在問：「妳會記住我嗎？」兩個孤單的靈魂相遇，有一絲絲溫熱和柔軟讓崔柏的眼眶閃爍濕潤，伊賽貝德的心在幽暗深處輕微躍動。

靜止的時間

人們在鐘塔附近發現伊賽貝德的時候，她已經在史考特以亡妻之名所捐贈的那條長板凳上呆坐了大半個下午，日影從東北流轉到鐘塔西南。露西亞來接她時，她抬起困惑的臉，不明白發生的事，時間停駐在她朦朧的意識裡，眼前的世界不停的重複又迴轉，世界在腦子裡流轉幻化衍生，她繞著十字路口的圓環團團轉了又轉，到處都是岔路迷宮，時間靜止了，她永遠的迷失了，怎麼也找不著出口。

甘那坎的人

香弟趴在颱風過後的石背上，看見遠處的樹林裡有死去的屍體，是她的親人。香弟貼著石頭的臉是冰涼的，淚如雨下，死的是她孤僻而瘋狂的祖父，他在風雨交加的颱風夜驟然告別人世。

兩個星期之前的夜晚，祖父還點著蠟燭在埤塘邊的稻草茅屋裡，給香弟說桃太郎如何從一顆桃核裡活蹦蹦跳出來的故事，埤塘的月色荒蕪，蟲聲唧唧，黑貓達魯窩睡在腳邊，眼睛在黑夜裡發出綠色的光；祖父忽然指著外邊孤冷的上弦月說：「風向變了，雲向西行。」然後他望著西天，眼裡閃現一抹亮光，彷彿天邊有仙子向他秘密召喚。

「看，青龍白虎都來了，就在前面，別怕，它們很快就會走，一切都會沒事！」

香弟什麼也沒看見，東張西望，沒有青龍，沒有白虎，野地的風呼嘯而過。

「阿公，你老了，眼花，外邊這麼黑，什麼也沒有。」

祖父望著黑夜的天空繼續說：「我的功德都做完了，妳要忍耐。」祖父真的糊塗了，他說的什麼，香弟一點都不明白。

兩星期之後，村人發現祖父被雷擊中的焦黑屍體，他在狂風暴雨的夜裡荷鋤巡視田水，遇到雷襲，電流擊中他半邊身體，燒掉他的頭髮眉毛，發出焦質的異味。

黑貓達魯受雷擊驚嚇，同一個夜晚亦告失蹤。

五歲不到，香弟驚恐於祖父身上驟然發生的事故，大人們忙著照料生活裡突發的悲劇，香弟只有不明世事的惶然。

有人從身後抱起香弟，告訴她：妳阿公死了，以後沒有人疼妳了！香弟一聽就放聲大哭，呼天喊地的叫著：阿公！別死！阿公！你不要死！她並不明白死是什麼，怕的是沒有阿公的疼愛。

祖父飛龍彩鳳的漂亮棺材停在客廳中央，前面供桌擺著黑白肖像，肖像前是一碗白米飯，三根細瘦的香，客廳四周垂掛著寫著斗大黑字的白布幔，親族們穿著白色喪服，頭上披著三角麻布罩帽，天井裡打起了巨大的帆布帳篷，帳篷內掛滿十八層地獄圖，說謊被割舌頭的女人，犯姦的淫婦被推下油鍋……，熊熊的火焰，銳利的刀鋒，滾燙的油鍋……。後院來了廚師忙著生火燒水殺豬，有人在水井邊霍霍磨刀，來了吹嗩吶的樂隊，來了戲班子，搭起了戲台子，台上是搞笑的孫悟空，台下是樂哈哈的孩子們，單調貧乏的鄉下生活瞬間有了聲光色彩；高亢的嗩吶劃破天際，道士綿延不絕的誦吟在耳邊迴盪，空曠的天井，一下變成密布地獄圖的祭壇與道場。

香弟在畫著地獄圖的布幔裡穿梭，彷如一場恐怖又刺激的盛大慶典即將開演，她分不清喜慶的嗩吶和送葬的哀歌，死亡的儀式是全村人共同參與的繽紛詭異的劇碼。穿著長袍的道士領著祖父的亡靈過奈何橋，香弟跪在母親的身邊，膝蓋被粗硬的水泥地磨痛。不久，嗩吶響起，道士領著親族浩浩蕩蕩走過田間小路，經過防風林，地平線上一行細長的送葬隊伍，去到村外相思樹林下的風水地。

香弟不知道祖父最後去了哪裡？黑貓達魯又去了哪裡？

妳阿公死了！死去的人是不會回來的，今天，明天，後天，以後的每一天都不會回來了！

「阿公！不要走！」香弟大喊，不相信大人說的話，不相信阿公會棄她而去，如果真的要走，他到底要去哪裡？為什麼沒有人告訴她？

風聲淒厲，天地無語，她一個人在孤單中絕望著。

香弟眼睜睜看著祖父的棺木被抬走，嗩吶高亢的聲音在天際回響，有一個遙遠而神秘的國度叫死亡。

香弟的心裡從此有一個大問號？人生的盡頭在哪裡？祖父的死亡埋藏著巨大的秘密，達魯的失蹤留下無解的問號。

黑貓達魯從此未曾在香弟的記憶裡消失！牠的影子無所不在，只要輕聲呼喚，牠的笑臉就浮現在空氣中，像透明的水晶輪廓！

遙遠的國度

露西亞：

我夢見很久沒有回家，身上一直帶著鑰匙，家裡空無一人，郵件積滿信箱，蜘蛛在屋簷下結了網，燕子在樑上安了家……。

夢裡有人說：這是老天爺特別垂青，生活將有好運道。

我睡得這麼多，睡了這麼久，這麼深，夢裡去了如此遠、如此詭異魅惑；意識如一匹脫韁野馬，飛馳過沙漠、冰山，河流和草原，經過防風林之後就是田野，收割後的稻田紛飛著黃色的粉蝶，更遠處有綿延的青山，望過去是無盡遼闊的蒼茫。

那必定是很久很久以前，很小很小的時候，那蒼茫讓人驚異又惶然：世界這麼大！這麼深！這麼遙遠！

路的盡頭就是海，港邊的漁村有起重機高高舉著笨重的手臂，機器敲打工人走動，堤岸的風呼呼的吹，搭渡輪回鄉的人潮來來去去，海風飆飛，塵土飛揚。

他們在建造一座城市，到處混亂而吵雜；小路消失了，竹林消失了，那些赤腳踩下就沙沙作響的枯葉，仲夏午後蟬聲齊鳴的激昂；浣衣溪上游的獨木橋，橋下的流水和落葉，蝴蝶聚集的風水地，祖父的墳，全都消失了⋯⋯。

幾個少年和他們的青春女伴，用一種奇異的語音叫喊著：回鄉的路在哪裡？回鄉的路在哪裡？

他們的叫聲淹沒在鬧轟轟的聲響裡，沒人注意他們是誰？要去哪裡？

香弟聽見了，是她家鄉來的孩子們，香弟上前問他們：返哪裡的鄉？鄉關何處？

孩子們叫嚷著：我們沒有家鄉，我們只有出生地。

她認出了那個低沉沙啞的聲音：黑尼馬克！甘那坎那個放牛的孩子！

露西亞：

這些事真的都曾發生？

還是我依舊在一場未醒的夢境裡？

CHANTELLE 是一隻貪歡的貓？

還是一個被我遺忘的自己？

露西亞：

莫非我是為了這場虛妄的夢而奔赴世界？

INK PUBLISHING 文學叢書 550

伊賽貝德32

作　　者　黃寶蓮
總 編 輯　初安民
責任編輯　宋敏菁
美術編輯　林麗華
校　　對　呂佳真　黃寶蓮　宋敏菁

發 行 人　張書銘
出　　版　INK 印刻文學生活雜誌出版有限公司
新北市中和區建一路249號8樓
電話：02-22281626
傳真：02-22281598
e-mail：ink.book@msa.hinet.net
網　　址　舒讀網http：//www.sudu.cc

法律顧問　巨鼎博達法律事務所
施竣中律師
總 代 理　成陽出版股份有限公司
電話：03-3589000（代表號）
傳真：03-3556521
郵政劃撥　19785090 印刻文學生活雜誌出版有限公司
印　　刷　海王印刷事業股份有限公司

港澳總經銷　泛華發行代理有限公司
地　　址　香港新界將軍澳工業邨駿昌街7號2樓
電　　話　(852) 2798 2220
傳　　真　(852) 2796 5471
網　　址　www.gccd.com.hk

出版日期　2017年11月　初版
ISBN　978-986-387-205-4

定　價　350元

國家圖書館出版品預行編目資料

伊賽貝德32／黃寶蓮 著；
--初版, --新北市中和區：INK印刻文學,
2017.11　面；14.8× 21公分.（文學叢書；550）
ISBN　978-986-387-205-4（平裝）
857.7　　106018642